BASTEI
LÜBBE

Über die Autorin:

Gail Tsukiyama vereint in ihrer Herkunft zwei asiatische Kulturen – China und Japan – und ist in Kalifornien zu Hause. Für ihr bisheriges Werk wurde sie mit dem renommierten »American Poet's Award« ausgezeichnet und erhielt in Kritik und Presse hohe Anerkennung.

GAIL TSUKIYAMA

Der Garten des Samurai

ROMAN

Aus dem Amerikanischen von
Gabriele Gockel und Barbara Steckhan

BASTEI
LÜBBE

BASTEI LÜBBE TASCHENBUCH
Band 26376

Vollständige Taschenbuchausgabe der in der Reihe BLT erschienenen Taschenbuchausgabe

Bastei Lübbe Taschenbücher und BLT sind Imprints der Verlagsgruppe Lübbe

Titel der amerikanischen Originalausgabe:
The Samurai's Garden
erschienen bei St. Martin's Press, New York

Lizenzausgabe: Verlagsgruppe Lübbe GmbH & Co. KG,
Bergisch Gladbach
Titelbild: © Alamy Images/Jack Hollingsworth
Umschlaggestaltung: HildenDesign, München/Andrea Barth
Satz: hanseatenSatz-bremen, Bremen
Druck und Verarbeitung: Ebner & Spiegel, Ulm
Printed in Germany
ISBN 3-404-26376-6

ZUM ANDENKEN AN THOMAS JAM

Keiner sprach
Der Geist, der Gast
Die weißen Chrysanthemen

RYOTA

HERBST

TARUMI, JAPAN
15. SEPTEMBER 1937

Ich wollte mich allein auf den Weg machen, und so ließ mich mein Vater heute morgen ohne Begleitung von Kobe in das Strandhaus meines Großvaters nach Tarumi fahren. Fast zwei Wochen Überzeugungsarbeit waren nötig gewesen – als wäre ich ein Kind und kein Mann von zwanzig Jahren. Scheinbar nur ein kleiner Sieg, aber nach den vielen Monaten voller Niederlagen bedeutet er alles für mich – vielleicht sogar den Beginn meiner Genesung. Vor meiner Abfahrt kaufte ich dieses Buch aus japanischem Pergament, um die weiteren Siege festzuhalten, die ich mit ein wenig Glück noch erringen werde. Jetzt liegt es offen vor mir, die zarten Blätter sandfarbenen Papiers still und leer wie der Strand vor dem Dorf.

Seit Ausbruch meiner Krankheit im letzten Frühjahr habe ich keine Minute für mich selbst gehabt. Als ich zu schwach wurde, um mein Studium an der Lingnan-Universität in Kanton fortzusetzen, schickte mich mein Lehrer nach Hause. Mein Freund King fuhr mit mir und wachte während der ganzen Zugfahrt nach Hongkong über mich. Die Sorge in den Augen meiner Mutter bei meiner Ankunft werde ich nie vergessen. Wie ein Tier, das um das Leben seiner Jungen fürchtet. Ich mußte so viel husten, daß ich kaum noch Luft bekam. Als ich von King und einem Diener die Steinstufen unseres Hauses hinaufgetragen wurde, stand meine Mutter in ihrem grünen *cheungsam* aus Seide in der Tür, die Lippen zu einem Strich zusammengepreßt, um nicht zu schreien. Sie und unsere alte Dienerin Ching ließen mich keinen Moment mehr aus den Augen. Die beiden beobachteten jede meiner Regungen, als würde ich vor ihren Augen wegsterben. Und manchmal sahen sie mich an, als gehörte ich schon der Vergangenheit an.

Ich kann ihre Sorge verstehen. Jeden Nachmittag bekam ich Fieber und einen trockenen Husten, der nicht mehr aufhören wollte. Und der schwüle Sommer mit seiner Hitze machte es noch schlimmer. Als ein englischer Arzt Tuberkulose diagnostizierte, schickte meine Mutter meinem Vater ein Telegramm nach Kobe. Ihre Sorge wandelte sich in Angst, und sie verbot meiner kleinen Schwester Penelope, die ich seit ihrer Geburt Pie nenne, mein Zimmer zu betreten.

Jeden Morgen stellte sich Pie auf die Türschwelle und lächelte mir zu. Irgendwie wirkte sie dann immer jünger als ihre zwölf Jahre. Wir sind insgesamt vier Kinder. Meine ältere Schwester Anne und mein jüngerer Bruder Henry gehen inzwischen wieder auf ihr Internat in Macau. Meine Eltern haben uns allen christliche Namen gegeben, weil mein Vater es für einen Vorteil hält, wenn einen die Geschäftsleute aus dem Westen mühelos ansprechen können. Im Import-Export-Geschäft kann man nur mit solch fortschrittlichen Ideen Erfolg haben. Mein Vater scheint sich in seiner Wohnung in Kobe heimischer zu fühlen als in unserem Familiensitz in Hongkong. Zwar pendelt er zwischen Japan und China hin und her, aber wenn er den Kopf zu einer tiefen Verbeugung senkt und die Augen niederschlägt, wirkt er auf mich manchmal mehr wie ein Japaner.

Ende Juni brach eine Hitzewelle über Hongkong herein, und mein Fieber stieg und fiel dann wieder. Eine bedrückende Stille hatte sich über unser Haus gesenkt, und es schien, als würden alle nur noch im Schneckentempo dahinkriechen. Meine Mutter war noch ängstlicher als sonst. Zwei Tage später kam im Radio die Meldung, daß die Japaner Tientsin eingenommen hatten und Peking belagerten.

Im August war es in Hongkong unterträglich stickig. Manchmal bekam ich nachmittags kaum noch Luft. »Schicke Stephen zu mir nach Kobe«, schrieb mein Vater. »Ich bringe ihn nach Tarumi. Das Klima dort ist trockener, und die Luft ist frischer als in Hongkong.« An dem Tag, als meine Mutter Ching anwies, meine Sachen für die Reise nach Japan zu packen, nahmen die Japaner Peking ein, und ihre Kriegsschiffe waren auf dem Weg nach Shanghai. Obwohl man die ganze Zeit niemanden mehr zu mir gelassen hatte, wollte ich nicht von meiner Familie und meinen Freunden fort. Ich fühlte mich so einsam wie noch nie.

Manchmal fürchte ich, die Ruhe hier in Tarumi ist wie ein schleichender Tod. Aber wenigstens ist der Meerwind erträglicher als die stickige, schwüle Hitze von Hongkong.

Ende August eroberten die Japaner Shanghai, wo seitdem ein blutiger Aufstand tobt. Tausende sind aus China geflohen und haben sich in den von Menschen wimmelnden Straßen Hongkongs Notunterkünfte gebaut. Auf unserem Weg zum Hafen stiegen uns Dünste von heißem Fett in die Nase, während ihre hageren, verzweifelten, um Mitleid und Verständnis bettelnden Gesichter an uns vorbeizogen. Als dann meine Mutter und Pie am Kai in Kowloon Ching und mir nachwinkten, sahen auch sie verzweifelt aus. Aber erst als sie mich schon in der Menge verschwunden glaubte, hob meine Mutter ihr weißes Spitzentaschentuch an die Augen.

Während der Fahrt auf der *President Wilson* nach Japan ließ Ching mich nur dann auf dem Sonnendeck sitzen, wenn ich mindestens drei Pullover anhatte. Bei unserer Ankunft in Kobe klammerte sie sich an mich und flüsterte mir zischend ins Ohr: »Das sind die japanischen Teufel, die uns Chinesen aus ihren Häusern vertreiben.« Ich betrachtete durch das Fenster des Taxis die Menge in den Straßen, aber außer ein paar Grüppchen Soldaten, die mit geschulterten Gewehren auf den Plätzen standen, wirkten die Leute harmlos. Ich war erleichtert, als Ching mich bei meinem Vater ablieferte und sich rasch wieder auf den Weg nach Hongkong machte.

Mein Vater hatte uns in seiner Wohnung erwartet. Als er mich sah, versteifte sich sein Körper, ein deutliches Zeichen, wie entsetzt er über meinen Anblick war, obwohl er versuchte, es zu verbergen.

»Stephen«, sagte er, »wie schön, dich zu sehen!« Er musterte mein fiebriges Gesicht und meinen abgemagerten Körper. Dann nahm er mich in die Arme und strich mir über mein dunkles Haar, das ihm schon immer gefallen hatte, weil es lockiger war als das der meisten Chinesen. Schließlich trat er zurück und sagte leise: »Wir wollen sehen, daß Michiyo heute abend ihr *sukiyaki* macht.«

In Kobe war es kaum kühler als in Hongkong, und Michiyo ließ mich ebensowenig aus den Augen wie Ching. Mein Vater hatte soviel Arbeit, daß er sich nicht freimachen konnte, um mich nach Tarumi zu bringen, wie er gehofft hatte. In ganz China waren die Transportwege zusammengebrochen, und wie seine Geschäfte weiterlaufen würden, hing in der Schwebe. Je mehr Michiyo mir zusetzte, zu essen, zu schlafen, mich auszuruhen, desto weniger war ich dazu in der Lage. Schließlich wurde mir klar, daß es eigentlich keinen Grund gab, warum ich nicht allein in das Städtchen Tarumi fahren sollte.

Heute morgen in Kobe stand ich früh auf, zog mich an und war schon mit dem Packen fertig, als mein Vater zum Wecken leise an meine Zimmertür klopfte. Ich nahm nur wenig mit: einen Anzug, bequeme Kleidung, ein paar Bücher, meine Ölfarben und zwei Malblöcke. Leinwand will mein Vater mir bald schicken, wie er versprochen hat.

Auf der Fahrt zum Bahnhof schwiegen wir. Nur zweimal fragte mich mein Vater, ob ich mich auch kräftig genug fühlte, um zu reisen. Selbst mein Husten war besser geworden. Als wir am Bahnhof eintrafen, drehte er sich plötzlich um und fragte: »Hast du auch genügend Geld?«

»Du hast mir mehr gegeben, als ich brauche«, antwortete ich, während ich unwillkürlich nach der Geldbörse in meiner Jackentasche tastete.

»Du weißt, über meine Stadtnummer kannst du mich jederzeit erreichen.«

»Ja, Ba-ba, ich weiß.« In den letzten zwei Wochen hatte ich den Satz oft genug von ihm gehört.

»Paß auf, daß du dich schonst und ausruhst und nicht zu sehr mit dem Malen anstrengst.« Mein Vater blickte zur Seite; wie immer war er unsicher, wenn das Gespräch auf meine Malerei kam. Er betrachtete sie als Zeitverschwendung.

»Das werde ich«, gab ich zur Antwort. Dabei war die Aussicht, mehr Zeit für meine Malerei zu haben, das einzige, was mich mit dem Gedanken an meine Verbannung nach Tarumi versöhnen konnte.

Mein Vater ging los, um dafür zu sorgen, daß mein Gepäck sicher im Zug verstaut wurde. Bevor er zustimmte, daß ich allein fuhr, hatte er dem Diener im Strandhaus telegraphiert, er möge mich am Bahnhof erwarten. Ich sah, wie mein Vater einem japanischen Träger ein Trinkgeld zusteckte, damit er auf der kurzen Reise auf mich achtete. Dann bahnte er sich den Weg durch die Menge wieder zu mir zurück und hieß mich, einzusteigen und mir einen Platz zu suchen. Er drückte mir fest die Hand.

»In ein oder zwei Wochen komme ich dich besuchen.«

»Mach dir um mich keine Sorgen«, versicherte ich ihm, als ich in den Zug stieg. »Ich werde schon wieder gesund.«

Ich betrachtete meinen Vater durch das Zugfenster, einen zierlichen Mann in einem doppelreihigen dunklen Anzug, mit einer dünnen randlosen Brille, der neben einer Gruppe japanischer Kinder stand. Normalerweise wirkte mein Vater eher klein, aber als der Zug abfuhr und er den Arm hob, um zu winken, ragte er immer noch aus dem schwindenden Licht hervor.

Im halbvollen Zug saßen japanische Männer und Frauen mittleren Alters und Mütter mit kleinen Kindern, die sich in hastigem Flüsterton unterhielten. Nach dem, was ich verstand, sprachen sie hauptsächlich von ihren Kindern, und ich war froh, als wir die Vororte hinter uns ließen und ich die an den Fenstern vorbeifliegende Landschaft betrachten konnte. Sie war grüner als in meiner Erinnerung, mit hohen Kiefern, die sich so scharf und klar vom Himmel abzeichneten, daß ich schon meinte, ich müßte nur die Hand ausstrecken, um in ihre langen, nadeligen Arme zu greifen. Meine Mutter war zweimal im Sommer mit uns Kindern nach Tarumi gefahren. Ich weiß noch, wie sie über die Hitze klagte, und sehe noch ihren kostbar bemalten Seidenfächer vor mir, mit dem sie in raschen kurzen Strichen die schwere Luft aufwirbelte.

Nach einer Weile versetzte mich die vorbeigleitende

Landschaft in einen Trancezustand. Meine Augen brannten und fühlten sich geschwollen an, und mir wurde bewußt, daß ich zum ersten Mal seit der Abreise von meiner Familie in Hongkong völlig allein war. Aber da sich mein Vater nur wenige Stunden entfernt in Kobe aufhielt und meine Mutter mich in den nächsten Monaten besuchen wollte, spürte ich neben der Angst auch den Reiz des Ungewissen, wenn ich an die kommenden Wochen dachte.

Ein kleines Mädchen lief durch den Gang auf mich zu und starrte mich an. Als ich aufsah und ihm zulächelte, senkte es schüchtern den Kopf und rannte rasch zurück zu seiner Mutter. Die Kleine erinnerte mich an Pie, obwohl Pie wahrscheinlich stehengeblieben wäre und in ihrer Neugier mit dem Fremden gesprochen hätte. Pie mit ihren großen runden Augen und ihrem Pferdeschwanz war schon immer mein Liebling gewesen. Man hatte mich auch deshalb nach Tarumi geschickt, damit ich sie nicht ansteckte, denn als kleines Kind war sie diejenige von uns gewesen, die ständig krank war. Doch bei all ihrer Zerbrechlichkeit besaß sie auch eine rasche, scharfe Auffassungsgabe und neckte andere für ihr Leben gern. Sie und Henry waren ständig am Kabbeln, was oft zu heftigem Streit führte. Anfangs machte ich mir deswegen Sorgen, aber dann merkte ich, daß Pie klug genug war zu wissen, wann sie aufhören mußte.

Nach der Diagnose meiner Krankheit hatte Ching darauf geachtet, daß Pie nicht in meine Nähe kam, aber Pie wollte nicht auf sie hören und steckte wann immer möglich den Kopf durch meine Tür. Als Pie erfuhr, daß ich nach Japan fahren sollte, stahl sie sich am Abend, als die anderen schliefen, in mein Zimmer. Ching ließ im Flur immer Licht brennen, für den Fall, daß jemand die Toilette aufsuchen mußte. Pie kam also leise hereingehuscht und rief flüsternd meinen Namen, bis ich wach wurde. Ich wußte gleich, daß sie es war, wegen des Geruchs nach den Mottenkugeln an den Ärmeln ihres gelben, auf der Brust mit Blumen bestickten Seidenpyjamas.

»Was machst du hier?« fragte ich, während ich mir den Schlaf aus den Augen rieb und mich aufsetzte. Ich mußte husten, aber rasch hielt ich mir die Hand vor den Mund.

»Wenn du morgen mit Ching wegfährst und Ba-ba besuchst, dann will ich dir noch auf Wiedersehen sagen«, antwortete sie. »Dein hübsches Gesicht wird mir fehlen.«

»Du sollst doch nicht hier sein. Du könntest dich anstecken«, war alles, was mir darauf einfiel. Im schwachen Lichtschein vom Flur konnte ich sehen, daß Pie lächelte. Sie legte mir ihre dünnen, blassen Arme um den Hals und küßte mich auf die Wange. Ihre Lippen fühlten sich kühl an auf meiner heißen Haut. »Geh jetzt«, sagte ich. »Wir sehen uns bald wieder.«

Widerstrebend zog Pie ihre Arme fort und trat zum Eingang. »Ich schreibe dir«, versprach sie, als sie die Tür schloß und mich in der Dunkelheit zurückließ.

Am Nachmittag fuhr der Zug pfeifend in Tarumi ein. Ich wartete, bis er zum Stehen gekommen war, während die anderen Fahrgäste hektisch ihre Sachen zusammensuchten. Der Bahnhof bestand lediglich aus einem einräumigen Holzgebäude auf einer hölzernen Plattform. Als ich nach draußen blickte, sah ich mehrere Japanerinnen in Kimonos und ein paar ältere Männer warten. Unsicher trat ich vom Fenster fort, doch so sehr ich mich auch bemühte, konnte ich mich nicht erinnern, wie Matsu, der Verwalter des Strandhauses, aussah. Unser letzter Besuch lag Jahre zurück, und ich hatte eigentlich nur hin und wieder einen Blick auf ihn erhascht, während er seinen Pflichten nachging. Ich hatte Angst vor ihm. Schon damals war mir Matsu alt vorgekommen war, deshalb war ich erstaunt, als mein Vater sagte, er würde heute am Bahnhof auf mich warten.

Ich blieb sitzen, bis alle Fahrgäste ausgestiegen waren. Einige wurden abgeholt, während andere allein davoneilten. Ich ging zur Mitte des Bahnsteigs, stellte meinen Koffer ab und sah mich, innerlich schon darauf eingestellt, meinen Weg zum Strandhaus allein zu suchen, nach Matsu um. Der Nachmittag war warm, und das Hemd klebte feucht an meinem Rücken. Ich versuchte mich zu erinnern, welche Richtung ich zum Haus einschlagen mußte, aber irgendwie kamen mir alle Straßen bekannt vor. Die Menge lichtete sich bereits, als ein gedrungener Mann mit kurzgestutztem grauen Haar aus dem Gebäude trat. Nervös sah ich ihn auf mich zukommen.

»Pao-Lin Chans Enkelsohn?« fragte er, als er ein paar Schritte vor mir stehenblieb. Er trug eine ausgebeulte Sergehose und einen grauen Pullover. Obwohl ich ein ganzes Stück größer war, kam ich mir neben ihm klein und schmächtig vor.

»Ja, und Sie sind Matsu-*san*?« fragte ich. Er begrüßte mich mit ein paar steifen Verbeugungen, die ich erwiderte. Bevor ich noch mehr sagen konnte, hatte Matsu meinen Koffer aufgenommen und ging zum Bahnhofsgebäude. An der Tür des schäbigen Hauses blieb er stehen und ließ mir mit einem ungeduldigen Blick den Vortritt.

Mein Vater hatte mir erzählt, daß Matsu seit dreißig Jahren im Strandhaus wohnte. Nach dem Tod seiner Eltern hatte man ihm die Entscheidung überlassen, ob er im Haushalt meines Großvaters in Hongkong arbeiten oder sich lieber um das Strandhaus in Japan kümmern wollte.

Matsu steht seit seiner Jugend bei unserer Familie in Diensten, so wie davor seine Eltern bei meinem Großvater. Er wirkt ungefähr wie sechzig, hat eine wettergegerbte erdfarbene Haut und ein verschlossenes ungeduldiges Wesen. Offensichtlich ein Mensch, der sich allein am wohlsten fühlt, und es liegt auf der Hand, daß ihn mein Eindringen in sein stilles Leben ärgert.

Der Weg zum Strandhaus war mit feinem weißem Sand gepudert und die Luft stickig in der dunstigen Hitze. Der Nachmittag neigte sich dem Abend zu, die Sonne sandte ihre letzten Strahlenbündel aus, bevor sie in der Nacht versank. Zuerst säumten nur wenige Häuser mit Bambuszaun die Straße, doch es wurden immer mehr, je weiter wir unseren Weg fortsetzten. Mittlerweile schwitzte ich schrecklich. Matsu ging mit seinen kleinen emsigen Schritten vor mir her, als wäre er allein, und ich beeilte mich, mit ihm mitzuhalten. Je weiter wir kamen, desto dichter lag der feine Sand in den Straßen. Salzige Luft stieg mir in den Kopf, und hinter den Dünen hörte ich das beständige Tosen der Brandung. Inmitten von alledem fühlte ich mich von einer Ruhe umfangen, die in nichts an die lauten Ferien mit meiner Familie und das Geschrei spielender Kinder erinnerte. Jetzt, in den frühen Herbsttagen, schien niemand mehr hier zu sein. Ich war allein mit Matsu und einer übermächtigen weißen Stille.

Ich war erschöpft, als Matsu vor einem der vielen von Bambuszäunen umgebenen Häuser anhielt und sich räusperte. Meine Lungen brannten, und meine Beine wollten mich kaum noch tragen. Matsu hatte offensichtlich nicht vor, mich wie einen Kranken zu behandeln. Nicht einmal hatte er angehalten oder auch nur gefragt, ob alles in Ordnung mit mir sei. Meine Mutter und Ching hätten viel

Aufhebens gemacht und mich alle fünf Minuten zum Ausruhen gezwungen. »Du darfst dich nicht überanstrengen, Stephen. Verschnaufe ein bißchen, geh langsamer«, hätten sie mit ihren hohen Stimmen gesagt, die die Luft durchschnitten.

Matsu stellte den Koffer ab und machte sich daran, das Tor aufzuschließen. Das Haus meines Großvaters stand auf der rechten Seite der Straße an einem leichten Abhang. Gegenüber mündete der Weg, der an den Strand führte und den Henry und ich, wie mir einfiel, auf unseren Besuchen immer hinuntergerannt waren.

Matsu gab mir ein Zeichen, um mir den Vortritt zu lassen. Ich trat durch das Bambustor in den Garten. Auf der Stelle wurde ich von einem überwältigenden, süßen Duft umfangen. Ein Seidenbaum, noch in voller Sommerblüte, und zwei mächtige Kiefern warfen ihre Schatten auf das Haus. Auf der einen Seite stach ein ovaler Teich ins Auge, unter dessen Wasserfläche orangerote und silberfarbene Schatten hin- und herhuschten und der von blaßgrünem Moos eingefaßt war. Eine Holzbrücke spannte sich quer darüber. Reihen bizarr geformter, ausgewaschener Steine bildeten zwei Wege. Einer führte durch den abgeschiedenen Garten geradewegs zur Eingangstür, während der andere hinter dem Haus verschwand. In den weichen Mulden hatte sich weißer Sand gesammelt.

Das Haus erscheint mir jetzt kleiner als in meiner Erinnerung, obwohl es gemütlich wirkt in seiner Schlichtheit, wie man sie im überfüllten Hongkong kaum antreffen würde. Auf seiner linken Seite, zum Teich hin, hat es eine kleine Veranda, die auf den Teich blickt. Auch die geraden und geschwungenen Linien des Ziegeldachs mit seinen vorspringenden Traufen gefallen mir; das ganze Haus scheint mit seiner Umgebung in Einklang zu sein.

Wir betraten den *genkan*, den Vorraum mit der Holzbank, wo man die Schuhe auszieht. Ordentlich aufgereiht standen da zwei Paar Hausschuhe. Das eine zweifellos bereits getragen, und daneben ein neues, das ich mir anzog. Die Schuhe waren kühl und angenehm. In unserem ersten Sommer in Tarumi hatte ich meine Mutter gefragt, warum wir die Schuhe ausziehen mußten, wenn wir ein Haus betraten, und sie hatte mir erklärt, das hätte mit der japanischen Vorstellung von Sauberkeit zu tun. Man sollte den Schmutz der Straße nicht ins Haus tragen, weil die *tatami*-Matten, mit denen der Boden ausgelegt ist, so empfindlich waren. Ein Brauch, den ich nach den schmutzigen Straßen Hongkongs als ausgesprochen wohltuend empfand.

Nachdem ich meine Sachen weggeräumt hatte, führte Matsu mich in den Garten hinter dem Haus, wo ich mein erstes japanisches Bad nahm. Auf einem Holzpodest stand ein hölzerner Zuber. Eine kleine geöffnete Tür an der Unterseite gab den Blick frei auf einen Eisenbehälter mit Kohlen, durch die das Wasser erhitzt wurde.

Während Matsu das Bad vorbereitete, gab er mir zu verstehen, daß ich mich erst waschen sollte. An der Seite stand ein Schemel mit einem Eimer und einem Waschlappen. Es war mir peinlich, mich vor Matsu auszuziehen und zu waschen, aber er heizte das Feuer an, ohne mich im geringsten zu beachten. Langsam streifte ich meine Kleider ab, dann setzte ich mich auf den Schemel und seifte mich von Kopf bis Fuß mit dem Waschlappen ein. Mit dem Eimer schöpfte ich aus dem Trog Wasser und goß es mir zum Abspülen über den Kopf, so wie ich es bei meinem Vater gesehen hatte. Ein gutes Gefühl nach dem heißen, staubigen Marsch.

Befangen stand ich auf und trat zum Zuber. In den letzten Wochen hatte ich so stark abgenommen, daß sich meine

Knochen unter der Haut abzeichneten. In der Wohnung meines Vaters in Kobe hatte ich mir beim Baden nicht mal die Zeit genommen, mich richtig in die Wanne zu setzen, weil es mir so peinlich war.

»Das Wasser ist heiß«, sagte Matsu, ohne mich anzusehen. »Steigen Sie rasch hinein. Dann sollten Sie möglichst ruhig drin sitzen bleiben.«

Ich kletterte auf das Holzpodest und steckte das Bein über den Zuberrand ins Wasser. Langsam glitt ich hinein, während das Wasser über den Rand schwappte. Dampf stieg auf und hüllte mich in süßen Zedernduft. Das Holz an meiner Haut fühlte sich weich an. Mir war warm, aber als ich ganz still sitzen blieb, wie Matsu mich geheißen hatte, kam mein Körper zur Ruhe. Matsu stand neben mir, und fast schien er zu lächeln, als ich mich zurücklehnte und dem warmen Wasser hingab.

16. SEPTEMBER 1937

Nach meinem Bad gestern abend schlief ich noch beim Schreiben ein. Matsu hatte ich gesagt, ich wollte mich auf der Bettrolle, die er für mich ausgebreitet hatte, nur ein wenig ausruhen. Er hatte genickt; offenbar war er erleichtert. In den leichten Baumwollkimono gehüllt, den er mir gegeben hatte, fiel ich in tiefen Schlaf, und er weckte mich nicht.

Als ich aufwachte, lag das Buch offen auf meiner Brust. Ich brauchte ein paar Minuten, bis ich wußte, wo ich war. Neben mir auf dem Boden stand das Tablett mit der kleinen Teekanne und den Plätzchen aus roten Bohnen, die Matsu mir gestern noch gebracht hatte.

Trotz der frühen Stunde höre ich Matsu schon in der Küche hantieren, und ein zarter Duft nach warmem Essen macht mir bewußt, wie hungrig ich bin. Seit Ewigkeiten habe ich nicht mehr das nagende Gefühl des Hungers gespürt. Zwar hat mir Matsu mehrere Steppdecken unter die Bettrolle gelegt, damit es nicht so hart ist, aber trotzdem fühlt sich mein ganzer Rücken steif an, als ich aufstehe. Die Luft riecht süßer hier, und mein Hals ist wie ausgetrocknet, aber der Husten hat nachgelassen, und ich fühle mich fast schon wieder gesund.

Ich öffne meine Schiebetür. Matsu ist hinten im Haus in der Küche, und so schlendere ich durch den Flur und nehme alles in mich auf, was mir am Abend zuvor entgangen ist. Hinter dem *genkan* liegt ein schmaler Flur, von dem zu beiden Seiten je zwei Räume abgehen. Dünne *shoji*-Wände, deren Papierrahmen sich zur Gänze aufschieben lassen, trennen sie voneinander ab. Das Hauptzimmer ist von beachtlicher Größe und mit sechs säuberlich eingefaßten *tatami*-Matten ausgelegt. Möbel enthält es nicht, und es riecht muffig, weil es zu selten benutzt wird. Es gibt zwei kleine Nischen, *tokonomas* heißen sie, wenn ich mich recht erinnere. In der einen hängt ein schlichtes Rollbild, vor dem auf dem Boden ein Korb mit Trockenblumen steht. In die andere ist ein Schrank mit Schiebetüren eingebaut, in dem *zabuton*-Kissen untergebracht sind, die Sitzpolster für die Gäste. Matsu hält das Haus makellos sauber. Immer wieder kommt mir in den Sinn, wie begeistert Ching wäre, daß jeglicher Zierat fehlt. Als wir das letztemal zu Besuch waren, öffnete Henry jeden Morgen die Schiebetüren, verteilte die Kissen auf dem Boden und hüpfte von einem zum anderen. Er spielte, sie wären kleine Inseln. Mein Vater war damals wegen seiner Geschäfte in Kobe geblieben, während meine Mutter die meiste Zeit des Tages allein im Garten unter einem riesigen Sonnenschirm aus rotem Papier verbrachte.

Gegenüber vom Hauptraum liegt das Studierzimmer meines Großvaters mit dem niedrigen schwarzen Lackschreibtisch und der großen handgeschnitzten Urne aus Elfenbein. Ich betrete das Zimmer, das uns als Kindern verboten war. Es ist hell und kühl, und ich lege die Hand auf die spiegelglatte Platte des Schreibtisches. Als ich hinunterblicke, erkenne ich, wie zerzaust ich aussehe: struppige, ungekämmte Haare, dunkle Augenränder, das schmale Gesicht mit roten Flecken auf den Wangen und ein leichter Bartschatten. Wenn man einmal den Gewichtsverlust außer acht läßt, gibt mir das Fieberglühen in meinem Abbild auf der dunklen Lackfläche ein fast schon täuschend gesundes Aussehen.

Mein Zimmer am Ende des Flurs ist heller und kleiner als das Hauptzimmer. Besonders an diesem Morgen, wo durch die kaum von Bäumen beschatteten *shoji*-Fenster ein weißes Licht ins Innere fällt, das alles klar aussehen läßt. Das Blaßgrün der *tatamis* trägt ein Spiralmuster, das die fließende Struktur der unbehandelten Holzfläche aufgreift. Die Papierwände haben die Farbe von Sand. Es gibt einen niedrigen Tisch, ein Kissen und ein *tokonoma* mit einem chinesischen Rollbild, das die zerklüftete Berglandschaft von Guilin zeigt. Es stammt von meinem Großvater, und ich bewundere es seit meiner Kindheit. Beim Aufwachen freue ich mich jedesmal, wenn mein Blick darauf fällt.

Matsu hat ein Frühstück aus eingelegtem Gemüse, Reis und *Miso*-Suppe vorbereitet. Nach einem einsilbigen Gespräch, das nur aus einigen erbärmlichen Brocken Japanisch meinerseits und ein paar tiefen Grunzern von ihm bestand, nahm ich meinen Skizzenblock und ging zum Strand. Der frische Morgenwind ließ mich frösteln.

Die Straße war menschenleer. Der starke, süße Duft der letzten Sommerblumen erfüllte die Luft. Einige Häuser schliefen noch hinter ihrem Bambuszaun. Aus anderen drangen die ersten Geräusche der erwachenden Bewohner. Durch die Ritzen zwischen den Bambusstäben erhaschte ich einen Blick auf ein, zwei Dienstboten. Viele Häuser waren bereits leer oder wurden nur noch von einem Bediensteten wie Matsu bewohnt. Ob Matsu wohl Kontakt zu anderen Dienern hatte oder ob er lieber für sich blieb? Ich schob den Gedanken fort, daß es fast ein Jahr dauern würde, bis Tarumi mit den Familien, die hier ihren Urlaub verbrachten, wieder zum Leben erwachte. In der Zwischenzeit muß ich mich fernab vom Trubel und vom Trost meiner Familie und Freunde in Hongkong und Kanton an die Stille gewöhnen. Allein zu sein fällt mir schwerer als erwartet. Ich denke aber, daß ich mich daran gewöhnen werde, wie eine leere Leinwand, die sich allmählich mit Farbe füllt.

Der Weg sah noch genauso aus wie in meiner Erinnerung – ein schmaler, sandiger Pfad, der zum leeren Strand führte. Von der Anhöhe blickte ich auf den breiten Streifen weißen Sandes, in den sich eine große Düne geschoben hatte. Das ruhige Meer schimmerte blaugrün. Als ich den Weg hinunterlief, füllten sich meine Leinenschuhe mit dem noch von der Nacht kühlen Sand. Ich kletterte keuchend über die Düne. Dann ging ich ans Wasser und sog tief die salzige Luft ein. Weil ich das Morgenlicht ausnutzen wollte, suchte ich mir einen Platz und schlug den Skizzenblock auf, um das Meer mit den umliegenden Bergen einzufangen.

Die Sonne brannte bereits heiß auf meinen Rücken, als ich mit meiner Zeichnung halbwegs zufrieden war. Ich legte den Skizzenblock fort und merkte plötzlich, wie hungrig ich war. Als ich an Matsus Gericht aus Reis und Gemüse dachte, knurrte mir der Magen. Zwar sprach Matsu nicht viel, doch dafür war er ein guter Koch.

Um mich vom Essen abzulenken, beschloß ich, schwimmen zu gehen. Soweit mein Auge reichte, war der Strand menschenleer. Ich ließ meine Kleider auf den Skizzenblock fallen und lief rasch ins Wasser. Beim Eintauchen hatte ich im Ohr, wie meine Mutter und Ching entsetzt aufschrien. Mein ganzer Körper spannte sich unter der plötzlichen Kälte. Doch mit jedem Zug spürte ich neue Energie durch mich hindurchströmen. Ich schwamm hin und her, warf die Arme nach vorn, so daß sich das stille Meer unter meinen wütenden Schlägen vor mir teilte. Das prickelnde Wasser tat meinem Körper wohl, und als schließlich alle Spannung von mir abfiel, erfüllte mich ein Gefühl des Friedens, das lange unter meiner Krankheit begraben gewesen war.

Allmählich wurden meine Arme müde, und mein Atem ging schwerer. Ich legte mich auf den Rücken und ließ mich treiben. So hätte ich für immer bleiben mögen, ein kleines Kind im Bade. Seit meiner Rückkehr von der Universität in Kanton nach Hongkong hatte ich fast nur noch im Bett gelegen, Schwäche und Fieber verboten alles andere. Da nur meine Mutter und Ching bei mir waren, vermißte ich King und meine anderen Freunde von der Lingnan-Universität um so mehr. Ich hatte in meinem eigenen Zimmer gelebt wie ein Gefangener.

Der Klang von Stimmen, der von der Küste her zu mir drang, unterbrach meine Gedanken. Ohne nachzudenken, tauchte ich tiefer ins Wasser. Zu meiner Überraschung sah ich zwei Mädchen am Strand. Unter lautem Lachen jagte das größere der beiden das andere über den Sand. Offenbar hatten sie mich nicht bemerkt. Zuerst wollte ich ihnen etwas zurufen, froh, daß es außer mir noch andere junge Menschen in Tarumi gab, doch dann fiel mir ein, daß meine Kleider am Strand lagen. Und so verhielt ich mich still, bis sie die Düne hinaufgelaufen und meinen Blicken entschwunden waren.

Als ich zum Haus zurückkam, war Matsu nicht da. Rasch aß ich die Schale *udon*-Nudeln und den Fischkuchen, die er mir ins Zimmer gestellt hatte. Später versuchte ich auf andere Gedanken zu kommen, indem ich meiner Mutter, Pie und King Briefe schrieb. Ich hoffte, daß King sein Studium an der Lingnan-Universität hatte fortsetzen können. Drei Monate waren vergangen, seit ich Kanton und damit meinem Studentenleben den Rükken gekehrt hatte. Da sich die Japaner inzwischen im ganzen Land breitmachten, wußte ich nicht, ob ihn meine Zeilen auch wirklich erreichten. In seinem letzten Brief, den ich noch in Hongkong bekommen hatte, hatte er geschrieben, in Kanton sei alles ruhig, und die japanischen Teufel würden sie vorläufig noch in Frieden lassen. Abschließend gab er seiner Hoffnung Ausdruck, ich könnte meine »Genesungszeit« dazu nutzen, mich voll und ganz meiner Kunst zu widmen. King war einer meiner wenigen Freunde, die verstanden, wieviel mir die Malerei bedeutete.

Als Matsu am Abend zurückkehrte, brachte er mehrere Zeitschriften und kleine Päckchen mit. Er begrüßte mich mit kaum mehr als einer kurzen Verbeugung und verschwand dann in der Küche. Ich folgte ihm, stellte mich auf die Schwelle und sah zu, wie er die Einkäufe auspackte. Aus dem blutigen Papier kam ein Hühnchen zum Vorschein, dem gerade erst der Kopf abgeschnitten war, und das andere enthielt rohen Fisch. Zu Hause hatte Ching uns immer verboten, sie beim Kochen zu stören, selbst meiner Mutter. Aber die betrat die Küche ohnehin nur selten, höchstens, wenn sie in letzter Minute Anweisungen geben wollte, was bei ihrem Mah-Jongg-Spiel aufgetischt werden sollte.

Als Matsu mich nicht mehr ignorieren konnte, ohne unhöflich zu wirken, sah er auf. Er rutschte verlegen hin und her, bevor er den ersten vollständigen Satz herausbrachte, seit er mich am Bahnhof abgeholt hatte.

»Brauchen Sie etwas?« fragte er. Seine heisere, vibrierende Stimme hallte durch den kleinen Raum.

»Ja«, antwortete ich rasch. »Ich möchte etwas über die Menschen erfahren, die in dieser Gegend wohnen.«

Matsu, der sich ein Handtuch über die rechte Schulter seines abgetragenen grauen Kimonos geworfen hatte, sah zur Seite. Er nahm das Hühnchen auf und rupfte die graubraunen Federn.

»Es sind nicht mehr viele da. Nur die aus dem Ort und ein paar, die sich um die Häuser kümmern. Die anderen kommen erst im Sommer zurück.«

»Aber heute morgen habe ich am Strand zwei junge Mädchen gesehen. Wissen Sie, ob sie hier in der Nähe wohnen? Sind es vielleicht die Töchter eines Bediensteten?«

Matsu zuckte die Achseln. »Die meisten jungen Leute, die noch hier sind, stammen aus dem Dorf«, antwortete er. Er wandte sich ab und wuchtete einen großen Tontopf auf den Herd.

Ich wartete, bis er sich wieder umdrehte. »Wird es Ihnen nicht einsam hier, so ganz allein?«

Ich weiß nicht, welcher Teufel mich ritt, Matsu eine so persönliche Frage zu stellen, doch da sie nun einmal heraus war, sah ich ihm erwartungsvoll in die Augen. Er schwieg lange, stand da und blickte mich nur an. Dann kratzte er sich mit seinen groben, dicken Fingern die Wange.

»Es gibt immer etwas zu tun«, erwiderte er schließlich.

»Aber was machen Sie, wenn Sie mit der Arbeit fertig sind?« bohrte ich weiter. »Vermutlich haben Sie viele Freunde, die Ihnen Gesellschaft leisten.«

Matsu kniff die Augen zusammen. Mißtrauisch musterte er mich von oben bis unten. »Warum?« fragte er.

Mir wurde unbehaglich, und verzweifelt suchte ich nach den passenden japanischen Worten. »Weil ich neugierig bin. Es kommt mir hier so still vor.«

Matsu wartete einen Augenblick, dann lachte er heiser auf. »Da und dort habe ich einen Freund. Aber meistens arbeite ich im Garten oder lese meine Zeitschriften. Meine Schwester schickt sie mir aus Tokio.«

»Sie haben eine Schwester?«

»Erstaunt Sie das?« fragte Matsu scheinbar belustigt.

»Nein, natürlich nicht.«

»Ich hatte zwei, aber die eine ist gestorben.«

»Und ich habe zwei Schwestern und einen Bruder.« Noch während ich sprach, fiel mir ein, daß er das eigentlich wissen mußte. Bei den seltenen Besuchen meiner Familie hatte Matsu uns geholfen, uns einzurichten, obwohl er sich danach immer gleich rar machte. Ich hätte ihm gern ein wenig mehr von meiner Familie und meinen Freunden erzählt, aber Matsu wies mit einem Räuspern zum Tontopf auf dem Ofen. Obwohl er sich von mir abwandte, blieb ich stehen und sah zu, wie er das Geflügel fachkundig zerlegte. Matsu hielt den Blick gesenkt und sagte auch nichts mehr. Trotzdem, der Anfang war gemacht.

Letzte Nacht war es so warm, daß ich kaum schlafen konnte. Der ungewöhnlich helle Mond tauchte den Raum in ein diffuses weißes Licht. Heute versuchte ich zu zeichnen, doch die Striche, die ich auf Papier brachte, ergaben keinen Sinn – nichts weiter als dunkle Kohlelinien, die das Weiß des Blatts zerstörten. Ich warf mehrere Bögen fort, bevor ich enttäuscht aufgab. Ich bilde mir ein, daß ich mit Ölfarben bessere Ergebnisse erziele, doch die Leinwände, die mir mein Vater aus Kobe schicken wollte, sind noch nicht eingetroffen. Er ließ mir mitteilen, daß er sich vor nächster Woche nicht freimachen könne, um mich zu besuchen. Von meiner Mutter und Pie habe ich noch nichts gehört. Ich weiß, ich bin noch nicht einmal eine Woche hier, aber es kommt mir länger vor.

Matsu begegnet meinen Versuchen, mit ihm ein Gespräch anzufangen, inzwischen aufgeschlossener, doch wir kommen nicht über das bereits Bekannte hinaus. Wenn wir tagsüber aufeinander treffen, nimmt er meine Anwesenheit mit einer leichten Verbeugung zur Kenntnis. Den Abend verbringt er meist hinten in der Küche, oder er lauscht in seinem kleinen Zimmer neben der Küche den knisternden Tönen, die aus dem Radio kommen. Er überrascht mich immer wieder. Manchmal hört er Mozart oder Chopin – was mich an Pie und ihren weißrussischen Klavierlehrer erinnert –, oder er folgt der hohen Stimme der Nachrichtensprecherin, die von »der Dummheit Shanghais« spricht, »nicht die guten Absichten der Kaiserlichen Armee zu erkennen«. Nur einmal fand ich den Mut, Matsu zu fragen, wie er über die Siege seines Landes in China denkt. Er saß in der Küche und las in der Zeitschrift, während in seinem Zimmer das Radio plärrte. Er sah zu mir auf und sagte nur: »Japan ist wie ein junges Mädchen, das eine zu hohe Meinung von sich hat. Das kann nur zu Schwierigkeiten führen.« Dann wandte er sich wieder der Zeitschrift zu und las weiter. Ich antwortete nicht. Er hat wohl keine anderen Bedürfnisse. Vermutlich hat er sich in den Jahren der Einsamkeit daran gewöhnt, sich mit sich selbst zu begnügen. Wir lernen allmählich, miteinander auszukommen.

Den beiden Mädchen, die ich an meinem ersten Tag gesehen habe, bin ich nicht mehr begegnet. Jeden Morgen gehe ich schwimmen in der Hoffnung, daß sie zufällig wieder vorbeikommen. Aber bisher vergeblich. Manchmal ist das Haus so still, daß ich nichts anderes höre als das, was sich in meinem Kopf abspielt. Gespräche aus der Erinnerung kommen mir in den Sinn, als wären meine Familie und meine Freunde hier bei mir.

29. SEPTEMBER 1937

In der letzten Woche blieb ich in Stille und Einsamkeit gehüllt, als ob man eine Decke über mich gebreitet hätte, bis es mir wieder gutgeht. Ich habe mich also entschlossen, mit Hilfe von Ruhe und Bewegung und meiner Malerei gesund zu werden.

Als ich heute nach dem Schwimmen in den Garten kam, stieß ich auf Matsu, der zwei Wassereimer zum Seidenbaum trug. Doch anstatt sich wie sonst nur rasch zu verbeugen, blieb er stehen, setzte die Eimer ab und sagte bedächtig: »Es ist ein Paket für Sie gekommen.«

Ich weiß nicht mehr, ob ich ihm etwas darauf erwiderte. Jedenfalls lief ich gleich ins Haus, wo in meinem Zimmer ein großes braunes Paket mit Leinwänden an der

Wand lehnte. Daneben, auf einem Stapel japanischer Zeitschriften, lag ein Brief von meiner Mutter und Pie. Ich nahm den Brief und ein paar Zeitschriften und ging zurück in den Garten. Doch Matsu war nicht mehr da. Der Garten war sein Reich, und irgendwie spürte ich noch immer seine Anwesenheit. Trotz der stillen Anmut wirkte jeder Winkel robust und voller Kraft.

Der Tag war warm, und so setzte ich mich an den Teich, um meinen Brief zu lesen. Weich wie eine Decke breitete sich das grüne Moos unter mir aus. Ich kam mir vor wie ein Kind, das ein heißersehntes Geschenk auspackt. Die zarten blauen Bögen raschelten in der Brise, bevor ich die raschen kräftigen Striche meiner Mutter und Pies große, säuberliche chinesische Schriftzeichen lesen konnte.

Meine Mutter sprach hauptsächlich von meiner Gesundheit. Ging es mir schon besser? Bekam ich genug zu essen? Sie wollte mich so bald wie möglich besuchen. Anne und Henry würden zum Semesterende im Dezember aus dem Internat in Macau zurückkehren. Dann wäre die ganze Familie wieder vereint. Sie konnte sich nicht vorstellen, daß die Japaner den Mut aufbringen würden, in Hongkong einzufallen. Schließlich stünde es unter britischer Oberhoheit. Trotzdem, als ich ihre Worte las, machte ich mir Sorgen.

Pies Zeilen dagegen gaben mir Trost. Sie war Klassenbeste geworden und entwarf im Moment – nach dem Vorbild von *Poor Little Rich Girl*, dem neuesten Shirley-Temple-Film – ihre Kleider selbst, ehe sie sie bei der Schneiderin in Auftrag gab. Doch zum größten Teil beschäftigte sich ihr Brief damit, daß Anne einmal bei einer Verdunklung in Macau ohnmächtig geworden war. Die Lehrer hatten sie mit Riechsalz und einem Schluck Brandy wieder zu Bewußtsein gebracht. Pie schrieb, bei der nächsten Verdunklung würde sie das auch versuchen, damit sie endlich mal Brandy probieren dürfe.

Als ich den Brief sinken ließ, verspürte ich größeres Heimweh als in all den Tagen zuvor. In meiner Abgeschiedenheit war es schwierig, über den Stand des Krieges auf dem laufenden zu bleiben. Bisher hatte ich lediglich Bruchstücke aus Matsus Radio hören können, die natürlich nur die japanische Sicht wiedergaben. Allmählich fühlte ich mich eingesperrt hinter dem Bambuszaun, der mich von meiner Familie und vom Rest der Welt trennte.

Ich ließ mich auf die kühle Moosdecke zurücksinken und schloß die Augen. Vielleicht wäre ich eingeschlafen, wenn ich nicht hinter dem Zaun leise Geräusche gehört hätte. Zuerst dachte ich, es sei Matsu, und legte mich wieder hin. Obwohl ich es nett fand, daß er mir ein paar Zeitschriften dagelassen hatte, war ich es müde, ihn wenigstens zu einem einfachen Gespräch zu bewegen.

Aber die flüsternden Stimmen kamen näher. Als ich mich aufsetzte, sah ich draußen vor dem Zaun zwei Schatten entlanghuschen. Ich versuchte, ihre Worte zu verstehen, doch sie sprachen zu leise und zu schnell. Gerade als ich aufstehen wollte, streifte etwas meinen Kopf. Ich sah nach oben. Eine Wolke weißer Blütenblätter rieselte auf mich herab, sank zu Boden und tüpfelte den Teich wie eine Flotte kleiner Boote. Rasch sprang ich auf. Während ich zum Tor eilte, hörte ich zwei Mädchen lachen. Doch kaum hatte ich das Gatter geöffnet, da liefen sie auch schon auf der unbefestigten Straße davon. Ich rief ihnen nach, sie sollten stehenbleiben. Ich wollte einfach nur mit ihnen reden, aber sie rannten weiter, ohne sich umzudrehen.

Gestern traf mein Vater aus Kobe ein. Wir hatten ihn nicht erwartet, und er kam zu Fuß vom Bahnhof, ohne uns von seiner Ankunft zu unterrichten. Matsu, der draußen im Garten arbeitete, begrüßte ihn als erster. Als ich ihn ungewohnt laut und erregt sprechen hörte, verließ ich neugierig mein Zimmer. Geblendet von der Sonne blieb ich an der Haustür stehen, bis sich meine Augen soweit ans Licht gewöhnt hatten, daß ich meinen Vater erkannte, der gerade seine Brille putzte. Ich lief auf ihn zu und umarmte ihn. Fast hätte ich ihn umgerissen, so glücklich war ich.

»Ba-Ba, warum hast du nicht Bescheid gesagt daß du kommst? Ich hätte dich vom Bahnhof abgeholt.«

Mein Vater setzte seine Brille wieder auf und lächelte. »Ich habe es selbst bis zum letzten Augenblick nicht gewußt. Im Büro gab es so viel Arbeit, daß ich den Zug fast nicht erreicht hätte. Aber nun laß dich mal ansehen, ob dir die frische Luft auch guttut.«

Ich trat ein paar Schritte zurück und richtete mich auf. »Was meinst du?« fragte ich.

»Du bist immer noch zu dünn«, antwortete er. Dann warf er Matsu einen Blick zu. »Geben Sie meinem Sohn nicht genug zu essen?« neckte er ihn.

Matsu trat auf meinen Vater zu, während er sich die Hände an der erdverschmierten Hose abrieb. »Er ißt wie ein Spatz«, sagte er. Dann nahm er den Koffer meines Vaters und ging ins Haus.

Gestern abend in Großvaters Studierzimmer trank mein Vater zu unserer Mahlzeit aus Reis, Hühnchen und eingelegten Rüben *sake*. Er wirkte locker und entspannt, während ich mich freute, daß ich endlich wieder mit jemandem reden konnte.

»Wie geht es dir, Stephen?« fragte mein Vater. Er hob die zierliche *sake*-Schale an den Mund, ohne den Blick von mir abzuwenden.

»Wirklich besser. Die Schmerzen in der Brust sind fort, und mein Husten hat nachgelassen«, antwortete ich.

Mein Vater setzte die Schale ab. »Und gefällt es dir hier?«

»Meistens schon. Aber die anderen fehlen mir. Es ist recht einsam.«

»Ich weiß, Stephen, aber es wird nicht lange dauern. Wenn es dir wieder gutgeht, wird dir diese Episode deines Lebens wie eine kurze Zeit der Stille erscheinen.«

Ich betrachtete meinen Vater mit seinem ergrauenden Haar und den freundlichen Augen, und mir wurde klar, daß ich ihm seit langem nicht mehr so nahe gewesen war. Nach Pies Geburt beanspruchte sie den größten Teil der Aufmerksamkeit meiner Eltern. Und in Hongkong und auch in Kobe gab es immer Probleme in der Familie oder im Geschäft, die ein echtes Gespräch verhinderten. Aber hier in Tarumi ist das anders. Selbst das Licht trägt zur Klarheit bei, und einem entgeht nicht die kleinste Nuance, der leiseste Laut. Es ist, als würden diese kleinen Zimmer die ganze Welt umfassen. Ob es meinem Vater auch so erscheint?

6. OKTOBER 1937

Heute besuchte ich mit meinem Vater den Strand. Da es immer noch warm genug war, ging ich schwimmen, während er es sich unter einem großen gelben Sonnenschirm, den Matsu für ihn aufgestellt hatte, auf einem Klappstuhl gemütlich machte. In seiner weißen Hose, dem weißen Hemd und dem Sommerhut wirkte er ganz anders als der Vater, der mir so vertraut war und der sich in strenge dunkle Geschäftsanzüge kleidete – eher wie ein Bekannter unserer Familie, den ich seit langem nicht mehr gesehen hatte.

Ich blieb nicht lange im Wasser und setzte mich dann zu ihm an den Strand. Plötzlich fühlte ich mich wieder wie ein Kind. Wir sprachen von der Zeit, als ich ein kleiner Junge gewesen war. Schon damals hatte ich das Wasser geliebt.

»Bist du als Junge viel geschwommen?« fragte ich.

Mein Vater lachte. »Ich hatte immer Angst, den Kopf unter Wasser zu tauchen. Mir ist es nie so leicht gefallen wie dir.«

»Du kannst nicht schwimmen?« fragte ich. Das hatte ich bisher noch nicht gewußt. Bei unseren Besuchen in Tarumi war gewöhnlich Ching mit uns an den Strand gegangen. Sie saß dann immer im Sand, rief uns zu, wir sollten vorsichtig sein, und schwitzte in ihrem dunklen, bis zum Hals zugeknöpften Baumwollkleid so sehr, daß sie sich offensichtlich unwohl fühlte.

»Ich kann mich über Wasser halten, bis jemand kommt und mich rettet«, erklärte mein Vater.

»Ich werde es dir beibringen.«

»Vielleicht bei meinem nächsten Besuch.« Mein Vater lächelte.

Ich wurde traurig, denn unsere gemeinsame Zeit neigte sich dem Ende zu. Schon morgen mußte er nach Kobe zurückfahren. Und während wir einträchtig schwiegen, mußte ich wieder gegen dieses schmerzliche Gefühl der Einsamkeit ankämpfen.

»Wie ist momentan die Lage in Shanghai?« fragte ich, begierig nach Neuigkeiten. »Hier erfährt man nicht viel.«

»Nicht gut«, erwiderte mein Vater, der ernst geworden war. »Shanghai wird ohne Unterlaß von Flugzeugen bombardiert. Und was die Bomben nicht zerstört haben, fällt den Bränden zum Opfer, die sie entfachen. So viele Unschuldige haben schon ihr Leben verloren.« Er hielt inne und schüttelte den Kopf. Dann sah er mich an. »Ich werde dafür sorgen, daß du Zeitungen bekommst.«

»Was glaubst du, wird geschehen, wenn sie Shanghai eingenommen haben?« hakte ich nach.

»Höchstwahrscheinlich werden sie weiter nach Süden ziehen.«

»Glaubst du, sie kommen bis nach Hongkong?«

Mein Vater sah auf und wischte sich über die Stirn. »Das ist möglich«, sagte er schließlich.

Wir schwiegen eine Weile, jeder in seine Gedanken versunken.

»Kannst du mir ein wenig von Matsu-*san* erzählen?« fragte ich unvermittelt.

Mein Vater blinzelte zu mir herab. »Was möchtest du wissen?«

»Warum ist er all die Jahre allein in Tarumi geblieben?«

»Tarumi ist seine Heimat.«

Ich streckte meine Beine auf dem warmen Sand aus. »Aber als er jung war, wollte er da nicht andere Orte kennenlernen und eine eigene Familie gründen?«

Mein Vater lachte. »Wie ich sehe, hast du noch nicht viel aus Matsu herausbekommen.«

»Er spricht nicht viel«, erwiderte ich.

»Das hat er noch nie. Schon als ich ein kleiner Junge war, blieb Matsu lieber für sich. Leicht fiel ihm das Gespräch nur mit seinen Schwestern. Eine der beiden, Tomoko, die jüngere, war sehr hübsch. Viele Jungen haben für sie geschwärmt.«

»Und du? Hast du auch für sie geschwärmt?«

»Dazu war ich viel zu schüchtern.« Er lächelte in sich hinein. »Außerdem war ich der Sohn des Herren, und Klasse und Etikette trennten uns. Dein Großvater und deine Großmutter hatten andere Pläne für mich.«

»Also hattest du mit Matsu und seinen Schwestern nichts zu tun?« Ich grub meinen Fuß in die noch kühlen Sandschichten.

»Wir waren Kinder. Manchmal spielten wir miteinander, wenn sie ihrem Vater im Garten halfen. Aber meistens blieben sie in dem Haus in der Nähe des Dorfes, wo sie wohnten.«

»Wie war Matsu in meinem Alter?«

Mein Vater lehnte sich zurück und schloß einen Moment die Augen, ehe er antwortete. »Matsu war wie ein Bulle, voller angestauter Energie, und man hatte den Eindruck, jeden Augenblick könnte sie aus ihm hervorbrechen. Warum das nicht geschah, werden wir wohl nie erfahren. Es gab Gerüchte, er würde ein Mädchen aus dem Ort lieben. Aber sie ist fortgezogen oder hat sich für einen anderen entschieden, ich weiß es nicht mehr genau. Dann starb unerwartet seine Schwester Tomoko, und danach schien Matsu alle Kraft verloren zu haben.«

»Weißt du, was damals geschehen ist?« fragte ich gespannt.

Mein Vater schüttelte den Kopf. »Ich glaube, seine Schwester hatte irgendeine Art von Unfall. Aber damals fuhr ich nur noch selten nach Tarumi und bekam nur einen Teil der Gerüchte mit.«

»Matsus andere Schwester wohnt in Tokio.«

»Sie ist nach ihrer Heirat dorthin gezogen.«

»Aber warum ist Matsu nicht fortgegangen? Was hat ihn sein Leben lang hier festgehalten, so allein?«

Mein Vater lachte, als er merkte, daß ich nicht lockerließ. »Wenn du aus Matsu etwas herausbekommst, hast du eine Meisterleistung vollbracht. Er gehört nicht zu der Sorte Menschen, die einem ihre Gedanken offenbaren. Nehmen wir einfach an, er hat hier eine Art von Frieden gefunden, und belassen wir es dabei.«

Ich schnipste Sand von meiner Hose und schwieg. Sicher, Matsu stieß mit seiner Reserviertheit die meisten Menschen vor den Kopf aber für mich war das nicht alles. Offenbar hatte er eine Geschichte, und niemand hatte sich bisher die Mühe gemacht, sie ihm zu entlocken.

8. OKTOBER 1937

Gestern fuhr mein Vater nach Kobe zurück. Matsu blieb zu Hause und ließ mich ihn allein zum Bahnhof bringen. Als ich ihm nachwinkte, war er wieder zu dem Vater im Geschäftsanzug geworden, den ich kannte. Auf dem Rückweg empfand ich eine solche Leere in mir, daß ich am liebsten geweint hätte.

Matsu war im Garten. Er bückte sich über den Teich und fischte grummelnd die Blütenblätter aus dem Wasser, die alle paar Tage über den Zaun rieselten. Bisher war es mir noch nicht gelungen, die beiden Mädchen zu treffen, die sie hinüberwarfen, doch ich wußte, es war nur noch eine Frage der Zeit.

Matsu sah auf, als er mich das Gartentor schließen hörte. Fast schon schüchtern verbeugte er sich und fragte: »Ist Ihr *o-tosan* sicher zum Zug nach Kobe gekommen?«

Ich nickte. »Ja«, flüsterte ich dann.

Matsu richtete sich auf. »Ich möchte eine Freundin besuchen, die ganz in der Nähe in einem Bergdorf wohnt«, sagte er, meinem Blick ausweichend. »Wollen Sie vielleicht mitkommen?«

Ohne mein Erstaunen zu verbergen, lächelte ich ihn an. »Ich würde mich glücklich schätzen, wenn ich Sie begleiten dürfte«, antwortete ich rasch, ehe er seine Meinung ändern konnte.

»Gut, dann brechen wir nach dem Mittagessen auf«, erwiderte er.

Matsu wandte sich ab und ging, ein Büschel feuchter Blütenblätter in der Hand, zum Haus.

Yamaguchi sei ein kleines Dorf in den Bergen, hatte Matsu gesagt. Er gehe oft hinauf, um seine Freundin mit Vorräten zu versorgen. Die etwa drei Kilometer dorthin führten über einen schmalen, steinigen, mit Gestrüpp überwachsenen Weg. Vor uns erstreckten sich sanfte Hügel mit hoch aufragenden Kiefern, wie dafür geschaffen, jeden Hinweis auf Leben vor der Außenwelt zu verbergen.

»Yamaguchi wird das Lepradorf genannt«, sagte Matsu, als wir langsam den Weg hinaufkletterten. »Wenn Menschen mit dieser Krankheit bei ihren Mitbürgern in der Stadt unerwünscht waren, nahmen sie ihre paar Habseligkeiten und gingen in die Berge, um dort in Frieden zu sterben. Weit fort von der Grausamkeit der Gesunden.«

»Haben Sie keine Angst?« fragte ich zögernd.

Matsu ging ungerührt weiter. Ich dachte schon, er würde nicht antworten, als er sich plötzlich umsah. »Das erste Mal, als ich dort war, wußte ich nicht, was mich erwartete. Schließlich kamen die Leprakranken aus ganz Japan nach Yamaguchi, weil sie hofften, in den Bergen Zuflucht zu finden.« Matsu sah auf den Weg, dann ging er weiter. »Meine Besuche galten einer Freundin – aus meiner Jugendzeit. Niemand wußte davon. Ich war jung und gesund. Und außerdem hatte mir vor langer Zeit ein Arzt erklärt, ich hätte nichts zu befürchten. Lepra sei keine Krankheit, die durch Berührung verbreitet wird.«

Als Matsu verstummte, merkte ich, daß er mehrere Schritte Vorsprung hatte und nun anhielt, damit ich zu ihm aufschließen konnte. Ich war ein wenig knapp bei Atem, sog tief die Luft ein und seufzte mehrmals laut auf. »Es geht mir gut«, sage ich schließlich, während ich mit raschen Schritten an Matsu vorbeistrebte.

»Vielleicht sollten wir unseren Besuch auf einen anderen Tag verschieben«, schlug Matsu mit lauter Stimme vor, damit ich es auch sicher hörte.

Ich blieb stehen und drehte mich zu ihm um. »Mir geht es wirklich gut«, wiederholte ich mit solcher Überzeugungskraft, daß Matsu zu mir kam und dann vor mir weiterging.

Das Dörfchen Yamaguchi lag an einem sanften Berghang im Schatten hoher Kiefern. Kleine Holzhäuser scharten sich zusammen, wie in jedem anderen Dorf auch. Ich blieb am Ortsrand stehen und ließ meinen Blick über das friedliche Bild wandern. Aus der Ferne sahen die Bewohner nicht anders aus als Matsu und ich. Männer hatten sich in kleinen Gruppen zusammengefunden, tranken Tee und unterhielten sich, während andere im Garten arbeiteten. Die Frauen flickten Kleider. Erst bei näherem Betrachten erkannte ich, daß die Häuser notdürftig aus grob geschnittenen Holzbrettern gezimmert waren. Und einige Dorfbewohner trugen Verbände um die Hände oder im Gesicht, während andere ihre eiternden Geschwüre und Wunden offen zeigten. Doch statt Angst verspürte ich eher eine seltsame Neugier. In China waren Leprakranke gefürchtet und wurden ausgestoßen. Ich hatte gehört, daß sie auf der Straße leben mußten, gezwungen waren, zu stehlen oder sich von Ratten zu ernähren, während sie bei lebendigem Leibe verfaulten.

Lange Zeit blieb ich stehen und nahm alles in mich auf. Als ich schließlich aus meiner Trance erwachte, betrachtete mich Matsu mit ungewohnter Aufmerksamkeit. Lange musterte er mich, bis er schließlich sagte: »Sie brauchen keine Angst zu haben. Ich hätte Sie nicht mitgenommen, wenn es hier irgendeine Gefahr für Sie gäbe.«

Als ich merkte, wie besorgt er war, mußte ich lächeln. »Ich habe Angst um die Leute«, sagte ich rasch, um zu überspielen, daß ich husten mußte.

Matsu lachte. Dann wies er zum anderen Ende des Dorfes. »Das Haus meiner Freundin liegt dort hinten«, sagte er.

Langsam gingen wir durch das Dorf. Ein starker Geruch nach Eukalyptus und irgend etwas Medizinischem erfüllte die Luft. Zum ersten Mal in meinem Leben sah ich, was es heißt, Lepra zu haben, zu den Aussätzigen zu gehören. Aber sie schienen mich mit der gleichen Neugier zu bestaunen. Ich versuchte, sie nicht anzustarren, doch ich konnte den Blick nicht von ihren Wunden wenden, von den fehlenden Fingern und Zehen, den großen, klaffenden Löchern im Gesicht, den verstümmelten Resten, die einmal Nasen und Ohren gewesen waren. Es sah aus, als würden sie gräßliche Masken tragen, die sie jeden Augenblick ablegen könnten.

Matsu mußte meine Gedanken gelesen haben. Plötzlich blieb er stehen, wandte sich zu mir um und sagte: »Die meisten kamen als junge Männer und Frauen in dieses Dorf. Nun sind sie alt und haben sich an das Leben hier gewöhnt, obwohl die japanische Regierung inzwischen

Verständnis für ihre Probleme gezeigt hat und sie gern in besseren Einrichtungen unterbringen würde. Aber Yamaguchi ist inzwischen zu ihrer Heimat geworden.«

Matsu nickte mehreren Dorfbewohnern zu und grüßte sie höflich.

Aus einigen Türen roch ich das starke süße Aroma von Tee, der in meiner trockenen Kehle einen übermächtigen Durst wachrief.

»Wer ist dieser stattliche junge Mann, Matsu?« fragte ein Dorfbewohner und trat näher auf uns zu. Sein rechter Arm war nur noch ein eiternder Stumpf, der wie abgefressen aussah.

»Der Sohn meines *Danasama*, meines Herrn«, erwiderte Matsu, ohne stehenzubleiben.

Ich lächelte ihn schüchtern an. Dann folgte ich Matsu, als sei er der Herr.

Wir gingen bis zum Dorfrand, wo es nicht mehr so viele Häuser gab und die Kiefern wieder dichter standen. Matsu verlangsamte seine Schritte und ging dann auf ein kleines, solider aussehendes Haus zu, das fast ganz hinter Bäumen versteckt lag.

»Wer wohnt hier?« fragte ich, während ich nach Luft schnappte.

»Eine Freundin«, sagte Matsu. Als er mich zum Haus führte, wurden seine Schritte plötzlich leichter, sein Körper entspannte sich, und er wirkte beinahe wieder jung.

Ich stellte mich hinter Matsu, als er drei Mal an die Tür klopfte und beim Warten die Luft durch die Zähne blies, so daß ein leises Pfeifen zu hören war. Ich hatte Matsu noch nie so aufgeregt erlebt, und dementsprechend wuchs meine Neugier auf die Person, die in dem Haus lebte. Nach einem kurzen Augenblick wurde die Tür einen Spalt breit geöffnet, und ein in einen schwarzen Schal gehüllter Kopf lugte hervor.

»Sachi-*san*, ich bin's«, sagte Matsu mit sanfter Stimme.

Die Frau trat zurück und öffnete die Tür weiter, so daß das Sonnenlicht in den sauberen, leeren weißen Raum hinter ihr fiel. Sie sah von Matsu zu mir, rührte sich jedoch nicht von der Stelle. »Matsu?« fragte sie leise, während sie mich aufmerksam musterte.

»Das ist Stephen-san, ein Freund«, sagte er.

»*Konnichiwa.*« Ich verbeugte mich und versuchte, vertrauenerweckend zu lächeln.

Die Frau trat zur Seite und verbeugte sich demütig. Matsu ging ins Haus und winkte mir, ihm zu folgen. Begierig, mehr über diese scheue Frau zu erfahren, ging ich ihm nach. Der Raum roch nach den Kiefernzweigen, die in einer Vase auf einem flachen Tisch in der Ecke standen. Neben der Vase lagen zwei kleine, schimmernde schwarze Steine. Abgesehen von dem Tisch und einigen Kissen, die sich sauber aufgestapelt vor der Wand türmten, war der Raum leer.

»Ich wußte nicht, daß du heute kommst, Matsu«, sagte die Frau. Sie hielt den Kopf gesenkt, so daß ich ihr Gesicht unter dem schwarzen Schal nicht sehen konnte. Ihre Stimme klang sanft und unsicher.

»Es war ein schöner Tag für einen Spaziergang. Außerdem, seit wann brauche ich eine Einladung, um dich zu besuchen, Sachi?« erwiderte Matsu neckend.

Sachi lachte, ohne den Kopf zu heben.

»Ich bringe euch Tee«, sagte sie dann schüchtern. Sie zupfte an ihrem schwarzen Schal, so daß er ihr Gesicht bedeckte. Dann wandte sie sich um und verließ das Zimmer.

»Hat sie ...?« fragte ich, ohne den Satz zu beenden.

Matsu trat zum Fenster und sah nach draußen. »Ja«, antwortete er leise, »sie hat Lepra.«

Wir standen eine Weile da und schwiegen, so daß nur die gedämpften Geräusche aus der Küche zu hören waren. Ein eigenartiges Gefühl, mit Matsu in einem fremden Haus zu sein und ihn zum ersten Mal in einem neuen Licht zu sehen. Er wirkte freundlich, nicht so unnahbar.

»Ein hübsches Haus«, sagte ich schließlich.

Matsu nickte zustimmend.

Sachi kam mit einem Tablett mit Tee und Keksen zurück. Als wir uns auf den Kissen niedergelassen hatten, sah ich auf, um das Gesicht unserer Gastgeberin zu betrachten. Sie war älter, als ich anfangs gedacht hatte, von zartem Körperbau und behende. Als Sachi sich vorbeugte, um uns den starken grünen Tee einzuschenken, rutschte der schwarze Schal ein wenig zur Seite und enthüllte einen Teil ihrer linken Gesichtshälfte. Ich sah die Stellen, wo die Geschwüre das Fleisch weggefressen und nur weißen, schuppigen Schorf zurückgelassen hatten. Geblieben war eine unförmige Masse, in der sich ihr linkes Auge nur mit aller Mühe öffnen ließ. Als Sachi meinen Blick bemerkte, sah sie rasch nach unten und bedeckte ihr Gesicht wieder. Soweit ich feststellen konnte, waren nur ihr Gesicht und ihre linke Hand von der Krankheit befallen. Ihre glatte, weiße rechte Hand samt der Finger war unberührt geblieben.

»Noch etwas Tee?« fragte sie, während sie Anstalten machte aufzustehen.

»Bitte«, erwiderte ich, während mir die Schamesröte ins Gesicht stieg.

Aber Matsu kam ihr zuvor. »Ich hole ihn«, sagte er und verschwand in der Küche, bevor Sachi etwas entgegnen konnte. Langsam ließ sie sich wieder auf das Kissen sinken und wandte sich so weit zu mir um, daß sie mir die rechte Seite ihres Gesichts zeigte. Die gesunde Hälfte war das Schönste, was ich je gesehen hatte.

»Ich hoffe, wir stören Sie nicht«, sagte ich. Ich glaube, meine Stimme klang jung und aufgeregt.

Sachi schüttelte den Kopf. Sie wandte sich ein wenig weiter um, um mich mit dem gesunden Auge besser ansehen zu können. »Ich habe nicht viel Besuch. Matsu-*san* ist der einzige. Oft vergehen Jahre, ohne daß ich ein neues Gesicht sehe. Es ist mir eine Ehre, Sie als Gast bei mir zu haben.«

Jetzt war es an mir, scheu den Kopf zu senken, denn ich wußte nicht, was ich dieser wunderschönen Frau antworten sollte. Ich hatte das Gefühl, in meiner Einsamkeit etwas mit ihr gemeinsam zu haben. Plötzlich kam mir die Frage in den Sinn, was Pie an meiner Stelle tun würde, doch dann wurde mir klar, daß sie wahrscheinlich gefragt hätte, was sich unter dem schwarzen Schal verbarg.

Sachi mußte gespürt haben, daß ich mich unwohl fühlte, denn sie setzte das Gespräch fort. Mühelos sprudelten die Worte aus ihrem Mund. »Als Matsu das letzte Mal hier war, sagte er mir, daß Sie eine Zeitlang im Strandhaus bleiben werden.«

»Mir ging es nicht gut. Meine Eltern hielten es für besser, daß ich nicht in Hongkong und der Nähe meiner kleinen Schwester bleibe, solange ich nicht genesen bin. Sie hoffen, daß mir die frische Luft in Tarumi hilft.«

Sachi zog den schwarzen Schal tiefer über ihre linke Gesichtshälfte. »Ja, für die einen bietet Tarumi Heilung und für die anderen Zuflucht.«

»Was bietet Zuflucht?« fragte Matsu, der, die Teekanne in der Hand, mit schweren Schritten aus der Küche kam.

Sachi blickte sich lächelnd zu ihm um. »Die Schönheit

Tarumis«, antwortete sie. Rasch erhob sie sich von ihrem Kissen und senkte den Kopf »Laß mich nachsehen, ob ich etwas für den Garten brauche, Matsu.«

Schweigend beobachteten wir, wie sie die *shoji*-Tür aufschob und in den Garten trat.

Als wir uns zum Aufbruch bereitmachten, war der Nachmittag schon weit fortgeschritten und mein Bauch voll mit Keksen und Tee. Ich freute mich, daß Sachi in meiner Gegenwart alle Anspannung abgelegt und sich wohlgefühlt hatte.

»Es wäre mir eine Ehre, wenn Sie wieder einmal kommen und mich besuchen würden«, sagte Sachi. Sie stand in der Tür und zog den Schal weiter ins Gesicht.

»Das werde ich.« Ich lächelte. Dann warf ich Matsu einen Blick zu.

»Sie müssen auch nicht warten, bis Matsu sich auf den Weg macht«, versicherte sie mir. »Sie sind hier stets willkommen.«

Ich verbeugte mich. *»Domo arigato gozaimasu.«*

Matsu, der uns beobachtete, lächelte. Bevor er sich zum Gehen umwandte, strich er Sachi sanft über den Arm.

Ohne viel zu sprechen, gingen Matsu und ich durch das Dorf. Die Bewohner saßen noch immer in kleinen Grüppchen beisammen, rauchten und spielten Karten. Doch dieses Mal nahmen sie uns kaum zur Kenntnis, obwohl Matsu mehreren Männern entlang der Straße zuwinkte. Zügig und schweigend folgten wir dem Weg den Berg hinunter. Erst als wir die Straße am Strand erreicht hatten, die zu unserem Haus führte, fand ich den Mut zu sprechen.

»Sachi-*san* ist sehr nett«, sagte ich.

Matsu nickte zustimmend. Dann sagte er: »Sie war früher eines der schönsten Mädchen von Tarumi, wenn nicht sogar von ganz Japan.«

»Wie hat sie es bekommen?« fragte ich zögernd.

»Die Lepra?« Matsu schüttelte den Kopf »Damals breitete sie sich aus wie ein Steppenbrand. Einmal ausgebrochen, war sie nicht mehr einzudämmen.«

»Wann ist das passiert?«

Matsu strich sich durch das kurze graue Haar. Nachdenklich runzelte er die Stirn, auf der der Schweiß perlte und sich langsam seinen Weg über die Wange suchte. »Es muß fast schon vierzig Jahre her sein, als sie zum ersten Mal in Tarumi auftrat«, erklärte er schließlich. »Ich weiß nicht, was uns diesen Fluch gebracht hat. Bis dahin kannten wir die Krankheit nicht, aber vielleicht hatte sie sich bereits eingenistet und wartete wie die Glut darauf, aufzuflammen. Eines Tages zeigte sie uns dann ihr häßliches Gesicht, und wir wußten kein Mittel gegen sie. Sie suchte sich wahllos ihre Opfer, befiel Jung und Alt.«

»Mein Vater hat uns nie davon erzählt.«

»Er hat es ja auch nie erfahren«, fuhr Matsu ungeduldig fort, als würde er von Dingen sprechen, die er lange in sich verborgen gehalten hatte und die endlich zum Vorschein kommen durften. »Die Einheimischen haben darüber Stillschweigen gewahrt. Schließlich kommen die Fremden zur Erholung nach Tarumi. Wenn sie von der Krankheit gehört hätten, wären sie nie wieder zu uns zurückgekehrt. Wir wollten ihnen keinen Schrecken einjagen, ehe wir selbst nicht mehr über die Krankheit wußten. Anfangs standen wir vor einem Rätsel, während immer mehr die schuppigen Stellen bekamen. Wir dachten, es wäre ein Ausschlag, nur daß er nicht mehr heilte. In kürzester Zeit fraß er sich in die Hand oder das Gesicht seines Opfers.« Matsu hielt inne und schluckte schwer.

»Glücklicherweise war gerade ein junger Arzt in Tarumi zu Besuch, der uns versicherte, daß die Krankheit nicht durch bloße Berührung verbreitet wurde. Aber er hatte nicht viel Erfolg damit. Wir wollten alles darüber wissen, doch jene ersten Monate waren wie ein böser Traum. Jeden Morgen beim Aufwachen fürchteten die Menschen, daß die Lepra sie befallen hatte. Einige, die bereits krank waren, verließen auf der Stelle die Stadt, während andere ihrem Leben ein Ende setzten, um ihre Familie nicht in Unehre zu bringen.«

»Blieb Ihre Familie verschont?« Unseren Weg säumten inzwischen wieder die vertrauten Häuser und Bambuszäune. Gleich würden wir im Strandhaus eintreffen. Ich roch die salzige Meerluft und spürte die feinen Wassertröpfchen auf meiner Haut, während ich auf Matsus Antwort wartete.

»Tomoko, meine jüngere Schwester, hat es auch bekommen«, sagte Matsu schließlich.

Ich zögerte. Mir fiel ein, was mein Vater über ihren Unfall gesagt hatte. Ich hätte gern mehr gewußt, doch Matsu beschleunigte seine Schritte, als wir uns dem Haus näherten. So fragte ich etwas anderes. »Warum haben Sie mich nach Yamaguchi mitgenommen?«

Um mir zu antworten, blieb Matsu stehen und wandte sich zu mir um. »Damit Sie wissen, daß Sie nicht allein sind.«

21. OKTOBER 1937

Seit unserem Besuch bei Sachi hat sich zwischen Matsu und mir alles geändert. Die Scheu ist verschwunden, und es ist, als würden wir ein kostbares Geheimnis teilen. Nicht, daß wir oft darüber sprechen, aber das Schweigen zwischen uns ist nicht mehr so beklemmend. Gelegentlich ertappe ich Matsu sogar dabei, daß er in meine Richtung sieht, während ein kaum erkennbares Lächeln um seine Lippen spielt.

Nachdem ich gestern abend in meinem Zimmer gegessen hatte, ging ich zurück in die Küche, wo Matsu noch am Holztisch saß. Die hohe scheppernde Stimme aus seinem Radio verkündete gerade, daß die Japaner in ihrem Kampf um Shanghai weitere Erfolge erzielt hatten. Matsu beugte sich vor und drehte am Knopf, bis ein Bach-Konzert den Raum erfüllte. Er schien mich nicht bemerkt zu haben.

Nachdem ich eine Weile zugehört hatte, sagte ich leise: »Entschuldigen Sie bitte.« Er sollte wissen, daß ich da war.

Verdutzt wandte Matsu sich um.

»Gehen Sie bald wieder nach Yamaguchi?« fragte ich.

Matsu lachte erleichtert auf. »Also wollen Sie Sachi-*san* wiedersehen?«

»Ja«, antwortete ich rasch. Ich schämte mich, daß mir meine Neugier so deutlich anzumerken war.

Lachend rieb sich Matsu die Hände. »Wahrscheinlich tut es Sachi gut, hin und wieder ein hübsches junges Gesicht zu sehen. Leider hat sie sich allzu lange nur mit meinem begnügen müssen.«

»Aber Sie haben ein markantes Gesicht. Eines, das man nicht so schnell vergißt.«

»Wie ein Ungeheuer«, ergänzte Matsu.

»Wie ein Samurai«, entgegnete ich.

Matsu öffnete den Mund, um etwas zu sagen, doch ehe die Worte über seine Lippen kamen, schluckte er sie wieder hinunter. Ich wartete einen Augenblick, dann wandte ich mich zum Gehen. In dem Monat, den ich hier war, hatte ich gelernt, daß für Matsu damit alles gesagt war. Das Gespräch endete, wie es begonnen hatte, so war es immer. Wenn es um seinen Garten ging, hatte Matsu keine Scheu, doch über sich selbst verlor er nicht gern Worte.

Ich hatte die Küche kaum verlassen, da rief Matsu mir nach: »Ende der Woche gehen wir wieder zu ihr hinauf.«

»Danke«, erwiderte ich glücklich.

Ich war froh, daß Matsu mich verstand. Sachi war eine Frau, die ich gern näher kennenlernen wollte. Seit der Begegnung mit ihr schien mir Tarumi plötzlich reich und voller Geheimnisse. Ihr einst so schönes Gesicht, das seine Trauer unter dem schwarzen Schal verbarg, war mir sogar im Traum erschienen. Ich fragte mich, wie lange sie bereits allein in den Bergen lebte. Hatte Matsu sie schon immer geliebt? Liebte Sachi ihn? Diese Fragen ließen mich nicht mehr los und machten sie für mich nur noch reizvoller.

Heute morgen beschloß ich, den Blick aus dem Studierzimmer meines Großvaters in den Garten zu malen. In den Tagen nach meiner Ankunft fragte ich mich oft, warum Matsu soviel Zeit im Garten verbrachte. Doch je länger ich hier bin, desto deutlicher sehe ich, was er Zauberhaftes geschaffen hat. Einmal, als ich mich nach den Namen einiger Pflanzen erkundigte, sprudelten Wörter wie »Kerrie, Lespedeza, Immergrün« in einem Atemzug aus seinem Mund.

Der Garten ist für mich eine Welt voller Geheimnisse, die ich nach und nach entdecke. Die Schwarzkiefern tanzen und schwanken in der Brise und werfen anmutige Schatten, während das Moos am Teich wie ein grüner Teppich zum Sitzen einlädt. Selbst die Steinlaternen tauchen den Weg bei Nacht nur in ein blasses Licht. Matsus Garten flüstert dir zu, nie ruft er; er führt dich auf einen Weg voller Verheißungen, als ob sich alles vor einem ausbreiten würde, aber trotzdem verborgen bleibt. Eine stille Schönheit liegt über ihm, und ich wünsche mir, sie auf der Leinwand einfangen zu können.

Nach dem Frühstück ging Matsu in den hinteren Teil des Gartens, um zu arbeiten. Ich trug meine Farben, eine der Leinwände von meinem Vater und die grobgezimmerte Staffelei ins Studierzimmer. Vorsichtig rückte ich den Schreibtisch meines Großvaters beiseite und schob dann die *shoji*-Türen zum vorderen Teil des Gartens auf. Klares, helles Licht fiel durch die Bäume, so daß sich geisterhafte Schattenmuster auf den Wänden abzeichneten. Von einer ungeheuren Energie erfüllt, lief ich durch den Flur in das Wohnzimmer und öffnete auch dort die Türen, so daß die gesamte Vorderfront des Hauses zum Garten hin offenstand. Tief sog ich die süße Luft ein, ohne daß ich husten mußte, und konnte es kaum erwarten, den ersten Strich zu führen. Zum ersten Mal seit langem fühlte ich wieder Kraft in mir pulsieren. Als ich einen großen Klecks Blau und Gelb aus den beiden Tuben auf das Holztablett drückte, das mir als Palette diente, stieg mir der stechend metallische Geruch der Farben in die Nase. Würde es mir gelingen, die stille Schönheit draußen auf die Leinwand zu bannen? Mein Pinsel hatte kaum das unschuldige Weiß berührt, da hörte ich Matsu mit raschen, schlurfenden Schritten aus dem hinteren Teil des Gartens kommen. Als er sah, was ich getan hatte, erstarrte er auf dem Fleck.

»Was machen Sie da?« fragte er vorwurfsvoll.

In meinem Überschwang hatte ich vergessen, ihn um Erlaubnis zu bitten, ehe ich die Räume öffnete. »Ich wollte den Garten malen. Hoffentlich haben Sie nichts dagegen ...«, setzte ich an.

Matsu schwieg einen Augenblick. Der Mund stand ihm offen, als würde er staunen, die beiden Räume in diesem ungewohnten Licht zu sehen.

»Sie können tun, was Ihnen gefällt«, sagte er schließlich, ehe er wieder um die Hausecke verschwand.

Als Matsu gegangen war, machte ich mich rasch ans Werk. Ich wollte das Licht ausnutzen, das sich bereits zu verändern begann. Wie ein Getriebener führte ich den Pinsel, und wahrscheinlich hätte ich keinen Moment ausgesetzt, wenn mir Matsu nicht auf einem abgedeckten Tablett etwas zum Mittagessen gebracht hätte. Eigentlich hatte ich mich bei ihm entschuldigen wollen, daß ich ihn nicht um Erlaubnis gefragt hatte, im Studierzimmer malen zu dürfen, doch ich war so in mein Malen vertieft, daß ich einfach weitermachte. Ohne ein Wort stellte er das Tablett auf den Schreibtisch meines Großvaters. Irgendwann merkte ich, daß er wieder gegangen war.

Als ich den Pinsel schließlich ablegte und zurücktrat, sah ich, daß der Garten auf der Leinwand allmählich Gestalt annahm. Seit Monaten hatte ich mich nicht mehr so glücklich und gesund gefühlt. Mein Blick wanderte von der Staffelei zu dem Tablett, das Matsu zurückgelassen hatte. Unter dem Lackdeckel stand eine Schale mit Nudeln, garniert mit Frühlingszwiebeln und Fischscheiben, ein Reiskuchen und Tee. Ich war so hungrig, daß ich die Nudeln gleich aus der Schale schlürfte. Erst nach einigen Minuten entdeckte ich, daß auf dem Tablett noch etwas anderes lag. Neben meiner Teeschale befand sich eine längliche, schwarz lackierte Schachtel. Rasch schluckte ich noch einen Mundvoll Nudeln hinunter, ehe ich mich daranmachte, sie zu untersuchen. Ich öffnete den schimmernden Deckel und blickte auf drei teure Pinsel aus Zobelhaar. Ich nahm einen heraus, strich über die weiche, geschmeidige Spitze und wußte auf Anhieb, wie gut er über die Leinwand gleiten würde. Woher Matsu diese schönen Pinsel wohl hatte? Ich prüfte auch die beiden anderen, bevor ich sie alle drei wieder zurück in die Dose legte. Als ich meine Nudeln aufgegessen hatte, nahm ich die Lackschachtel und machte mich auf die Suche nach Matsu. In der Küche war er nicht, also ging ich nach draußen. Ich fand ihn im Garten, wo er sorgsam eine kleine Schwarzkiefer pflanzte. Da er sich mit seinem stämmigen Körper gerade nach unten beugte, bemerkte er nicht, daß ich ihm zusah. Er klopfte die Erde fest, murmelte der Pflanze dann unhörbare Worte zu und behandelte sie so behutsam wie ein kleines Kind.

»Die Pinsel sind wunderschön«, sagte ich, während ich auf die schwarze Schachtel wies.

Matsu wandte sich um und beschattete die Augen mit der Hand. »Ich dachte mir, sie würden Ihnen vielleicht gefallen«, erwiderte er. »Sie stammen von Ihrem *oji-san.*«

Ich klappte den Deckel hoch. »Aber sie sind noch nicht gebraucht. Hat mein Großvater denn nie damit gemalt?«

Matsu lachte. »Ihr *oji-san* besaß so viele Pinsel, daß er nicht wußte, was er damit anfangen sollte. Er hat hier in Tarumi oft gemalt, aber immer nur mit ein, zwei bestimmten älteren Pinseln. Manchmal saß er den halben Tag da und blätterte in Büchern und Katalogen. Er kaufte sich gern schöne Dinge, weil er Spaß an ihrem Besitz hatte. Ich habe die Pinsel vor vielen Jahren in seinem Schreibtisch gefunden und ich glaube, Sie können mehr damit anfangen als ich.«

»Danke«, sagte ich. »Ich werde mir Mühe geben.«

Ich blieb stehen und betrachtete die junge Kiefer, die er

gerade gepflanzt hatte. Als ich aufsah, begegneten sich für einen kurzen Moment unsere Blicke. Dann wandte Matsu sich ab.

29. OKTOBER 1937

Nachdem ich heute ein wenig weitergemalt hatte, hielt ich inne. Das Bild ist fast fertig, und irgendwie wollte ich mir die abschließenden Pinselstriche aufsparen wie ein Verdurstender den letzten Schluck Wasser. Bei dem Gedanken an Wasser fiel mir ein, daß ich seit Tagen nicht mehr am Strand gewesen war. Seit unserem Besuch in Yamaguchi, der mich wieder zum Malen angeregt hatte, hatte ich das Haus kaum noch verlassen.

Ich machte mich auf die Suche nach Matsu, um ihm zu sagen, daß ich an den Strand gehen würde, doch ich konnte ihn nicht finden. Zuerst dachte ich, er sei zu Sachi gegangen, ohne mich, wie versprochen, mitzunehmen. Aber als ich seine Gartengeräte herumliegen sah, wußte ich, daß er in der Nähe sein mußte. Also ließ ich ihm auf dem Küchentisch eine Notiz zurück.

Der Weg zum Strand kam mir vertraut vor wie ein alter Freund. Ich streifte meine Schuhe ab und stapfte langsam durch den weißen Sand über die Düne. Alles schien in vollkommener Harmonie aufeinander abgestimmt. Die Luft war scharf und kühl und belebend. Der Himmel trug ein blasses Blau, in dem wie kleine Inseln einzelne Wolken schwebten. Selbst das Meer war ruhig. Flache Wellen, das Wasser klar wie Glas, leckten am Strand.

Ich ließ mich in den Sand fallen. Wie immer schien der Strand mir allein zu gehören, deshalb zog ich mich ungeniert aus, um kurz ins Wasser zu springen. Ich hatte gerade mein Hemd abgestreift, als ich das Lachen hörte, auf das ich seit Wochen gewartet hatte. Jene beiden, die in Matsus Garten die Blütenblätter auf mich hatten herabrieseln lassen. Halb verborgen blieb ich im hohen Strandgras sitzen. Obwohl mein Herz wie wild klopfte, rührte ich keinen Muskel und hoffte, wie ein Chamäleon mit dem Sand zu verschmelzen. Ich wollte mich erst zeigen, wenn sie so weit herangekommen waren, daß sie nicht mehr fortlaufen konnten. Plötzlich mußte ich nämlich an meine Zeit auf der Universität in Kanton denken. Viele der Mädchen dort hatten zuviel Angst gehabt, mit mir zu sprechen. Sie flüsterten und kicherten, sagten jedoch kein Wort. Mein Freund King hatte dafür seine eigene Erklärung gehabt.

»Sie haben Angst vor dir«, hatte er einmal gesagt. »Du siehst einfach zu gut aus. Sie haben kein Vertrauen zu jemandem, der so anziehend ist wie du – zum Glück für uns häßliche Entlein.«

Doch jetzt war die Gelegenheit für mich da, King eines Besseren zu belehren. Ich blieb still sitzen und sah zu, wie sich ihre Umrisse beim Gehen hoben und senkten. Wie sie da so miteinander schwatzten und lachend den Kopf schüttelten, erinnerten sie mich an meine beiden Schwestern.

Die kleinere entdeckte mich als erste. Sie verharrte kurz auf der Stelle, dann zupfte sie die größere aufgeregt am Ärmel. Beide blieben stehen. Rasch zog ich mir wieder das Hemd an, stand auf und winkte. Nach kurzem Zögern traten sie auf mich zu.

Verzweifelt suchte ich nach den richtigen japanischen Worten, um mich vorzustellen, doch dann verbeugte ich mich nur. *»Konnichiwa«*, sagte ich, als sie endlich vor mir standen.

Die Antwort auf meine Begrüßung war ein Kichern. Die beiden sahen sich an, dann machten sie eine rasche Verbeugung.

Die größere war deutlich älter. Sie hatte ein schmaleres Gesicht, und ihr Kichern wirkte zurückhaltender. Sie warf mir einen schüchternen und trotzdem forschenden Blick zu. Die beiden ähnelten sich, wenn das Gesicht der jüngeren auch runder und kindlicher war. Vielleicht war sie kaum älter als Pie, die für ihre zwölf Jahre schon recht reif wirkte.

»*Hajimemashite*. Wie geht es Ihnen? Ich heiße Stephen Chan.« Ich machte noch einmal eine tiefe Verbeugung, sorgsam darauf bedacht, nichts zu tun, was ihnen Angst einflößen könnte.

Die größere erwiderte meine Verbeugung. »*Hajimemashite*. Ich heiße Keiko Hayashi, und das ist meine Schwester Mika.« Mikas Blick wanderte zwischen ihrer Schwester und mir hin und her. Dann zupfte sie Keiko am Ärmel.

»Würden Sie mir die Ehre erweisen, ein paar Worte mit mir zu wechseln?« fragte ich rasch. Ich hoffte, daß sie dieses Mal nicht so schnell wieder fortlaufen würden.

Mika schien entschlossen, weiterzugehen, doch Keiko zögerte und gebot dem Drängeln ihrer Schwester Einhalt, indem sie einen Fuß vor ihr in den Sand grub.

»Wohnen Sie hier in der Gegend?« fragte ich höflich in stockendem Japanisch.

Mika kicherte.

Doch Keiko nickte. »Ja, wir wohnen im Dorf«, erwiderte sie mit klarer, heller Stimme.

»Ich glaube, ich habe Sie hier schon einmal gesehen«, sagte ich zu Keiko gewandt.

»Das ist möglich. Wir gehen oft am Strand spazieren.«

Keiko schüttelte Mikas Griff ab. Sie hatte angenehme, hübsche Züge, und ihre Stimme klang selbstbewußt.

»Gibt es hier viele junge Leute?« fuhr ich fort.

»Nicht viele. Ein paar leben noch hier bei ihren Familien«, antwortete sie. »Die meisten jungen Männer sind zur Armee gegangen, und die anderen ziehen so schnell wie möglich in die Großstadt.«

Mika zupfte wieder an ihrem Ärmel. Sie flüsterte Keiko ein paar hastige Worte zu, und Keiko nickte.

»Wir müssen gehen«, sagte sie, während sie mir einen scheuen Blick zuwarf

»Darf ich irgendwann wieder mit Ihnen sprechen?« fragte ich.

Keiko verbeugte sich, sagte jedoch nichts mehr. Im nächsten Augenblick lief sie mit Miko in Richtung der Dünen davon. Ich wartete, bis die beiden meinen Blicken entschwunden und ihre Stimmen in der kühlen, stillen Luft verhallt waren. Dann wandte ich mich um und rannte ins Wasser, ohne darauf zu achten, daß ich noch in Kleidern war.

Sobald ich den Garten erreicht hatte, riß ich mir die nassen Sachen vom Leibe und warf sie auf die Eingangsstufen. Als ich wieder trockene Kleider trug, ging ich zu Matsu in die Küche. Er säuberte Fisch und summte so versonnen und glücklich vor sich hin, wie ich es noch nie bei ihm erlebt harte. Mir ging es ähnlich, hatte ich doch endlich Keiko und Mika kennengelernt. Zumindest wußte ich jetzt, daß sie kein Produkt meiner Einbildung waren. In Hongkong, auf dem Höhepunkt meiner Krankheit, hatte ich immer wieder Geister gesehen, Erscheinungen, die mich ängstigten, auch wenn es stets nur unschuldige Kinder waren, die vor mir auftauchten. Nie konnte ich mir erklären, warum sie schweigend vor mir standen und mich ansahen, ob ich nun in meinem Zimmer lag oder mich draußen in der Sonne wärmte. Ich hatte den Eindruck, als würden sie auf irgend etwas warten, und ich fragte mich, ob sie mich bald mit sich nehmen wurden. Ching meinte, das sei das Fieber, und meine Mutter schrieb es meiner lebhaften Vorstellungskraft zu. »Du bist viel zu empfindsam«, sagte sie, »den Geistern naher als den Lebenden.« Sie gab mir den Rat, nicht auf die Erscheinungen zu achten, dann würden sie schon von ganz allein das Weite suchen. Ich tat mein Bestes, doch die Geister verschwanden erst, als mein Zustand sich besserte. Bisher hatte ich mir den Gedanken verboten, sie wären vielleicht zurückgekehrt.

»Wie war es beim Schwimmen?« fragte Matsu, als er mich kommen hörte.

»Prima!« antwortete ich. »Ich habe endlich mit den beiden Mädchen sprechen können, von denen ich Ihnen erzählt habe.«

»Demnach gibt es sie also wirklich.«

»Sie wohnen im Ort.«

Matsu wandte sich lächelnd zu mir um. »Haben Sie ihnen gesagt, sie sollen nicht immer Blumen in meinen Garten werfen?«

»Das habe ich vergessen«, gestand ich.

Matsu lachte auf. »Haben die beiden Sie so verzaubert?«

»Ich hatte kaum ein Wort gesagt, da liefen sie auch schon wieder davon.«

»Die kommen wieder«, meinte Matsu trocken.

»Das hoffe ich«, sagte ich mehr zu mir selbst als zu Matsu.

»Wie könnten sie einem so stattlichen jungen Mann wie Ihnen widerstehen?«

Ich lachte. »Bis jetzt ganz gut.«

»Das gehört zum Spiel«, erwiderte Matsu. »Sie werden schon sehen.«

Ich wollte Matsu gerade fragen, weshalb er so gut über das Gebaren junger Mädchen Bescheid wüßte, als er sich räusperte. »Sachi hat eine Karte geschickt, daß sie uns zum Essen einlädt. Haben Sie morgen Zeit, oder werden Sie Ihre neuen Freundinnen treffen?«

»Wann soll ich mich bereithalten?« fragte ich.

Matsu lachte. »Um zwölf brechen wir auf.«

30. OKTOBER 1937

Vor lauter Aufregung, Sachi wiederzusehen, wachte ich heute morgen sehr früh auf. Doch ich blieb liegen, bis ich aus der Küche die ersten Geräusche von Matsu hörte, der das Frühstück zubereitete. Dann stand ich auf und zog ein sauberes weißes Hemd und meine beigefarbene Baumwollhose an. Als ich meine Tür aufschob, drangen aus der Küche andere köstliche Gerüche als nach Stockfisch und eingelegtem Gemüse, die es gewöhnlich zum Frühstück gab.

Wie üblich stellte ich mich in die Küchentür, um Matsu in dem kleinen Raum nicht im Weg zu sein.

»Was riecht denn hier so gut?« fragte ich.

»Eier mit Schinken«, antwortete er, ohne von seiner Pfanne aufzublicken.

»Woher wissen Sie, wie man Eier mit Schinken macht?«

Matsu drehte sich zu mir um und lächelte. »Wie möchten Sie die Eier, als Rühreier, Spiegeleier oder überbacken?«

»Rühreier«, antwortete ich rasch. Es war lange her, seit ich zuletzt Eier mit Schinken gegessen hatte. Vor meiner

Krankheit hatten uns meine Eltern in den Schulferien oft zu einem ausgiebigen Frühstück in westliche Hotels mitgenommen. Auf den langen Tischen, die dort aufgebaut waren, fand jeder von uns seine Lieblingsspeisen. Gewöhnlich schlang Pie die warmen Gerichte rasch herunter, um so schnell wie möglich zu den kleinen Portionen Cremeschaum oder Pudding überzugehen, während Henry und ich uns eher an Schinken und Würstchen hielten und Anne in ihren Salaten herumstocherte.

»Ihr *oji-san* mochte sie am liebsten überbacken.«

»Mein Großvater aß gerne Eier?« fragte ich.

»Wenn er hier war, aß er jeden Morgen drei und trank dazu starken europäischen Kaffee, den er aus Tokio mitgebracht hatte.«

»Wie alt waren Sie, als Sie bei meinem Großvater angefangen haben?«

»Nicht viel älter als Sie jetzt. Meine Familie hat sich schon immer um dieses Haus gekümmert. Seit frühester Kindheit machten meine Schwester und ich kleine Besorgungen, und ich half meinem Vater im Garten. Als meine Eltern dann zu alt waren, übernahm ich ihre Aufgaben«, erwiderte Matsu.

Ich sah zu, wie er zwei Eier in eine Tonschüssel schlug, sie gründlich verquirlte und dann in eine heiße Pfanne goß.

Während die Eier brieten, lachte er rauh auf und fuhr fort: »Das erste Mal, als ich Ihrem *oji-san* Frühstück machte, hatte ich Angst, die Eier nicht so hinzubekommen, wie er sie mochte. Ich habe bestimmt ein halbes Dutzend Eier verbraucht, bis er in die Küche kam und mir zeigte, wie er sie haben wollte.«

»Ich weiß nicht viel über meinen Großvater. Er starb, bevor ich die Gelegenheit hatte, ihn richtig kennenzulernen. Ich erinnere mich nur noch an seinen geschnitzten Spazierstock und die großen Hüte, die er trug.«

»Ihr *oji-san* war ein sehr gutaussehender, intelligenter Mann. Er wußte um seine Vorzüge und stellte sie manchmal auch ganz gerne zur Schau.« Matsu schwieg einen Augenblick, dann fügte er rasch hinzu: »Aber niemals so, daß jemand dadurch verletzt wurde. Alle in Tarumi mochten Ihren *oji-san* gut leiden. Er war ein sehr großzügiger Mensch.«

»Ist er oft hierher gekommen?« fragte ich, während ich an die seltenen Besuche meines Vaters dachte.

»Einmal im Monat oder wann immer das Importgeschäft ihn nach Japan führte. Im Gegensatz zu Ihrem *o-tosan*, der seine Arbeit viel ernster nimmt, konnte sich Ihr *oji-san* sofort entspannen, wenn er hier war.«

Matsu ließ ein wenig von den Rühreiern auf einen Teller gleiten, legte drei Schinkenscheiben daneben und stellte den Teller auf den Holztisch.

»Essen Sie«, befahl er.

Ich zog einen wackeligen Holzhocker unter dem Tisch hervor und setzte mich gehorsam hin. Dann füllte Matsu einen Teller für sich und nahm neben mir Platz. Er beugte sich zur Anrichte, nahm die Teekanne und goß Tee in die zwei Schalen vor uns. Dann wartete er, daß ich den ersten Happen aß. Ich nahm einen Streifen Schinken und steckte ihn in den Mund.

»Sehr gut«, sagte ich, als sich der Geschmack nach Geräuchertem auf meiner Zunge ausbreitete. »Woher haben Sie ihn?«

»Ich habe einen Freund, der mir alles besorgen kann, was ich brauche, auch Schinken«, erwiderte Matsu lachend.

»Köstlich.«

Matsu nickte und langte dann selbst voller Genuß zu.

Zuerst fand ich es merkwürdig, neben Matsu in der kleinen, engen Küche zu sitzen, aber schon nach zwei Bissen fiel die Spannung vollkommen von mir ab.

Dies schien mir der richtige Augenblick, ein anderes Thema anzusprechen. »Glauben Sie, ich kann Sachi-*san* etwas mitbringen?« fragte ich. »Nur ein kleines Geschenk, um meine Wertschätzung zu zeigen.«

Ich beobachtete, wie Matsu nachdenklich kaute. Es kam mir wie eine Ewigkeit vor, bis er aufsah und sanft antwortete. »Das ist nicht nötig. Es würde sie nur in Verlegenheit bringen.«

»Nur eine Kleinigkeit«, beharrte ich.

Matsu räusperte sich und schwieg. Ich schloß aus dieser Geste, daß er einverstanden war, hielt es aber für besser, nicht weiter auf die Sache einzugehen.

Auf dem Weg nach Yamaguchi sprach Matsu kaum. Ich war mir nicht sicher, ob er nicht doch verärgert war, daß ich Sachi etwas mitbrachte. Aber schließlich hatte er zustimmend gelächelt, als ich ihm die Kohlezeichnung zeigte, die ich nach dem Frühstück am Strand gemacht hatte. Ich hatte gehofft, dort Keiko und Mika wiederzubegegnen, doch der Strand war leer geblieben.

Als die Straße endete, schlugen wir einen staubigen Pfad ein, der sich langsam den Berg hinaufwand. Da er zu schmal war, um bequem nebeneinander zu gehen, folgte ich Matsu, der weiter seinen Gedanken nachhing. Nichts schien ihn dabei zu stören, während ich über Felsen und den Weg überwuchernde Büsche hinter ihm herstolperte. Matsu ging festen Schrittes voran und drehte sich nur einmal um, um zu sehen, ob ich noch da war. Er hatte ein paar Zeitungen und Zeitschriften unter den Arm geklemmt. In der anderen Hand trug er ein mit braunem

Papier umwickeltes Paket. Nicht einmal achtete er darauf, daß ich stehenblieb, um zu verschnaufen.

Yamaguchi war ruhig und still, als wir dort ankamen. Die meisten Bewohner befanden sich im Haus beim Mittagessen. Im Vorbeigehen sah ich, wie sich hinter den abgedunkelten Eingangstüren Schatten bewegten.

Nur hin und wieder ertönte eine rauhe, laute Stimme, die auf unser Eintreffen mit einer lebhaften Begrüßung reagierte: »*Konnichiwa*, Matsu-*san*, kommen Sie doch herein und essen Sie mit uns!«

Beim Anblick von Sachis Haus verspürte ich plötzlich eine innere Unruhe. Die Kohlezeichnung, die ich aufgerollt in der schwitzenden Hand hielt, gehörte nicht unbedingt zu meinen besten, aber ich hoffte, daß ich die Weite und Ruhe des Meeres eingefangen hatte und daß sie Sachi gefiel.

Matsu klopfte an die Tür und wartete. Ich war darauf gefaßt, mit demselben scheuen Lächeln unter dem schwarzen Schal begrüßt zu werden wie beim ersten Mal, doch es verging eine ganze Weile, ohne daß jemand öffnete. Matsu trat einen Schritt zurück und klopfte noch einmal, diesmal lauter. Als immer noch nichts geschah, wandte er sich zu mir und sagte ruhig: »Sie muß im Garten sein.«

Ich folgte Matsu über einen Steinpfad, der um das Haus nach hinten führte. Er stieß ein hohes Bambusgatter auf und trat dann zur Seite, um mir den Vortritt zu lassen. Ich war überwältigt. Im Gegensatz zu den Grün- und Brauntönen und den Farbtupfern, die in Matsus Reich aufleuchteten, war dieser Garten von äußerster Kargheit. Keine Bäume, keine Blumen, nicht einmal Wasser, eine Landschaft nur aus Sand, Steinen, Felsen und ein paar blassen Moosflecken an den schattigen Stellen. Es dauerte ein paar Minuten, bis ich all das in mich aufgenommen hatte. Auf dem zerfurchten Hang hatte Sachi aus einzelnen Felsbrocken Berge geschaffen, umgeben von Kies und länglichen Steinen, die wie ein Fluß in einen See oder ins Meer zu fließen schienen. Die seichte Wasseroberfläche bildeten glatte Kieselsteine, die gleich Wirbeln und Wellen zu geraden und spiralförmigen Linien geharkt waren.

»Eine steinerne Landschaft«, flüsterte ich laut.

»Man nennt das *kare sansui*«, hörte ich plötzlich Matsu sagen. Erst jetzt merkte ich, daß er hinter mir stand.

»Es ist wunderschön.« Ich staunte, daß die verschiedenen hellen und dunklen Steine solch eine Form und Illusion hervorrufen konnten.

»Wo ist Sachi hin?« fragte Matsu. Es klang, als spräche er zu sich selbst. »Sie hätte Ihnen den Garten bestimmt gern selbst gezeigt.«

»Ich bin sicher, daß sie bald zurückkommt«, antwortete ich. Es war das erste Mal, daß ich Matsu so beunruhigt sah.

Matsu ging rasch wieder zur Vorderseite des Hauses, aber ich war wie gebannt. Ich mußte noch einmal einen Blick auf Sachis Garten werfen, bevor ich mich umdrehte und ihm folgte.

Matsu war bereits auf dem Weg ins Dorf, als ich in der Ferne Sachi auf ihn zueilen sah. Ihr dunkelblauer Kimono streifte über den staubigen Boden. Matsu blieb stehen und wartete, während sie näher kam und sich dann verbeugte. Er streckte die Hand aus und nahm ihr das Paket ab, dann gingen beide zum Haus zurück.

»*Sumimasen*, bitte entschuldigen Sie, daß ich mich verspätet habe.« Sachi verbeugte sich, als sie auf mich zukam, wobei sie den Schal über die linke Gesichtshälfte zog.

Ich erwiderte Sachis Verbeugung und lächelte. »Wir haben nicht lange warten müssen.«

»Tanaka-*san* hat mich gebeten, ihm ein paar alte Zeitungen zu bringen. Ich wußte nicht, daß es so lange dauern würde«, erklärte Sachi. »Aber das Essen ist schon fast fertig.«

»Es eilt nicht«, sagte ich. »Matsu hat heute morgen ein üppiges amerikanisches Frühstück gemacht.«

Sachi wandte sich zu Matsu um: »Ach, deine berühmten Eier!«

Matsu lachte laut auf. »Sachi ißt auch am liebsten Rühreier, genau wie Sie.«

Sachi lächelte schüchtern, zog ihren Schal enger und eilte schweigend ins Haus.

Wieder fiel mir auf, wie verblüffend schlicht ihr Heim war – vornehm und nicht überladen. Matsu gab Sachi die Zeitungen und Magazine und trug die anderen Pakete in die Küche.

»Das hier ist für Sie«, sagte ich. Ich gab ihr die aufgerollte Zeichnung, die inzwischen etwas verschmutzt war, und wünschte mir, ich hätte sie noch einmal in Papier eingewickelt.

Sachi verbeugte sich schüchtern. »*Domo arigato gozaimasu.*«

»Ich hoffe, sie gefällt Ihnen.«

Sachi lächelte, zögerte aber, das Blatt vor meinen Augen zu entrollen.

»Bitte«, sagte ich mit einem auffordernden Kopfnicken.

Sie wandte sich von mir ab und rollte es langsam auseinander. Als sie sah, daß es eine Kohlezeichnung vom Meer war, drehte sie sich rasch wieder zu mir um und verbeugte sich, so daß ich die entstellte Seite ihres Gesichts sah. »Ich fühle mich sehr geehrt.«

»Es ist nur eine flüchtige Skizze, die ich heute morgen gemacht habe. Ich wollte Ihnen ein Zeichen meiner Wertschätzung mitbringen.«

»Sie haben mir mehr gebracht als das, Sie haben mir das Meer gebracht«, erwiderte Sachi mit vor Rührung flacher Stimme.

Ich wußte nicht, was ich sagen sollte. Matsu rettete mich, indem er sein braunes Päckchen hochhielt und laut vom anderen Ende des Zimmers herüberrief: »Und ich habe dir ein Hühnchen mitgebracht!«

Sachi und ich lachten, während sie meine Zeichnung sorgfältig wieder zusammenrollte und auf einen Tisch legte. Bevor sie sich wieder zu mir umwandte, strich sie noch einmal zärtlich mit der Hand darüber.

Wir nahmen das Mittagessen an dem niedrigen Tisch in Sachis Eßzimmer ein. Es gab Fischkuchen, Reis, rohen Fisch in hauchdünnen Scheiben, marinierten Aal und eingelegtes Gemüse. Die Speisen waren in einem tiefen schwarzen *bento*-Tablett mit verschiedenen Unterteilungen angerichtet. Während Matsu und ich aßen, stocherte Sachi nur in ihrem Essen herum, goß uns Tee nach, sobald wir an unseren Schalen auch nur genippt hatten, und war die ganze Zeit auf dem Sprung, Nachschub aus der Küche zu holen.

»Ein wunderbares Mittagessen«, sagte ich und verbeugte mich respektvoll.

»Ich freue mich, daß Sie kommen konnten«, erwiderte Sachi und stand langsam auf, um die leeren Tabletts einzusammeln.

»Darf ich Ihnen helfen?« sagte ich.

»Laß mich das machen«, unterbrach uns Matsu plötzlich. »Sachi, warum führst du Stephen-*san* nicht hinaus in den Garten?«

Sachi sah mich an. »Wenn Sie den Garten gern sehen möchten, wäre es mir eine Ehre, ihn Ihnen zeigen zu dürfen.«

Rasch erhob ich mich. Meine Beine waren steif, und ich streckte meine Muskeln. »Ich würde mir Ihren Garten sehr gerne ansehen.«

Sachi schob die *shoji*-Tür zu ihrem Garten auf, und ich folgte ihr.

»Er ist wunderschön.« Der Garten faszinierte mich noch mehr als beim ersten Anblick. Die hochstehende Sonne ließ die Farben der Steine förmlich erglühen.

»Ohne Matsus Hilfe hätte ich das nie zustande gebracht«, erklärte Sachi. »Als ich vor vielen Jahren nach Yamaguchi kam, wußte ich mit meinem Leben nichts mehr anzufangen. Matsu aber bestand darauf, daß ich einen Garten haben müsse.«

»Und das alles ist Ihr Werk?«

»Matsu hat mir geholfen. Er hat mir gezeigt, daß das Leben nicht nur in einem selbst ist. Es erstreckt sich auf alles, was um uns ist, ob wir es wollen oder nicht. Und so ist dieser Garten ein Teil meines Lebens geworden.«

Ich wollte etwas erwidern, aber die Worte blieben mir im Halse stecken. Ihr Garten war schön und traurig zugleich, die Felsen und Steine ein Abbild von Bewegung. Was hatte sie getan, daß ihr ein solches Schicksal zuteil wurde? Hatte sie nie Hilfe von ihrer Familie bekommen? Ich betrachtete die schlanke, scheue Frau, die vor mir stand, und wünschte mir eine Antwort auf all diese Fragen, doch ich schwieg. Mir blieb nur die Hoffnung, mit der Zeit mehr zu erfahren.

»Wenn wir Sachi-*san* zu uns einladen, würde sie kommen?« fragte ich Matsu auf dem Weg den Berg hinunter.

Ich zog meine Jacke fest zusammen, um mich gegen den kalten Wind zu schützen. Die Äste und Zweige knackten unter unseren Füßen. Matsu, der nur einen Schritt vor mir ging, war in guter Stimmung.

Er räusperte sich, wurde langsamer und drehte sich zu mir um. »Seit fast vierzig Jahren hat sie Yamaguchi nicht mehr verlassen. Am Anfang habe ich alles versucht, aber sie schämte sich zu sehr.«

»Hat es ihre Familie nie interessiert, wie es ihr geht?«

»Sachis Familie hat sie schon vor langer Zeit aufgegeben.«

»Sie haben sich wegen ihrer Krankheit von ihr abgewandt?« fragte ich mit aufwallendem Zorn.

Matsu schüttelte den Kopf. »Ganz so einfach war es nicht. Es war eine Frage der Ehre. Als die Krankheit ausbrach, war es Sachi, die ihrer Familie nicht noch mehr Schande bereiten wollte.«

»Was?«

»Es war ihre Entscheidung.«

»Aber warum?«

»Sie sah keinen Grund, warum sie sich genauso schämen sollten wie sie.«

»Glaubst du, sie würde herunterkommen?« hakte ich zögernd nach.

»Auch das ist einzig und allein ihre Entscheidung«, erwiderte Matsu, beschleunigte seinen Schritt und eilte voran.

19. NOVEMBER 1937

Heute morgen habe ich das Bild vom Garten beendet. Es war, als hätte ich noch einmal von meiner Familie Abschied genommen und wäre von einem endlosen Meer fortgetragen worden, so leer fühlte ich mich danach.

»Es ist fertig«, rief ich, als Matsu ins Haus trat. Ich stand vor der Staffelei, auf der die kleine Wiedergabe seines Gartens trocknete, und wartete gespannt auf seine Reaktion; ein einfaches anerkennendes Lächeln oder wenigstens einen neugierigen Blick. Statt dessen wischte er sich die schlammverschmierten Hände an einem alten Lappen ab, während er den Raum betrat, und schenkte dem Bild nur einen kurzen Seitenblick. Dann knurrte er zustimmend und wandte sich wieder zum Gehen.

Meine Finger umklammerten einen Pinsel meines Großvaters. Der starke, strenge Geruch der Farben erfüllte den Raum. Dann, als ob er meine Gedanken gelesen hätte, blieb Matsu stehen, drehte sich um und fragte: »Ich muß jetzt in die Stadt, möchten Sie mitkommen?«

»Sehr gern«, antwortete ich. »Ich will nur noch diese Pinsel reinigen.«

Merkwürdig, daß zwei volle Monate verstreichen mußten, bis ich mir das kleine Stranddorf ansah. Doch auch in unserer Kinderzeit verließen wir, wenn wir uns in Tarumi aufhielten, nur selten das Haus, es sei denn, um zum Strand zu gehen. Es waren immer Ching oder die anderen Bediensteten, die die eineinhalb Kilometer zurücklegten, um das Essen oder andere Dinge des täglichen Bedarfs einzukaufen. Zwar bestand das Dorf in meiner Erinnerung nur aus ein paar verstreuten Gebäuden, aber jetzt reizte mich die Aussicht, den Nachmittag mit einem Besuch dort zu verbringen.

Tarumi lag nicht weit vom Bahnhof in entgegengesetzter Richtung von unserem Strandhaus. Als Matsu und ich auf die kleine Station und die rostigen Gleise zugingen, war gerade ein Zug eingefahren. Leute stiegen aus, und ich hatte das Gefühl, ihre Blicke würden mir folgen. Bestimmt nicht nur, weil in ihrem kleinen Dorf plötzlich ein chinesisches Gesicht auftauchte. Mir war nämlich bereits aufgefallen, daß es in Tarumi offenbar nur wenig junge Männer gab. Die meisten Frauen waren in dunkle, wattierte Kimonos gekleidet, nur wenige junge Mädchen trugen westliche Kleider und Mäntel. Wieder unter so vielen Menschen zu sein, ihr süßsaurer Geruch von Parfüm und Schweiß, das Auf- und Abschwellen der verschiedenen Stimmen, all das versetzte mich fast in Trance. Wenn ich die Augen schloß, konnte ich mir beinahe einreden, ich wäre in Kobe.

Tarumi wirkte müde und trist in dem grauen Licht. Die Gebäude zu beiden Seiten der unbefestigten Straße waren aus schäbigem braunem Holz. Der Ortskern bestand aus einem Laden, einem Postamt uod einem Teehaus mit großen, dicken und sorgfältig gemalten Schriftzeichen auf den Schildern. Weiter hinten an der Straße standen die kleineren Häuser, in denen die Bewohner lebten. Wie sie lebten, davon zeugten die Fahrräder und Spielsachen, die an den windschiefen Bambuszäunen lehnten. Auf der Straße streunten Hunde, und schemenhaft huschten Frauen und Kinder zu ihren Häusern zurück. Unwillkürlich fragte ich mich, welches dieser Häuser das von Keiko und Mika war.

»Hier geht es lang«, sagte Matsu.

Ich folgte ihm über die Straße zum Teehaus. An der Tür wurden wir von einem schmächtigen Mann begrüßt, der ein weißes Handtuch über die Schulter geworfen hatte und die rechte Hand zum Schutz gegen das trübe Licht der Straße über die dunklen, scharfblickenden Augen hielt.

»Matsu, *konnichiwa*! Ich habe mich schon gefragt wann du endlich wieder vorbeischauen würdest«, sagte er und verbeugte sich.

»Glaubst du etwa, ich würde es vergessen, Kenzo?« antwortete Matsu.

»Nein, du nicht, Matsu«, erwiderte er mit fast kindlicher Begeisterung.

Matsu drehte sich um, faßte mich fest bei der Schulter und zog mich vorwärts. »Das ist Stephen-*san*«, erklärte er. »Und das ist Kenzo-*san*. Er macht die besten Reisplätzchen von ganz Japan. Außerdem ist er der Mann, der mir den Schinken und alles, was ich sonst so brauche, besorgt.«

Kenzo und ich verbeugten uns voreinander.

»Kommt, kommt, setzt euch«, forderte uns Kenzo auf, während er uns zu einem Tisch am Ende des großen Raumes führte.

Als sich meine Augen an das Dämmerlicht gewöhnt hatten, bemerkte ich, daß in der anderen Ecke einsam und allein ein alter Mann saß. Die Tischreihen waren durch einfache Holzwände voneinander getrennt, und unter der Decke verliefen kräftige Holzbalken. Der Raum machte einen gemütlichen, einladenden Eindruck.

»Für dich dasselbe wie immer, Matsu?« fragte Kenzo.

Matsu lachte. »Ich bin nicht den ganzen Weg hierher gelaufen, nur um dich zu besuchen!«

Kenzo wandte sich um und verschwand hinter einem Türrahmen, der von zwei langen blauen Stoffbahnen verdeckt wurde. Darauf waren zwei große weiße Schriftzeichen aufgedruckt, die zusammen gelesen »Große Harmonie« bedeuteten.

»Ist er ein alter Freund von Ihnen?« fragte ich.

»Einer meiner ältesten«, erwiderte Matsu, während er sich mit der Hand über das rauhe Kinn fuhr. »Kenzo und ich sind zusammen aufgewachsen. Das Teehaus hat schon seiner Familie gehört.« Er lächelte, als ob die Erinnerung ihm Vergnügen bereitete. »Ich weiß noch, wie wir uns eines Morgens das erste Mal trafen. Kenzo kam zu Ihrem *oji-san*, während ich mit meinem Vater im Garten arbeitete. Im Gegensatz zu mir war Kenzo immer sehr beliebt. Deshalb war er der letzte, den ich dort erwartet hätte. Ich weiß noch, daß ich über und über von Schmutz bedeckt war und kaum ein Wort herausbrachte, weil Kenzo in seinen sauberen, gestärkten Kleidern so aufrecht dastand. Schon als Junge war er stolz und selbstbewußt.«

»Und was wollte er?«

»Er wollte mich fragen, ob ich Zeit hätte, im Garten seines Vaters zu arbeiten. Ich war so überrascht, daß ich nur vor mich hin murmelte, ich würde vorbeischauen und ihn mir ansehen. Am Ende habe ich aber die Stelle bei seinem Vater doch nicht angenommen. Mein eigener Vater wünschte, daß ich mehr Zeit dem Lernen widmete. Aber kurz darauf sprach mich Kenzo in der Schule an, und wir wurden gute Freunde.«

»Hast du in dieser Zeit auch Sachi-*san* kennengelernt?« fragte ich.

Matsu schüttelte den Kopf. »Sachi war damals schon die beste Freundin von meiner *imoto* Tomoko. Die beiden waren sehr beliebt. Meistens hatten sie etwas zu Tuscheln und zu Lachen und schenkten mir nicht viel Aufmerksamkeit. Wahrscheinlich konnten die Leute kaum glauben, daß Tomoko und ich von denselben *ryoshin* stammten.«

»Ich kann mir vorstellen, daß Sie eher der starke, stille Typ waren«, neckte ich ihn.

»Sie nahmen mich gar nicht wahr«, sagte Matsu leise.

Ich senkte den Blick, denn ich wußte nicht, was ich sagen sollte. »Kenzo-*san* wirkt sehr nett«, meinte ich schließlich.

»Kenzo war der klügste von uns allen. Er hätte wie die

anderen in die Stadt gehen sollen, dann wäre er heute ein reicher Mann.«

»Warum ist er hiergeblieben?«

Matsu hüstelte und rieb sich erneut das Kinn. »Soweit ich mich erinnern kann, war Kenzos Vater oft krank. Und da Kenzo der einzige Sohn war, fühlte er sich verpflichtet, für seine Mutter zu sorgen, als sein Vater dann schließlich starb. Wir waren damals ungefähr siebzehn Jahre alt.«

Ich wollte Matsu gerade fragen, warum er selbst nicht aus Tarumi fortgegangen war, als die beiden Stoffvorhänge sich teilten und Kenzo mit einem Tablett zurückkam. Er setzte es ab und stellte bedächtig eine Schale mit Reisplätzchen, eine große braune Flasche Bier für Matsu und ein rosafarben aussehendes Erfrischungsgetränk für mich auf den Tisch.

»*Domo*, Kenzo.« Matsu nickte und bedeutete ihm, sich neben mich zu setzen.

Kenzo nahm das Handtuch von seiner Schulter und wischte das Wasser fort, das auf den Tisch getropft war. Dann beugte er sich vor und schob die Schale mit Reisplätzchen genau in die Mitte. Als er sich auf dem Stuhl neben mir niederließ, umfing mich eine Wolke aus Speiseöl- und Tabakgeruch.

Matsu hatte sich bereits sein Bier eingeschenkt und trank mit einem Zug das halbe Glas leer.

Kenzo deutete auf das Glas, das vor mir stand. *»Dozo«*, meinte er, den Blick auf mich gerichtet.

Lächelnd beugte ich mich vor. Feucht und kalt lag das Glas in meiner Hand, als ich an der rosigen Flüssigkeit nippte. Das Getränk schmeckte süß und blumig. »Gut«, sagte ich höflich.

Matsu lachte. »Du brauchst dir gar nichts einzubilden, er ist nur höflich.«

»Es ist wirklich gut«, wiederholte ich, denn mir war nicht klar, was zwischen den beiden vorging.

»Es ist eben nicht jeder der gleichen Meinung wie der große Matsu-*san*!« meinte Kenzo.

Und dann, ohne daß noch ein weiteres Wort fiel, brachen Matsu und Kenzo in lautes Gelächter aus.

»Kenzo versucht nun schon seit fünfundzwanzig Jahren, jemanden zu finden, dem dieses Zeug schmeckt«, erklärte Matsu. »Er hat es bei jedem hier in Tarumi versucht, aber ohne Erfolg.«

»Hören Sie nicht auf ihn«, sagte Kenzo, während er den frischen Wasserfleck wegwischte, den Matsus Bierflasche hinterlassen hatte. »Er ist schon immer auf mich neidisch gewesen.«

»Er spinnt.« Lachend tippte sich Matsu mit seinen dikken Fingern an die Schläfe.

Ich nahm einen weiteren Schluck von dem zuckersüßen Getränk. Doch bei jedem kleinen Schluck erfuhr ich etwas Neues; es schmeckte mehr und mehr nach Blumen und hatte einen starken Rosenduft.

»Woraus besteht es?« fragte ich Kenzo.

Doch statt seiner antwortete Matsu lachend: »Ein Geheimrezept, das keiner wissen will.«

Kenzo grummelte nur, sagte aber nichts.

Hier, in dem dämmrigen Teehaus, sah ich Matsu erneut wie zum ersten Mal, so, als ob ich ihn noch gar nicht kennen würde, unbeschwert und ausgelassen. Und ich stellte mir vor, daß die beiden einander so gut kannten, daß ihnen jede Bewegung des anderen vertraut war. Matsu machte die Wasserflecken, und Kenzo wischte sie pflichtbewußt fort.

Ich lauschte ihrem Gespräch, während ihre leisen, rauhen Stimmen im leeren Raum widerhallten.

»Hast du schon gehört, daß unsere Truppen Soochow eingenommen haben? Muramoto-*san* war gerade hier und hat mir die Neuigkeit erzahlt«, sagte Kenzo. »Shanghai ist so gut wie gefallen!«

Matsu warf mir einen Blick zu und antwortete dann schroff: »In Kriegszeiten gibt es viele Gerüchte!«

Mir sank das Herz, als ich das hörte, und ich war dankbar, als Matsu das Thema wechselte. Er sprach vom Wetter, von der Arbeit im Teehaus, von seinem Garten. Doch meine Gedanken schweiften immer wieder ab. Tief in meinem Inneren wußte ich, daß es stimmte. Shanghai würde bald in die Hände der Japaner fallen, und dann würden sie weiter nach Süden vorrücken und alles zerstören, was ihnen im Weg stand. Ich versuchte, an etwas anderes zu denken, und überlegte, einen Spaziergang zu machen. Vielleicht würde ich ja Keiko und Mika über den Weg laufen. Ich wollte mich gerade verabschieden, als Kenzos Fragen mich plötzlich aufhorchen ließen.

»Hast du sie gesehen?«

»Vor ein paar Tagen«, sagte Matsu. »Es geht ihr sehr gut.«

»Hast du ihr das Hühnchen gebracht?«

»Ja.«

»Hat sie nach mir gefragt?«

Matsu trank den Rest seines Biers aus. »Nein«, erwiderte er ruhig. »Aber sie hat mir diese Nachricht für dich mitgegeben.«

Kenzos Gesicht hellte sich auf. Über den Tisch hinweg schnappte er Matsu den Zettel aus der Hand und verstaute ihn sorgfältig in seiner Hemdtasche.

»Rosenwasser«, flüsterte Kenzo mir zu, als wir in die kalte Luft hinaustraten. »Nur ein kleines Tröpfchen.«

Ich lachte und bedankte mich mit einer Verbeugung.

»Was erzählt er dir wieder für Lügengeschichten?« fragte Matsu.

»Das ist ein Geheimnis«, erwiderte ich.

Kenzo lächelte, dann sah er Matsu an. »Du wirst mir hoffentlich sagen, wenn sie etwas braucht?«

»Natürlich.«

Als Kenzo sich verbeugte, legte er die Hand auf seine Hemdtasche, um sich zu vergewissern, daß der Zettel nicht herausgerutscht war. Er blieb nur einen kurzen Augenblick in der Tür seines Teehauses stehen, dann verschwand er rasch im Innern.

»Ich muß noch die Post holen«, sagte Matsu, als wir über die Straße auf ein anderes Gebäude zugingen.

»Kennt Kenzo Sachi?« fragte ich rasch.

Matsu verlangsamte seinen Schritt und drehte sich zu mir um. »Tarumi ist sehr klein. Wir haben uns alle gekannt, als wir jung waren.«

»Warum besucht er Sachi dann nicht?«

»In unserer Jugend bedeutete er Sachi sehr viel, aber die Krankheit hat alles verändert. Als sie nach Yamaguchi gegangen war, wollte sie ihn nicht mehr sehen.«

»So, wie sie auch ihre Familie nicht mehr sehen wollte?«

»Ja.«

»Aber Ihnen hat sie erlaubt, sie zu besuchen?« fragte ich, ohne zu wissen, ob ich eine Antwort erhalten würde.

»Damals«, Matsu hielt einen Augenblick lang nachdenklich inne, »war es leichter für Sachi, jemanden zu sehen, aus dem sie sich nicht so viel machte«, erwiderte er. Sein Gesicht war ohne Ausdruck. Er wandte sich um und ging rasch in das Postgebäude.

Es erstaunte mich immer wieder, wie sich die Postämter überall auf der Welt gleichen, auch wenn sonst die Sitten und Gebräuche noch so unterschiedlich sind. Das Postamt von Tarumi sah genauso aus wie die in Hongkong und Kanton. Ein kleiner, drahtiger Mann saß hinter einem vergitterten Fenster, wo er zum Boten der Worte wurde. Der kahle Raum war voller Leute, die Schlange standen und leise miteinander flüsterten. Matsu bedeutete mir schroff, ich solle warten, während er die Post holte. Dann eilte er zum anderen Ende des Raums, ging durch einen Flur und blieb dort stehen, wo vermutlich sein Postfach war. Ich hoffte, ihn nicht mit meinen vielen Fragen verletzt zu haben. Als er zurückkehrte, sagte er nichts, sondern überreichte mir nur einen Umschlag, auf dem mein Name stand.

20. NOVEMBER 1937

Heute morgen hatte sich das Wetter dramatisch verändert. Ich spürte es sofort, denn es lag ein schwerer Geruch in der Luft. Das trübe Grau des Himmels hing so tief und drückend über uns, daß man glaubte zu erstikken. Matsu stand eine ganze Weile an der hinteren Tür und sah forschend zum Himmel hinauf, als ob es Nacht wäre und er einen bestimmten Stern suchte. Dann murmelte er etwas, das ich nicht verstand, und kam schweigend an den Tisch zurück.

Nach dem Frühstück ging ich in den Garten hinaus und las noch einmal den Brief meiner Mutter durch. Ich hatte gehofft, irgend etwas hätte vielleicht seinen Inhalt über Nacht verändert. Sie stellte mir darin die Frage, ob ich etwas von einer Frau wüßte, die mein Vater in Kobe als

Freundin unterhielt. Das ungläubige Entsetzen, das ich gestern noch empfinden hatte, wich jetzt, da ich ihre Worte ein zweites Mal las, einem stechenden Schmerz.

»Mir war immer klar, daß es vielleicht noch eine andere gibt«, schrieb meine Mutter. *»Ein Mann kann nicht so weit von zu Hause fort sein, ohne sich anderweitig zu trösten. In einem habe ich Deinem Vater nichts vorzuwerfen. Er hat uns immer mit allem versorgt, was wir brauchten. Was er sonst in Japan tut, ist stets seine eigene Angelegenheit gewesen. Doch jetzt ehrfuhr ich von Mr. Chung von der Royal Hong Kong Bank, daß Dein Vater große Geldbeträge an eine Frau überwiesen hat, die in Kobe lebt. Mr. Chung fühlte sich verpflichtet, mir mitzuteilen, daß Dein Vater um ein Darlehen auf unser Haus in Hongkong ersucht hat. Es war ein großer Schock für mich, Stephen. Aber meine erste Sorge gilt Euch Kindern. Da es Dir nun bessergeht, solltest Du vielleicht so bald wie möglich nach Kobe zurückkehren. Du bist jetzt alt genug, um diese Dinge zu verstehen, und Du hast deinem Vater immer am nächsten gestanden. Vielleicht kannst Du herausfinden, was es mit all dem auf sich hat.«*

Abgesehen von belanglosen Formalitäten stand sonst fast nichts weiter in ihrem Brief. In Hongkong ginge es allen gut, und Pie würde mir bald schreiben.

Jedesmal, wenn ich ihre Worte las, war ich wieder wie betäubt. Ich schluckte schwer und wandte den Blick von ihren geraden, sauberen Schriftzeichen ab. Der sachliche Ton meiner Mutter verbarg die Scham, die sie empfinden mußte, und halb wünschte ich mir, ich könnte bei ihr in Hongkong sein, um sie zu trösten. Ich versuchte, sie mir vorzustellen, nachdem sie die Nachricht empfangen hatte. Vielleicht hatte sie auf dem vorderen Balkon unseres Hauses gestanden, von dem man auf den Hafen blickt, und mit ihrem Fächer die schwere Luft hin und hergewedelt, während sie die andere Hand zum Schutz vor der gleißenden Sonne über die Augen gelegt hielt. Vom Hof her drangen die hohen weinerlichen Stimmen unserer Bediensteten, während Pie rein und raus lief, um ihr endlose Fragen zu stellen. Doch meine Mutter bewegte gewiß nur die einzige bange Frage: Wer war diese Frau, die ihr die Liebe meines Vaters gestohlen hatte?

Ich steckte die dünnen Papierbögen wieder in den blauen Umschlag und schloß die Augen. Inzwischen war Wind aufgekommen und wirbelte die schwere Luft auf. Am liebsten hätte ich geweint. Meine Mutter hatte sich geirrt, ich fühlte mich keineswegs alt genug, das alles auch nur annähernd zu verstehen. Mein Vater hatte mir nie von einer anderen Frau erzählt. Für mich war er der Mann mit den makellosen dunklen Anzügen, der sich um meine Gesundheit sorgte, am Strand saß und wartete, bis ich kam und seiner ruhigen Stimme lauschte. Nie hatte ich gesehen, daß er einer anderen Frau Geld gab. Nur eins wußte ich ganz sicher: Ich war nicht bereit, jetzt schon von Tarumi fortzugehen.

Am späten Nachmittag blies der Wind heftiger. Ich saß am Schreibtisch meines Großvaters und versuchte, einen Antwortbrief an meine Mutter zu schreiben, als der Wind plötzlich wütend durchs Haus pfiff. Die *shoji*-Wände klapperten, und der Boden unter mir bebte. Matsu war nach dem Mittagessen verschwunden, ohne zu sagen, wohin er gehen wollte, und ich war ganz froh gewesen, allein zu sein. Doch als dann der Boden unter meinen Füßen regelrecht zitterte, begann ich mir Sorgen zu machen.

Plötzlich hörte ich Matsu im Garten rufen. Ich ging zur Eingangstür und sah, wie er auf das Haus zulief.

»Ein Sturm zieht auf«, brüllte er. Als er den *genkan* erreicht hatte, bedeutete er mir, ihm zu folgen.

In der kleinen Vorratskammer neben der Küche zog Matsu mehrere große Holzbretter hervor. »Schieben Sie das vor die *shoji*-Rahmen«, befahl er, während er mir eins davon hinüberreichte.

Zunächst befestigten wir die Holzbretter an den vorderen *shoji*-Fenstern. Es begann zu regnen, und der Wind war noch stärker geworden, so daß wir uns mit aller Kraft gegen ihn anstemmen mußten. Kaum vorzustellen, daß Matsu das jemals allein bewerkstelligt hatte. Wir arbeiteten so schnell wir konnten, bis alle *shoji*-Rahmen abgedeckt waren und das Haus wie eingesargt wirkte. Durchnäßt, wie wir waren, sammelten wir dann alle Dinge ein, die vielleicht weggeschwemmt werden könnten. Als ich stehenblieb, um Atem zu schöpfen, hörte ich das Meer aufbrausen und eine riesige Welle an die Straße vor dem Haus schlagen.

Matsu stand am offenen Tor und beobachtete, wie sich die Wogen auftürmten und über die Dünen auf die Straße rollten. »Glauben Sie, es kommt noch näher?« rief ich.

»Ist schon mal passiert«, antwortete er.

»Was sollen wir tun?«

»Abwarten. Manchmal legt sich der Sturm ganz plötzlich«, sagte Matsu und wandte seinen Blick wieder zur Straße.

Der Sturm gewann jedoch an Kraft, und mir schien, als wollte er nie mehr aufhören. Der Wind pfiff, der Regen prasselte, und das Tosen des Meeres war ohrenbetäubend. Während Matsu mit einem Drahtnetz vorsichtig seine Fische aus dem überlaufenden Teich in ein Holzfaß schöpfte, krochen die Wellen immer näher ans Haus heran. Sie schwappten bereits unter dem Bambusgatter hindurch in den Garten, und wenn sie zurückwichen, hinterließen sie einen weißen Schaumstreifen, der ihr stetiges Vorrücken anzeigte.

»Die Wellen werden immer stärker«, rief ich.

Matsu nickte. »Besser, Sie gehen ins Haus«, brüllte er zurück, während er wie besessen weiterarbeitete. Ich wandte mich zum Gehen, blieb dann aber stehen und kehrte rasch zu Matsu zurück. Ich wollte ihm helfen, den letzten Fisch einzufangen, doch in diesem Moment schlug die erste Welle über den Zaun und durchnäßte uns völlig. Ich sah noch, wie mehrere Fische aus dem Faß gespült wurden und sich auf dem Boden wanden. Die nächste Welle war noch heftiger, und die darauffolgende kam so schnell und donnerte mit solcher Macht über das Bambusgatter, daß wir uns beide nicht mehr halten konnten. Die Wasserwand warf uns um und spülte uns gegen das Haus. Ich schlug mit solcher Wucht gegen die Wand, daß ich keine Luft mehr bekam. Als ich versuchte aufzustehen, schleuderte mich die nächste Welle, bevor ich noch wußte, wie mir geschah, wieder zu Boden. Ich griff nach einem Pfosten am *genkan* und wollte mich auf die Beine rappeln. Matsu rief mir etwas zu, doch es klang seltsam fern, als ob wir bereits unter den Wassermassen begraben wären.

24. NOVEMBER 1937

Als ich aufwachte, lag ich nackt in meinem Bett. Mein erster Blick fiel auf das schwache Licht einer flakkernden Öllampe. Auf dem Boden neben mir lagen meine nassen Kleider. Nur langsam kehrte die Erinnerung zurück. Das letzte, was ich gespürt hatte, war ein heftiger Schlag des hereinbrechenden Wassers. Danach nichts mehr, nur Schwärze. Es war ein Wunder, daß das Haus noch stand.

Als ich den Kopf heben wollte, zwang mich ein heftiges Pochen wieder in die Kissen. Ich schloß die Augen, bis es nachließ. Dann öffnete ich sie vorsichtig in der Hoffnung, so würde das schwache Licht keinen Schmerz in meinem Kopf verursachen.

Da die *shoji*-Fenster noch immer abgedeckt waren, wußte ich nicht, ob es Tag oder Nacht war. Kein Laut war im Hausinnern zu hören, nicht einmal ein entferntes Rascheln von Matsu. Es regnete noch, aber das Toben des Windes schien nachgelassen zu haben. Der starke, süßlich-saure Geruch der feuchten *tatami*-Matten erfüllte den Raum. Mein einziger Wunsch war, mein Gleichgewicht wiederzufinden, damit ich aufstehen und nachsehen konnte, was los war.

Ganz langsam schob ich die Füße vom Futon auf die *tatami*-Matten. Dann stützte ich mich mit aller Kraft auf die Arme und richtete langsam meinen Oberkörper auf. Wieder pochte es in meinem Kopf. Vorsichtig rieb ich mir die Schläfen, an denen noch das Salz des Meerwassers klebte. Hinter meinem rechten Ohr spürte ich eine dicke Beule.

Zuerst hörte ich nur Stimmen, dann auch Schritte, die in den *genkan* kamen. Die eine Stimme gehörte zweifellos Matsu, doch die andere war zu leise, als daß ich sie hätte erkennen können. Der Ungezwungenheit nach, mit der Matsu sprach, mußte es jemand sein, mit dem er vertraut war. Die Schritte hallten jetzt vom Flur herüber, und schließlich standen zwei Schatten vor meiner Tür.

»Was machen Sie da?« dröhnte Matsu, als er die Tür aufschob.

Ich lächelte ihn müde an. Über der linken Wange trug er einen schmalen weißen Verband.

»Geht es Ihnen gut?«

»Das wollte ich Sie auch gerade fragen«, erwiderte er lachend, wobei er über seinen Verband strich.

»Ich habe Kopfweh«, sagte ich, mich mühsam aufrecht haltend.

»Sie sind ohnmächtig geworden, als eine Welle Sie gegen das Haus geschleudert hat. Es war stärker als ein *tsunami*«, erklärte er und fuhr sich erneut über die Wange.

Ich hob meine schwachen Beine wieder auf den Futon und deckte mich rasch zu.

»Sie haben Besuch.« Matsu lächelte.

Erst jetzt fiel mir wieder ein, daß ich ja zwei Stimmen gehört hatte. Als ich aufsah, trat Sachi hinter Matsu vor.

»Sachi-*san*!« rief ich überrascht. Im flackernden Lichtschein sah ich, daß sie leise hinter ihrem Schal hervorlächelte. Ich versuchte erneut, mich aufzusetzen, doch das Pochen im Kopf wurde stärker.

Sachi verbeugte sich. »Als der Sturm endlich vorüber war, beschloß ich, ins Dorf zu gehen«, sagte sie. »In den Bergen haben wir kaum etwas abbekommen. Aber aus meiner Kindheit weiß ich noch, wie hoch die Wellen sein können.«

»Danke.« Ich schluckte schwer. Mir war schwindelig, und ich fühlte mich fiebrig.

»Ich habe mir Sorgen um Sie und Matsu-*san* gemacht«, fuhr Sachi fort. Sie wandte sich um und warf Matsu einen scheuen Blick zu.

»Ihr Besuch ist mir eine große Ehre«, brachte ich mühsam heraus und ließ mich vorsichtig wieder in die Kissen sinken. Obwohl es mir schwer fiel, wollte ich Sachi nicht aus den Augen lassen. Ich genoß es, sie so nah bei mir zu wissen, vor allem, weil sie zum ersten Mal seit vierzig Jahren Yamaguchi verlassen hatte. Leise fragte ich sie, wie lange sie bleiben wolle. Dabei wünschte ich mir, sie würde nie wieder fortgehen. Aber in meinem Kopf pochte es so heftig, daß ich kaum die Augen offenhalten konnte.

»Meinst du, wir sollten den *isha* rufen?« flüsterte Sachi.

Plötzlich überlegte ich, ob Tarumi überhaupt einen Arzt hatte. Ich wollte noch etwas sagen, aber ich hatte nicht einmal die Kraft, ihnen zu erklären, daß ich für eine Weile die Augen schließen müsse.

»Er braucht Ruhe«, war das letzte, was ich Matsu sagen hörte.

Als ich wieder aufwachte, drang weißes Licht durch die *shoji*-Fenster. Ich kniff die Augen zusammen. Im Haus war es ruhig. Während ich mich langsam umsah, fiel mir nach und nach wieder ein, was geschehen war. Die Erinnerung an den Sturm wurde jedoch bald von dem Gedanken an den Brief meiner Mutter, an die Untreue meines Vaters und schließlich Sachis Besuch verdrängt. Hatte ich mir ihre Gegenwart nur eingebildet? Und wenn es kein Traum gewesen war, war sie bereits wieder nach Yamaguchi zurückgekehrt? Oder war sie vielleicht noch hier? Mit einem Ruck setzte ich mich auf.

Neben meinem Bett stand ein Tablett mit kaltem Tee und Keksen. Ich war so durstig, daß ich die ganze Kanne leer trank und trotzdem noch nicht genug hatte. Mir war immer noch ein wenig schwindelig, mein Gesicht glühte vor Hitze, aber das Pochen in meinem Kopf hatte aufgehört.

Langsam stand ich auf und streckte mich. Mein Rükken schmerzte vom langen Liegen auf dem Futon. Ich zog Hausschuhe und ein Hemd an und schlich zur Küche, fand aber niemanden. Vielleicht war Matsu im Garten oder im Dorf. Oder er hatte Sachi nach Yamaguchi zurückbegleitet. Ich konnte nur hoffen, daß sie wirklich dagewesen war.

Als ich im *genkan* stand und hinausblickte, schmerzten mir im hellen Sonnenlicht die Augen. Doch allmählich gewöhnten sie sich daran, und ich sah mit Entsetzen, daß Matsus wunderbarer Garten nur noch eine Erinnerung war. Er war unter einer Schicht aus Seetang und Sand begraben, und überall lagen Unrat und Äste verstreut. Die Holzbrücke über den Teich war fortgerissen, die schönen Kiefern lagen fast alle entwurzelt und leblos im Schlamm. Ein schwerer, durchdringender Geruch nach Fisch und Erde hing in der Luft.

Während ich ungläubig auf den Garten starrte, hörte ich plötzlich ein Geräusch und sah auf. Matsu kam mit zwei Holzeimern um die Hausecke. Der Verband an seiner linken Wange war schmutzigbraun verfärbt.

»Endlich sind Sie wach«, sagte Matsu. »Ich dachte schon, Sie würden noch einen Tag durchschlafen.«

»Wie lange habe ich gelegen?« Ich rieb mir den Kopf. Die Beule war immer noch da.

»Fast zwei Tage. Sie sind zwischendurch mal wach geworden, aber die meiste Zeit waren Sie bewußtlos. Sachi wollte, daß ich den *isha* hole, aber er mußte sich um andere Verletzte weiter oben an der Küste kümmern.« Matsu stellte seine Eimer ab und fügte mit ernster Miene hinzu: »Wir haben uns große Sorgen um Sie gemacht.«

»Es ist nur eine Beule«, sagte ich, um ihn zu beruhigen.

»Ist Sachi noch hier? Ich dachte schon, ihr Besuch wäre nur ein Produkt meiner Einbildung gewesen.«

Matsu lachte. »Sachi-*san*«, rief er, »sieh mal, er ist endlich von den Toten auferstanden!«

In diesem Moment kam sie um das Haus gelaufen. Sie zog den dunklen Schal fester um das Gesicht, und froh, mich zu sehen, verbeugte sie sich mehrmals.

»Stephen-*san*, ich freue mich, daß es Ihnen besser geht.«

»Und ich dachte, ich hätte Sie mir nur eingebildet«, erwiderte ich.

Sachi lächelte. »Wie Sie sehen, bin ich wirklich hier. Ich bin heute morgen wieder hergekommen, weil ich hoffte, es würde Ihnen inzwischen besser gehen.«

»Danke, ich fühle mich sehr geehrt.« Ich verbeugte mich, richtete mich aber rasch wieder auf, da das Pochen in meinem Kopf erneut einsetzte.

Sachi wandte sich verlegen ab. »Außerdem brauchte Matsu Hilfe in seinem Garten.«

»Der Sturm hat ihn verwüstet.« Matsu deutete zu seinem Lieblingsseidenbaum, der entwurzelt dalag.

»Das tut mir leid«, sagte ich heiser.

»Alles ist ersetzbar«, meinte Sachi mit ruhiger Stimme.

»Kann ich helfen?« fragte ich, während ich eine Stufe hinunterstieg und mich erschöpft gegen den *genkan* lehnte.

»Machen Sie sich um den Garten keine Sorgen«, erwiderte Matsu. »Das Wichtigste ist jetzt erst einmal, daß Sie wieder zu Kräften kommen.«

»Aber wo könnte ich besser gesund werden als bei der Arbeit an der frischen Luft?« wandte ich ein.

Sachi drehte sich zu Matsu um und sagte leise: »Es gab eine Zeit, da hast du gesagt, die Arbeit im Garten würde mir mein Leben zurückgeben.«

Matsu kratzte sich nachdenklich am Kopf und meinte dann: »Aber nur leichte Arbeit, bis es Ihnen wieder besser geht.«

30. NOVEMBER 1937

Sachi bricht morgens in aller Frühe in Yamaguchi auf, und wenn ich aufgestanden bin und etwas gegessen habe, ist sie bereits mitten in der Arbeit. Sie muß noch bei Dunkelheit losgehen, denn wenn sie kommt, zeigen sich am Himmel gerade die ersten Schimmer des Morgenlichts. Sie verläßt uns erst wieder bei Sonnenuntergang, wenn niemand sie im grauen Dunst vor Einbruch der Dunkelheit erkennen kann. Gewöhnlich begleitet Matsu sie den Berg hinauf. Wenn er zurückkehrt, strahlt er eine Ruhe aus, wie sie nur Sachi einem Menschen geben kann.

Durch unsere gemeinsame Arbeit in Matsus Garten werden Sachi und ich allmählich gute Freunde. Gestern und heute haben wir ein paar Kiefern gepflanzt und den Teich gereinigt. Matsu hat eine neue Brücke gebaut und ist ins Dorf gegangen, um Fische für den Teich zu kaufen. Ich bat ihn, den kurzen, unverfänglichen Brief aufzugeben, den ich meiner Mutter geschrieben hatte. Darin berichtete ich ihr kurz von dem Sturm und von meinem Rückfall, bevor ich versprach, ihr bald ausführlicher zu schreiben. Im Moment konnte ich meiner Mutter lediglich eins mit Gewißheit mitteilen: daß ich noch eine Weile in Tarumi bleiben müsse und bald mit meinem Vater sprechen würde. Dabei wurde mir schon übel, wenn ich nur daran dachte, meinem Vater gegenüberzutreten.

Jeden Tag, da ich mit Sachi im Garten arbeite, fühle ich

mich mehr bei Kräften. Sobald ich die Hände tief in den kühlen, dunklen Boden grabe und der Geruch nach feuchter Erde und Kiefern aufsteigt, lassen die drängenden Kopfschmerzen nach. Selbst der kalte Wind, der bereits den Winter ankündigt, gibt mir ein Gefühl der Lebendigkeit.

»Wie fühlen Sie sich hier?« fragte ich Sachi heute morgen.

Sie kniete am Teich und pflanzte Moos. Der Zederndruft von Matsus neuer Brücke, die neben uns stand, erfüllte die kalte Luft. Sachi zog ihren Schal vors Gesicht und drehte sich zu mir um. »Es kommt mir vor wie ein Traum«, antwortete sie, »aus dem ich jeden Augenblick aufwachen könnte.«

»Ich wollte Sie schon bitten, uns zu besuchen«, sagte ich, während ich für die junge Kiefer, die wir für Matsu wieder einpflanzen sollten, die Erde aushob.

»Es mußte erst ein Sturm kommen, um mich aus den Bergen herunterzulocken«, fuhr Sachi fort. Dann wandte sie sich wieder ihrer Arbeit zu und begann das Loch, das ich gegraben hatte, zu vertiefen.

»Haben Sie schon vorher einmal daran gedacht, ins Dorf zu kommen?«

Sachi zögerte. »Matsu hat mich früher öfters darum gebeten.«

»Aber sie haben es nie getan?«

»Ich hatte nicht den Mut dazu.«

»Und jetzt?« fragte ich. Da ich nicht wagte, Sachi ins Gesicht zu sehen, arbeitete ich einfach weiter.

»Jetzt bin ich nur wegen Ihnen und Matsu gekommen.«

Ich spürte, wie mein Herz schneller schlug. »Das ist sehr freundlich von Ihnen. Ich werde es Ihnen nie vergessen«, erwiderte ich, blickte sie nun aber an.

Sachi lächelte und schwieg.

»Vermissen Sie eigentlich nicht Ihre Familie oder Ihre Freunde wie Kenzo-*san*?« platzte ich nach einer langen Pause heraus. Doch noch während ich die Worte aussprach, tat es mir leid, ihr eine so persönliche Frage gestellt zu haben.

Sachi erhob sich langsam und klopfte den Staub von ihrem dunkelbraunen Kimono. Sie zog den dunklen Schal ins Gesicht und blickte unsicher zum Bambusgatter. Ich meinte, im nächsten Augenblick würde Matsu, wütend und beleidigt über meine Unverschämtheit, durch das Gartentor stürmen.

Doch bevor ich etwas sagen konnte, wandte sich Sachi um und sah mir ins Gesicht. »Dann haben Sie Kenzo also kennengelernt«, sagte sie, hielt aber gleich darauf nachdenklich inne. »Es war ein schwerer Verlust für mich, aber die Zeit der Sehnsucht ist längst vorbei. Ich habe in Yamaguchi viele neue Freunde gewonnen. Und außerdem war ja Matsu da.«

»Es tut mir leid, daß ich gefragt habe.« Hastig stand ich auf und verbeugte mich. »Es muß sehr schwer für Sie gewesen sein.«

»Es ehrt mich, daß Sie soviel Anteil an mir nehmen«, sagte Sachi. Dann wandte sie sich um und wies auf Matsus neue Holzbrücke. Sie sah genauso aus wie die alte; in einem vollkommenen Bogen schwang sie sich empor und senkte sich wieder zum Ufer. »Matsu hat mir einmal erklärt, die Brücke stelle den schwierigen Pfad des Samurais von dieser Welt in das Jenseits dar. Wenn man den höchsten Punkt erreicht hat, erstreckt sich vor dir der Weg ins Paradies. Ich glaube, die letzten paar Tage habe auch ich einen Hauch davon gespürt. Ohne Angst zu leben, das ist das Paradies.«

Ich fuhr mit der Hand über die Brücke, die mir bis zur Hüfte reichte. Plötzlich konnte ich es kaum erwarten, bis sie an ihrem Platz über dem von Fischen wimmelnden sauberen Teich stand. Ich wußte nicht, was ich sagen sollte.

Nachdem wir eine Weile verlegen schweigend dagestanden hatten, seufzte Sachi und deutete auf eine am Boden liegende Kiefer. »Lassen Sie mich Ihnen helfen, diesen Baum einzupflanzen«, sagte sie.

Gemeinsam hoben wir die entwurzelte Kiefer hoch und senkten sie vorsichtig in das Loch, das wir gegraben hatten. Dann schaufelte ich Erde hinein, und Sachi kniete sich hin, um sie festzuklopfen.

»Glauben Sie, daß sie wieder Wurzeln schlägt?« fragte ich.

»Niemand kennt diesen Garten besser als Matsu«, erwiderte Sachi. »Er wird bald wieder aussehen wie auf Ihrem Bild.«

»Sie kennen das Bild?«

»Matsu hat es mir gleich gezeigt, als ich kam. Er ist sehr stolz auf Sie.«

»Zu mir hat er nie ein Wort darüber gesagt.«

Sachi blickte auf und lächelte. »Bei Matsu liegt alles in dem, was er nicht sagt.«

Manchmal, wenn Sachi arbeitet und nicht darauf achtet, rutscht ihr das Tuch zur Seite, so daß ich die weißen, runzeligen Narben in ihrem Gesicht sehen kann. Dann ertappe ich mich bei der Frage, wie sich diese Narben wohl anfühlen, diese durchscheinenden Linien, die sich wie eine Landkarte über ihre linke Gesichtshälfte breiten. Je öfter ich sie sehe, desto weniger ängstigen sie mich oder schrekken mich ab. Sachi ist trotzdem wunderschön. Ich würde ihr das gerne sagen, aber ich fürchte, es würde sie nur in Verlegenheit bringen, so daß sie sich wieder zurückzieht.

In Sachis Gegenwart ist Matsu ohne Zweifel glücklicher. Er strahlt eine Sanftheit aus, sobald sie zusammen sind. Sie sprechen leise miteinander, und er bringt sie immer wieder zum Lachen. »Kleine *hana*« sagt er zu ihr, wenn sie klagt, daß er all seine Herbstblumen verloren hat. Sie ist die einzige Blume, die für ihn wichtig ist. Manchmal frage ich mich, wie ihr Leben wohl verlaufen wäre, wenn die Krankheit Sachi nicht heimgesucht hätte. Wären sie verheiratet und würden glücklich in Tarumi leben? Oder hätte Sachi Kenzo geheiratet? Wäre Sachi aus Tarumi fortgegangen, um sich anderswo ein neues Leben aufzubauen? Aber vielleicht hat Sachi recht, und die Tür zur Vergangenheit sollte verschlossen bleiben.

In der Gegenwart aber machen mir die Nachrichten schwer zu schaffen. Während wir heute gemütlich beim Mittagessen in der Küche saßen, wurde die Musik in Matsus Radio plötzlich durch eine Meldung unterbrochen: »Die ruhmreiche Kaiserliche Armee Japans hat Shanghai schließlich davon überzeugen können, sich unter ihren Schutz zu stellen.«

Matsu warf mir mit zusammengepreßten Lippen einen Blick zu, und das Lächeln wich aus seinem Gesicht. Sachi sah vor sich auf den Teller und schwieg. Ich hatte das Gefühl, als ob sich die Nudeln, die ich gerade heruntergeschluckt hatte, in meinem Halse zusammenballten und ich keine Stimme mehr hätte.

Heute abend habe ich Keiko wiedergesehen, und das hat meine Stimmung wieder gehoben. Nachdem Matsu fortgegangen war, um Sachi nach Yamaguchi zu begleiten, versuchte ich, meine Gedanken von dem Krieg in China abzulenken, und arbeitete im Garten. Zuerst sah ich hinter den Stäben des Bambuszauns nur Schemen. Dann vernahm ich ein leises Flüstern, das jedoch an der vorderen Tür verstummte. Ich rührte mich nicht und wartete ab, was als nächstes geschah. Wieder begann das Flüstern, und dann hörte ich schlurfende Schritte davoneilen. Ich wollte gerade das Bambustor öffnen, als von der anderen Seite Klopflaute kamen. Als ich dann das Gatter mit einem Schwung aufstieß, stand Keiko in einem blauen Kimono und wattiertem Mantel vor mir.

»*Konnichiwa.*« Sie verbeugte sich.

»*Konnichiwa*, Keiko-*san*«, sagte ich. »Wo ist Mika?«

»Sie mußte wieder nach Hause«, erwiderte Keiko scheu. »Wir haben gehört, daß es Ihnen nicht gutgeht, und wollten Ihnen etwas bringen.« Keiko überreichte mir eine schwarze Lackdose, die sorgfältig in ein braunes Tuch eingewickelt war.

Ich verbeugte mich. »*Domo arigato gozaimasu*. Wollen Sie nicht hereinkommen?«

Keiko schüttelte den Kopf. »Nein, *domo*, ich muß wieder nach Hause.«

Bevor sie sich zum Gehen wandte, fragte ich sie: »Können wir uns wiedersehen, um uns ein wenig zu unterhalten? Anscheinend haben wir nie genügend Zeit.«

»Tarumi ist sehr klein. Ich bin sicher, daß wir uns treffen«, antwortete sie, den Blick auf den Boden geheftet.

»Vielleicht sollten wir eine Zeit ausmachen«, fuhr ich fort.

Keiko blickte schüchtern auf. »Vielleicht morgen vormittag, unten am Strand, dort, wo wir zum ersten Mal miteinander gesprochen haben«, meinte sie. Dann verbeugte sie sich rasch und lief auf der staubigen Straße in Richtung Dorf davon.

»Um wieviel Uhr?« rief ich ihr nach.

Keiko blieb stehen und drehte sich um. »Ju-ji«, rief sie zurück. Dann zögerte sie einen Augenblick, winkte kurz und ging weiter.

»Wir treffen uns um zehn«, rief ich, war mir aber nicht sicher, ob sie es noch gehört hatte.

Ich konnte es kaum erwarten, daß Matsu nach Hause kam. Als ich seine Schritte im *genkan* hörte, lag ich schon im Bett. Doch bevor er die Küche erreicht hatte, schob ich meine Tür auf und gab ihm die schwarze Lackdose.

»Was ist das?« fragte er überrascht.

»Ein Geschenk von Keiko-*san*, einem der beiden Mädchen, von denen ich Ihnen erzählt habe. Ich werde sie morgen früh treffen. Möchten Sie ein paar?«

Matsu öffnete die Dose und lächelte. »Selbstgemachte *yokan*. Sie müssen dem Mädchen wirklich etwas bedeuten«, meinte er neckend.

»Sie ist nur eine von vielen«, erwiderte ich lachend.

Matsu nahm eins der viereckigen Plätzchen aus roten Bohnen und schob es sich in den Mund. Dann kaute er langsam und schluckte es hinunter. »Sehr gut«, sagte er mit einem Augenzwinkern.

»Hat Sachi Ihnen auch schon einmal *yokan* gemacht?«

Matsu lachte. »Sie sollten lieber fragen, ob ich schon einmal *yokan* für Sachi gemacht habe.«

»Und, haben Sie das?«

»Das hätte ich nie gewagt.«

»Warum nicht?«

»Weil Sachi mir sie damals bestimmt zurückgegeben hätte.«

»Damals, aber nicht jetzt.« Ich ließ nicht locker.

Matsu lächelte. Rasch schnappte er sich noch ein *yokan*

aus der Dose, bevor er sie mir zurückgab. »Sie sollten sich lieber ausruhen vor Ihrem großen Rendezvous morgen.«

Plötzlich fiel mir ein, daß Sachi ja wieder nach Tarumi kommen würde. »Was ist mit Sachi?«

»Ich glaube, sie wird es wohl einen Morgen allein mit mir aushalten«, beruhigte mich Matsu.

»Einen Morgen vielleicht.« Lächelnd schloß ich die schwarze Lackdose.

1. DEZEMBER 1937

Als ich heute morgen aufwachte, waren Matsu und Sachi bereits Seite an Seite am Arbeiten. Ich stellte mich in den *genkan* und sah zu, wie sich ihre Rücken einträchtig hoben und senkten. Sachi schien sich mit irgend etwas abzumühen, und ihr Schal glitt langsam vom Kopf über ihren Nacken und die Schultern. Zum ersten Mal sah ich die grauen Strähnen in ihrem dunklen Haar und einen Streifen ihres blassen, weißen Halses. Matsu beugte sich zu ihr hinüber, um ihr zu helfen, und flüsterte ihr etwas ins Ohr, was sie zum Lachen brachte. In diesem Moment wurde mir klar, wie wohl sie sich fühlen mußte, ein normales Leben zu führen und sich nicht unter den anderen Kranken verstecken zu müssen. Wie ungerecht, daß die beiden so lange nicht zusammensein durften.

Ich stieg vom *genkan* hinunter und ließ meinen Blick über den Garten schweifen. Allmählich gewann er seine alte Schönheit zurück. Viele der Kiefern waren wieder eingepflanzt, der Unrat war zum Großteil beseitigt, und Matsu hatte die neue Samuraibrücke aus Zedernholz über den Teich geführt. Und doch wirkte der Garten anders als vorher. Sachis Gegenwart gab ihm eine Fülle, so daß er fast zu summen schien.

»Ohayogozaimasu«, rief ich den beiden zu.

Matsu drehte sich um. Sachi erhob sich rasch, bedeckte ihren Kopf und verbeugte sich, bevor sie mich begrüßte. Dann hob Matsu die Hand, als wolle er winken, deutete dann aber zum Haus, um mir anzuzeigen, daß mein Frühstück in der Küche bereitstünde.

»Ich habe keinen Hunger«, sagte ich, während ich auf die beiden zuging.

»Das machen die vielen *yokan*«, neckte mich Matsu.

»Yokan?« fragte Sachi.

»Ein Genesungsgeschenk von dem Mädchen, mit dem er sich heute trifft«, erklärte Matsu, bevor ich etwas sagen konnte.

Sachi nickte lachend. »Ein junger Mann wie Stephen-*san* sollte viele solcher Freundinnen haben.«

»Ich bleibe nicht lange«, sagte ich.

Sachi verbeugte sich noch einmal. »Wir werden hier sein«, erwiderte sie.

Matsu machte sich wieder an die Arbeit. Er bedeutete Sachi, einen jungen Seidenbaum zu halten, während er den Rupfen um den Wurzelballen entfernte. Dann setzten sie ihn gemeinsam in die Erde. Erst jetzt merkte ich, daß es ihnen vielleicht ganz recht war, wenn ich sie allein ließ.

Als ich an den Strand kam, war Keiko noch nicht da. Mehr als einmal war mir durch den Kopf geschossen, daß sie vielleicht nicht kommen würde, aber jetzt schob ich den Gedanken beiseite und wartete geduldig. Die Luft war beißend kalt. Zum ersten Mal seit einer Woche drang die blasse Sonne durch die grauen Wolken und ließ den Sand, der noch mit Resten des Sturms übersät war, seltsam hell aufleuchten. Ich ging ein Stück, wich Seetangbüscheln, Ästen und großen Mulden aus, die immer noch mit Salzwasser gefüllt waren. Die Luft roch nach salzigem, getrocknetem Fisch. Sanft plätscherten die Wellen und tätschelten den Sand, als hätten sie nie solche Verheerungen angerichtet. Die Hand zum Schutz vor dem gleißenden Licht über die Augen gelegt, blickte ich über das Meer. Im blaugrauen Wasser spiegelte sich der Himmel, und beide schienen endlos.

Plötzlich hörte ich ein Knirschen. Als ich zur Sanddüne blickte, sah ich Keiko. Sie trug einen dunkelblauen, hell gemusterten Kimono. Ihre Holzsandalen stieben weißen Sand auf, und die weiten Ärmel ihres Kimonos flatterten im Wind, als sie auf mich zueilte. Erleichtert stellte ich fest, daß Mika nicht mitgekommen war.

»*Konnichiwa*, Stephen-*san*«, sagte sie mit einer Verbeugung. Ihr hüftlanges Haar war nach hinten gebunden, so daß ihr zartes gerötetes Gesicht zur Gänze sichtbar war. Das Muster auf ihrem Kimono bestand aus weißen Kreisen.

Ich lächelte und verbeugte mich. »*Konnichiwa*, Keiko-*san*. Ich hoffe, Sie mußten sich nicht hetzen.«

Keiko klopfte sich den Sand von ihrem Kimono und verbeugte sich erneut: »Es tut mir außerordentlich leid, daß ich so spät komme.«

»Ich freue mich, daß Sie kommen konnten.«

»Ich mußte mich erst versichern, daß Mika ...«, fing sie an.

»Ich hoffe, es geht Mika gut«, unterbrach ich sie, während ich überlegte, daß sie wahrscheinlich nur sehr selten getrennt waren.

»Es geht ihr ausgezeichnet«, erwiderte Keiko. Plötzlich mußte sie lachen und hielt sich die blasse Hand vor den Mund.

»Was ist denn so lustig?«

»Mika ist zu Hause und wäscht. Heute morgen habe ich mit ihr gewettet, daß sie die Wäsche allein machen müsse, wenn sie nicht mindestens fünf Minuten den Mund halten könne.«

»Und hat sie etwas gesagt?«

»Schon im nächsten Augenblick.« Keiko lachte erneut. »Es war die einzige Möglichkeit, allein wegzukommen.«

Wir machten einen Spaziergang über den leeren Strand. Anfangs befürchtete Keiko, Mika könne uns folgen, aber schon nach kurzer Zeit vergaß sie, sich ängstlich umzublicken. Wenn sie nicht hersah, warf ich einen verstohlenen Blick auf ihr weiches blasses Gesicht, ihre gerade Nase und die dunklen Augen. Keiko war recht groß und reichte mir, sofern sie sich nicht verbeugte oder zu Boden sah, bis kurz unter das Kinn. Wenn King mich bloß hätte sehen können. Wahrscheinlich wäre er sehr gern an meiner Stelle gewesen.

»Die *yokan* haben gut geschmeckt«, sagte ich.

»Ich hoffe, es geht Ihnen besser, Stephen-*san*«, erwiderte Keiko, den Blick auf den Sand vor uns gerichtet.

»Ja, viel besser. Ich habe sogar schon Matsu in seinem Garten geholfen.«

»Matsu-*san* soll ein Meister der Gartenkunst sein.«

»Ja, das ist er.« Ich war stolz, daß Matsu wegen seines Könnens im ganzen Dorf bekannt war.

Nach einem Augenblick des Schweigens sah Keiko mich schüchtern an und fragte: »Wie ist das, in einer großen Stadt wie Hongkong zu leben?«

»Es ist laut und voller Menschen, aber mit Kinos und Restaurantbesuchen gibt es immer etwas zu tun.«

»Haben Sie Sehnsucht danach?«

»Manchmal, aber im Augenblick gerade nicht.«

Keiko sah verlegen fort. Wir schwiegen beide, und ich lauschte dem abgehackten Kreischen der Möwen. Nachdem wir eine Weile gegangen waren, blieb sie plötzlich stehen und fragte: »Können wir uns einen Moment ausruhen?«

»Natürlich.«

Wir ließen uns auf dem weißen Sand nieder, der noch feucht und kühl war. Ich räumte ein paar große Büschel Seetang zur Seite und wünschte, ich könnte ihr etwas anbieten, um sich daraufzusetzen.

»Ist es Ihnen so angenehm?« fragte ich.

Keiko nickte und blickte hinaus aufs Meer. »Es ist immer so schön nach einem Sturm. Voller Ruhe und Heiterkeit nach all der Zerstörung. Dieses Mal hatten wir Glück. Der Sturm hat das Dorf nur gestreift.«

»Wir haben nicht viel Macht über die Natur«, fügte ich hinzu, während ich an die Taifune dachte, die Hongkong so manches Mal heimgesucht hatten. Wenn sie über das Land hereingebrochen waren, hinterließen sie überall entwurzelte Bäume, verstreute Trümmer und sogar ganze Teile von selbstgezimmerten Häusern.

Keiko lächelte. »Sie erinnert uns an die Kraft, die uns allen innewohnt. Meine Eltern haben mir vor vielen Jahren von einem Sturm erzählt, der das ursprüngliche Dorf Tarumi fast ganz zerstört hat. Die Bewohner stritten darüber, wo es wiederaufgebaut werden sollte, denn sie fürchteten, der nächste Sturm würde den Ort erneut zerstören. Nur ein Fischer stand auf und weigerte sich, woanders hinzuziehen, da er glaubte, hier sei die Stelle, wo es sich am besten fischen ließe. Er meinte, jeder Sturm würde die Fische kräftiger machen, da sie die Erinnerung an seine Stärke in sich trugen, um auf den nächsten Sturm gut vorbereitet zu sein. Und so blieb Tarumi an seinem angestammten Platz.«

»Haben Sie schon immer in Tarumi gelebt?«

»Mika und ich sind hier geboren. Mein älterer Bruder kam in der Nähe von Kobe zur Welt.«

»Sie haben einen älteren Bruder?« fragte ich überrascht.

»Ja«, erwiderte sie lächelnd. »Haben Sie auch Geschwister?«

»Ich habe zwei Schwestern und einen Bruder. Meine ältere Schwester und mein Bruder, der jünger ist als ich, gehen in Macau zur Schule, und meine jüngste Schwester lebt in Hongkong. Mika erinnert mich ein wenig an sie.«

Plötzlich blickte sich Keiko um. »Ich sollte jetzt wieder nach Hause gehen. Meine Familie fragt sich sicher schon, wo ich geblieben bin.«

Wir standen auf und bürsteten uns den Sand aus den Kleidern. Und damit Keiko den nassen Fleck nicht bemerkte, den der feuchte Sand auf meinem Hosenboden hinterlassen hatte, trat ich einen Schritt zur Seite, um sie vor mir gehen zu lassen.

»Wo ist Ihr Bruder jetzt?« fragte ich.

Keiko zögerte einen Moment, ehe sie antwortete: »Er ist mit der Armee in China.«

Wir schwiegen beide. Ich fragte mich, ob ihr Bruder wohl gerade in Shanghai war und nach den monatelangen Kämpfen den Sieg feierte. Vielleicht dachte auch Keiko daran, und es schien mir, als ob ein Frösteln durch ihren Körper lief. Aber sie schlug nur die Arme um ihren Körper, um sich zu wärmen. Dann ging sie mit heiterem Gesicht los, den Blick nach vorn gerichtet, ohne sich anmerken zu lassen, was in ihr vorging.

Ich begleitete Keiko zum Dorf zurück. Auf halber Strekke blieb sie plötzlich stehen, verbeugte sich und sagte: »*Domo arigato gozaimasu*, Stephen-*san*, aber das letzte Stück gehe ich lieber allein.«

»Ganz sicher?« fragte ich.

»Ich glaube, das ist vernünftiger«, erwiderte sie lächelnd.

»Haben Sie Angst, mit mir gesehen zu werden?«

»Mein Vater ist sehr altmodisch.«

»Werden wir uns wieder treffen?«

»Ich denke schon«, meinte sie, wich aber meinem Blick aus.

»Ich freue mich darauf«, sagte ich mit einer Verbeugung.

Keiko sah für einen Augenblick auf, lächelte scheu und sagte dann: »*Sayonara*, Stephen-*san*.«

Bevor ich noch etwas sagen konnte, drehte sie sich um und ging weiter Richtung Dorf. In diesem Augenblick wurde mir klar, wie sehr ich mir wünschte, sie wiederzusehen. Ich biß mir auf die Lippen, um nicht ihren Namen zu rufen. Statt dessen sah ich Keiko nach, wie sie, eine kleine Staubwolke hinter sich herziehend, langsam verschwand.

Als ich nach Hause zurückkehrte, war die Mittagszeit schon vorbei. Mir knurrte der Magen, und ich brannte darauf, Matsu und Sachi von dem Morgen mit Keiko zu erzählen. Eigentlich hatte ich erwartet, ich würde sie schwer arbeitend im Garten vorfinden, aber als ich durch das Tor trat, war niemand da. Ein kurzer Augenblick vollkommener Stille, dann hörte ich laute Stimmen im Haus.

Als ich vor dem *genkan* stand, wußte ich, daß etwas nicht stimmte. Aus der Küche drang eine Stimme, die weder Sachi noch Matsu gehörte. Die offensichtlich zornigen Worte konnte ich kaum verstehen. Leise ging ich durch den Flur zu meinem Zimmer.

»Welche Lügen hast du mir noch erzählt?« rief die Stimme.

»Wir haben dich nie belogen, Kenzo«, antwortete Matsu.

»Du hast nie die Wahrheit gesagt!«

»Bitte, Kenzo-*san*, du verstehst nicht!« flehte Sachi.

Ich schlich näher zur Küchentür, achtete aber darauf, daß sie mich nicht sehen konnten. Sachi zog ihren Schal tiefer und rückte näher an Matsu heran. Kenzo stand den beiden mit vor Wut rotem Gesicht gegenüber. Das war nicht mehr der ausgeglichene, freundliche Mann, den ich im Teehaus kennengelernt hatte.

»Ich verstehe vollkommen«, brüllte Kenzo. Hektisch gestikulierte er mit den Armen.

»Kenzo«, setzte Matsu an und trat auf ihn zu.

Ohne Vorwarnung machte Kenzo einen Satz nach vorn und stieß Matsu zurück. Matsu stolperte, fing sich wieder, wehrte sich jedoch nicht. Er war viel stämmiger und kräftiger als Kenzo und hätte sich leicht verteidigen können, aber er stand nur ungerührt da. Offenbar machte Kenzo das noch wütender. Mit einem unheimlichen Knurren, das aus seinem tiefsten Innern zu kommen schien, ballte er beide Fäuste. Dann drehte er sich ganz plötzlich zu Sachi um und riß ihr den Schal vom Gesicht. Sachi entfuhr ein kurzer Schrei, der Schal fiel zu Boden. Für den Bruchteil einer Sekunde standen alle drei wie erstarrt; die weißen, schrundigen Narben schienen in dem hellen Licht besonders groß.

Kenzo trat einen Schritt zurück. »Du bist wirklich ein Ungeheuer!« dröhnte er und lachte schrill.

Sachi wandte sich von Kenzo ab und hob rasch den Schal auf, um sich wieder das Gesicht zu bedecken. Krampfhaft klammerte ich mich an den Türrahmen. Ich wollte ihr helfen, wußte aber, daß mir das nicht zustand. Ich schluckte schwer und wartete, daß Matsu etwas unternahm.

»Ein Ungeheuer!« schrie Kenzo.

Endlich fand Matsu seine Sprache wieder. »Du bist das Ungeheuer«, sagte er mit leiser, drohender Stimme. Er trat vor und versetzte Kenzo einen Stoß, so daß er hart gegen den Rahmen der hinteren Tür schlug.

»Matsu!« schrie Sachi.

Aber er ging erneut auf Kenzo los, packte ihn bei den Schultern und warf ihn hinaus. Mit dumpfem Krachen fiel Kenzo die Holztreppe hinunter in den Staub. Als ich einen Schritt vortrat, sah ich, wie Kenzo sich eilig hochrappelte.

»Wenn ich mir vorstelle, daß ich meine Zeit jahrelang mit einem Ungeheuer vertan habe«, schrie er, während er vor Matsu zurückwich. »Jetzt begreife ich! Du kannst sie haben, Matsu! Sonst will sie ja doch niemand!«

Ohne noch etwas zu sagen, stellte sich Matsu schützend vor Sachi. Sie weinte leise und zog sich den Schal tiefer ins Gesicht.

Rasch ging ich in mein Zimmer zurück und lehnte mich erschöpft an die Wand, als ob ich die Schläge bekommen hätte, die Kenzo getroffen hatten. Sachi sollte nicht wissen, daß ich Zeuge ihrer Schmach gewesen war. Vielleicht könnte sie mir dann nie mehr gegenübertreten. Zwar wünschte ich mir nichts sehnlicher, als ihr zu sagen, wie schön sie war und daß sie sich vor niemandem zu verstecken brauchte, besonders nicht vor einem so grausamen Menschen wie Kenzo. Aber ich wußte, daß meine Worte nichts ausrichten würden. Sie würden ihr in diesem Augenblick nichts bedeuten, und Kenzos Worte bedeuteten alles. Deshalb verbarg ich mich vor Sachi und Matsu, bis ich sie durchs Haus gehen hörte und Matsus leise Stimme sich entfernte. Ich spürte nur noch Leere in mir, denn ich wußte, daß Sachi nach Yamaguchi zurückkehren und nicht wiederkommen würde.

2. DEZEMBER 1937

Sachi bleibt wieder in Yamaguchi«, sagte Matsu nur, als er gestern zurückkam. Dann ging er in seinen Garten und pflanzte weiter Moos um den Teich.

Erst bei unserem Abendessen aus Reis und eingelegtem Aal schien ihm einzufallen, daß er mich etwas hatte fragen wollen. »Haben Sie das Mädchen heute morgen getroffen?«

»Ja«, antwortete ich. »Wir haben uns gut unterhalten.«

Dann erfüllte drückendes Schweigen die Küche, in dem nur das Schaben meiner Eßstäbchen in der Reisschale zu hören war. Ich sah mich in dem kleinen Raum um. Nichts deutete auf das hin, was hier am Nachmittag geschehen war.

Matsu setzte seine Schale ab und rieb sich das Kinn. Er hatte nur wenig gegessen und wirkte unruhig. Ich hielt es für besser, ihn in Ruhe zu lassen und mich still zu verhalten.

»Heute nachmittag hat es Ärger gegeben«, sagte er plötzlich. Seine Stimme klang matt und erschöpft.

»Ich weiß.«

Matsu sah mich überrascht an. »Sie wissen Bescheid?«

»Als ich zurückkam, habe ich Ihre Stimmen gehört. Aber erst als Kenzo so schrie, habe ich ihn erkannt.«

Matsu schüttelte langsam den Kopf. »Gut, dann brauche ich Ihnen ja nicht zu erklären, warum Sachi uns nicht mehr besuchen wird.« Er beugte sich über den Holztisch.

»Kenzo kommt nur selten hier heraus, aber er hatte vergessen, mir einen Brief für Sachi mitzugeben. Deshalb wollte er ihn vorbeibringen. Wir waren gerade im Garten am Arbeiten, als er durch das Tor trat. Erst dachten wir, Sie wären zurückgekehrt, deshalb machte Sachi keinerlei Anstalten, sich zu verstecken. Als ich dann merkte, daß nicht Sie es waren, war es bereits zu spät. Kenzo erkannte Sachi nicht gleich. Eine Weile stand er da, offensichtlich überrascht, eine Frau bei mir anzutreffen. Sachi verbeugte sich und sprach ihn bei seinem Namen an, und da sah ich in seinen Augen, daß er sie an ihrer Stimme erkannte. Er trat einen Schritt vor, blieb stehen und flüsterte ihren Namen. Als Sachi sich erneut verbeugte und nickte, fehlten Kenzo die Worte. Sachi bat ihn dann ins Haus, um Tee zu trinken.«

»Was haben Sie gesagt?«

»Was hätte ich sagen sollen? Ich hatte Kenzo ja glauben lassen, Sachi würde nie einen Schritt aus Yamaguchi hinaus tun. Und das hatte ja auch gestimmt, bis sie nach dem Sturm in die Stadt kam.«

»Warum hängt Kenzo noch so stark an Sachi?« fragte ich.

Aber Matsu antwortete nicht. Statt dessen stand er auf, ging zu dem kleinen Schrank über dem Holzbecken und holte eine Flasche Whiskey und ein Glas heraus.

»Die beiden waren einmal verlobt«, sagte er schließlich. »Sachi ist das einzige Mädchen, das Kenzo je geliebt hat. Als dann die Krankheit kam, wurde ich sein bester Freund und Mittler. Anfangs hatte er nicht den Mut, Sachi gegenüberzutreten, und später, als er merkte, wie sehr er sie liebte, hat seine Familie ihm verboten, nach Yamaguchi zu gehen. So wurde ich das einzige Verbindungsglied zwischen den beiden.«

»Und was ist mit Ihren Gefühlen?« fragte ich zögernd.

Matsu goß sich Whiskey in das Glas und trank einen großen Schluck. Dann antwortete er mit gepreßter Stimme: »Kenzo ist seit unserer Jugend mein bester Freund. Sofern ich irgendwelche Gefühle für Sachi hegte, durfte er nichts davon erfahren.«

»Aber nach all den Jahren.«

»Ich habe Kenzo noch nie so zornig erlebt. In der ganzen Zeit unserer Freundschaft hat es nie Ärger zwischen uns gegeben. Ich habe ihn getäuscht und dabei mich selbst und unsere Freundschaft entehrt«, sagte Matsu und leerte sein Glas.

»Warum hat er nach dem Tod seiner Eltern nicht Sachi einfach selbst besucht?«

»Es war zu spät«, erwiderte Matsu. »Inzwischen erschreckte ihn die Vorstellung, ihr zu begegnen. Er schämte sich seiner Schwäche. Durch mich zu sprechen, war leichter für ihn.«

Nach einer Weile des Schweigens sagte ich: »Es gibt keinen Grund, warum Sachi jetzt nicht mehr kommen sollte.«

Matsu ließ sich schwer auf den Stuhl fallen. »Sie hat schon einmal in ihrem Leben Schmach erlitten, und weil ich mich wie ein dummer alter Mann verhalten habe, muß sie all das nun ein zweites Mal durchmachen.«

»Ich könnte mit ihr reden.«

»Das würde nichts nützen.«

Plötzlich beugte sich Matsu vor und packte mich mit seiner starken, groben Hand bei der Schulter. »Ich will nicht, daß Sachi noch mehr leidet.«

WINTER

5. DEZEMBER 1937

Ich habe wieder zu malen versucht, doch ohne großen Erfolg. Meine Gedanken kreisen fast nur noch um Sachis überstürzten Aufbruch nach Yamaguchi. Seit dem Streit mit Kenzo hat Matsu die meiste Zeit allein im Garten verbracht. Wieder ist der Garten seine Zuflucht geworden, der einzige Ort, wo er ein wenig Trost finden kann. Dort wird Matsu zu einem Künstler, der Farben mischt und Akzente setzt. Doch obwohl der Garten allmählich wieder seine frühere Gestalt annimmt, fehlt etwas darin. Sachis Anwesenheit, die uns und den Garten in den Bann geschlagen hat, ist nicht mehr spürbar. Geblieben ist eine Leere, die wir beide nicht ausfüllen können.

Heute morgen faßte ich den Entschluß, auch ohne Matsus Einverständnis Sachi zu besuchen. Ich kämpfte mit mir, ob ich es ihm sagen sollte, fürchtete aber, Matsu würde mich nicht gehen lassen oder, schlimmer noch, mich begleiten wollen. Ich aber wollte allein mit Sachi sprechen.

Zum ersten Mal seit meiner Ankunft in Tarumi stand ich vor Matsu auf. Das Haus knarrte in der Morgenstille. Als ich leise in die Küche huschte, hörte ich, wie Matsu sich in seinem Zimmer unruhig im Schlaf hin- und herwälzte. Ich schrieb ihm eine Notiz, log, ich könne nicht schlafen und würde spazierengehen. Mir wurde ganz heiß dabei. Dann setzte ich meinen Namen darunter und legte ihm den Zettel auf den Holztisch.

Draußen erhellten die ersten Strahlen der aufgehenden Sonne den blassen Himmel. Matsu würde bald aufstehen. Ich zog das Bambusgatter hinter mir zu und marschierte rasch die Straße entlang, die nach Yamaguchi führte.

Die kalte Morgenluft prickelte mir auf Lippen und Fingern. Vor Aufregung wollten die Knie unter mir nachgeben. Es war das erste Mal, daß ich den Weg nach Yamaguchi ohne Matsu zurücklegte. Was war, wenn Sachi mich nicht sehen wollte? Sollte ich mich schweigend abwenden, oder sollte ich sie zwingen, sich anzuhören, was ich ihr sagen wollte? Was wollte ich ihr überhaupt sagen? All das ging mir im Kopf herum, als ich langsam den Berg hinaufstieg.

Nach Atem ringend, erreichte ich Yamaguchi, und mir war so warm geworden, daß ich schwitzte. Seit dem Sturm hatte ich mich nur noch angestrengt, wenn ich Matsu im Garten half. Ich blieb einen Augenblick lang stehen, um zu verschnaufen. Bei jedem Stich, den ich in den Lungen spürte, wurde mir wieder bewußt, daß auch ich in Verbannung lebte. Sonst durchschoß mich dieser Gedanke immer beim Einschlafen, im Dämmerlicht meines Zimmers, wenn ich die Schatten der Kiefern vor dem *shoji*-Fenster tanzen sah.

Als sich mein Atem wieder beruhigt hatte, ging ich durch Yamaguchi zu Sachis Haus. Blaß schien die Sonne auf das Dorf, das allmählich aus dem Schlaf erwachte. In der Luft hing ein durchdringender Geruch nach einem Kräuteraufguß, der mich an Chings bittere Tees erinnerte. Der Klang von Stimmen und huschende Schatten in den Häusern begleiteten mich. Als Sachis kleines Haus vor mir auftauchte, wußte ich, was ich ihr sagen würde. Ich wollte ihr erklären, daß ich mir Sorgen gemacht hatte, als ich erfuhr, sie könne uns nicht mehr besuchen. Eine dürftige Ausrede, doch ich hoffte, Sachi würde sie mir abnehmen.

Ich stieg die Stufen zur Eingangstür hoch und klopfte leise an. Als niemand antwortete, klopfte ich erneut. Daß Sachi womöglich nicht zu Hause sein könnte, hatte ich nicht bedacht. Aber dann hörte ich ein gedämpftes Rascheln, und die Tür wurde einen Spalt breit aufgezogen.

»Wer ist da?« fragte Sachi mit schwacher Stimme.

»Ich bin's, Stephen-*san*«, antwortete ich. Die Tür öffnete sich weiter. Sachi zog sich den Schal tiefer ins Gesicht und verbeugte sich. »*Ohayogozaimasu*, Stephen-*san*. Ich bin sehr glücklich, Sie zu sehen«, sagte sie, offensichtlich überrascht.

»Ohayogozaimasu.« Ich verbeugte mich.

»Ist Matsu-*san* bei Ihnen?« fragte sie. Sie trat über die Schwelle und sah sich um.

»Nein, ich bin allein hier. Er hat mir gesagt, Sie würden eine Weile nicht mehr in das Strandhaus kommen, und ich wollte nachsehen, ob Sie krank sind oder etwas brauchen.«

Sachi sah zur Seite, trat einen Schritt zurück und hielt mir die Tür auf »Kommen Sie herein, Stephen-*san*«.

Als ich in ihr warmes Haus trat, stieg mir der süße Duft nach *congee* in die Nase.

»Bitte setzen Sie sich.« Sachi wies auf die Kissen vor dem flachen Lacktischchen. Dann verschwand sie in der Küche, erschien aber kurz darauf wieder mit zwei Schalen Tee. »Nach dem langen Weg ist Ihnen wahrscheinlich kalt, und Sie müssen durstig sein.«

Ich nahm die zarte Schale entgegen und trank einen Schluck. Der heiße, leicht bittere Tee linderte meinen brennenden Durst. Lächelnd sah ich zu ihr auf. »Ist alles in Ordnung?« fragte ich.

»Hat Matsu-*san* Ihnen den Eindruck vermittelt, es könnte anders sein?«

»Er hat fast gar nichts gesagt.«

Sachi lachte leise und trank von ihrem Tee. »Das ist ganz seine Art«, meinte sie kopfschüttelnd. Dann setzte sie sich mir gegenüber an den Tisch. »Matsu wollte Ihnen nicht sagen, daß ich nicht länger nach Tarumi kommen darf. Meine Besuche dort haben Ihnen allen große Schmach gebracht.«

»Was soll das bedeuten?« fragte ich.

»An dem Morgen, an dem Sie fortgegangen waren, hat Kenzo-*san* mich gesehen.«

»Ja, und?«

»Ich habe Matsu und Sie und auch mich selbst in Unehre gebracht.«

»Sie haben niemanden in Unehre gebracht«, erwiderte ich.

Sachi senkte den Blick. »Ich hätte nicht wieder nach Tarumi kommen dürfen. Ich dachte, die Vergangenheit sei vergessen und vorbei, doch ich hätte es eigentlich besser wissen müssen. Kenzo geriet in schreckliche Wut, als er mich mit Matsu sah. Er dachte, wir hätten ihn in all den Jahren bewußt hintergangen.«

»Aber Matsu und Sie hätten vielleicht nie Freundschaft geschlossen, wenn ...«

»Es ist unentschuldbar«, fiel Sachi mir mit bebender Stimme ins Wort.

Ich stellte meine Teeschale ab und musterte aufmerksam Sachis blasses, müdes Gesicht, soweit es der schwarze Schal zuließ. Etwas in ihrer Stimme weckte in mir den Wunsch, über den Tisch zu greifen und ihre Hand zu nehmen. In einem plötzlichen Impuls beugte ich mich zu ihr hinüber, und im nächsten Augenblick strich meine

Hand unter dem Schal hindurch, so daß sie die weißen wulstigen Narben berührte. Sie fühlten sich weicher an als erwartet, wie Venen, die unter der Haut hervortreten. Sachi, die zunächst nicht zu begreifen schien, blieb wie erstarrt sitzen. Doch dann riß sie plötzlich die Augen auf, stieß einen kurzen Schrei aus und wandte sich hastig von mir ab.

Sie erhob sich vom Tisch und wich zurück. »Sie müssen jetzt gehen, Stephen-*san*.«

»Ich bin hergekommen, um Ihnen zu sagen, daß Sie sich vor uns nicht verstecken müssen. Die Narben spielen für mich keine Rolle, und ich weiß, daß Matsu genauso denkt«, entgegnete ich verzweifelt.

Aber Sachi wich noch weiter zurück. »Ich will nicht noch mehr Schmach auf Sie laden, als ich es ohnehin schon getan habe«, wiederholte sie. »Bitte, Sie müssen jetzt gehen.«

Mit klopfendem Herzen stand ich auf. Ich konnte Sachi nicht in dem Glauben zurücklassen, sie würde Schmach über uns bringen. Ich hatte sie nicht verärgern wollen, und ich weiß nicht, welcher Teufel mich ritt, als ich ihre Narben berührte.

»Ich will doch nur mit Ihnen reden«, flehte ich. »Es tut mir leid, wenn ich Sie in Verlegenheit gebracht habe.«

Sachi schüttelte langsam den Kopf. »Es gibt nichts zu bereden.«

»Doch, sogar vieles. Matsu braucht Sie«, sagte ich schließlich.

Sachi erstarrte. Sie schien erschreckt. Einen Moment lang blieb sie regungslos stehen, dann zog sie schweigend den Schal vom Kopf. Sie wandte mir die entstellte Seite ihres Gesichts zu. Offenbar konnte sie das linke Auge nur mit Mühe offenhalten. Die Narben zogen sich über das Gesicht wie ein verfilztes weißes Netz, das sich vom Kinn bis zum Auge erstreckte. Ein Teil ihrer Nase war fortgefressen, und neben dem Mund befand sich eine kleine Mulde, so daß sich ihre Unterlippe herabsenkte. Doch mehr als der Anblick ihrer zerfurchten Wange erstaunte mich die Tatsache, daß Sachi mir ihr Gesicht unverhüllt zeigte. Ihr Haar war straff zurückgekämmt und zu einem Knoten gebunden, und ihr gesundes Auge strahlte noch immer in jugendlicher Schönheit. Wenn Sachi gemeint hatte, mich erschrecken zu können, hatte sie sich getäuscht. Schon bei unserer ersten Begegnung hatte ich gewußt, daß sie äußerst anziehend war. Doch erst als ich sie dann öfter sah, erkannte ich ihre wahre Schönheit.

»Ist es das, was Matsu braucht?« Der schwarze Schal lag locker auf ihren Schultern.

Ich ließ ihr Gesicht keine Sekunde aus den Augen.

»Ja«, antwortete ich.

Sachi senkte den Kopf und schwieg.

Ich hatte eigentlich gedacht, Sachi würde mich zur Haustür begleiten, um sich dort in knappen Worten ein für allemal von mir zu verabschieden. Statt dessen verbeugte sie sich und winkte mir, ihr zu folgen. Ich stand auf und wartete, bis sie die *shoji*-Rahmen zu ihrem Garten aufgeschoben hatte, ehe wir gemeinsam nach draußen gingen.

Zuerst blendete mich die Sonne, doch dann gewöhnten sich meine Augen an das helle Licht und die karge, klare Schönheit ihres Gartens. Der durchdringende Duft nasser Kiefern fügte sich harmonisch in das Bild der Ruhe und des Friedens.

Als wäre sie allein, machte Sachi sich sogleich an die Arbeit. Sie nahm einen Rechen in die Hand und trat in den See aus grauen Kieseln. Mit raschen, mühelosen Strichen schuf sie in den Steinen vor ihren Füßen ein neues Wellenmuster. Der Schal lag noch immer auf ihren Schultern, und sie machte keinen weiteren Versuch, ihr Gesicht zu verhüllen. Das Klicken der Steine erinnerte mich an die Mah-Jongg-Spiele meiner Mutter.

Plötzlich wünschte ich mir, meiner Mutter möge es gutgehen. Als ich ihren Brief mit dem Bericht über meinen Vater bekam, hatte ich meinen Augen nicht trauen wollen. Und dann hatte ich in meiner Selbstsucht bedauert, daß meine nur mit Mühe gefundene Ruhe erneut gestört wurde. Bis zu diesem Augenblick hatte ich nicht wahrhaben wollen, was die Untreue meines Vaters für meine Mutter bedeuten, welch großen Schmerz sie empfinden mußte. Sobald ich ins Strandhaus zurückgekehrt war, würde ich meiner Mutter einen langen Brief schreiben.

Von meinem Platz am Rande sah ich zu, wie Sachi bei der Arbeit allmählich Kraft und Ausgeglichenheit zurückgewann. Sie ging rückwärts, so daß sie ihre Fußspuren auslöschen konnte, und arbeitete sich langsam zu dem Punkt vor, an dem sie begonnen hatte. Plötzlich hielt Sachi inne und wandte sich zu mir um.

»Möchten Sie helfen?« fragte sie

»Ich will Ihr Muster nicht zerstören«, entgegnete ich ausweichend.

Sachi hob die Hand vor den Mund, um ihr Lachen zu verbergen. »Wie kann man Steine zerstören, Stephen-*san*? Sie können sie höchstens neu ordnen, und wer weiß, ob das Ergebnis nicht sogar besser ausfällt?«

Sie reichte mir den Rechen und tat einen Schritt zur Seite. Langsam fuhr ich mit dem Gerät durch die Steine, sorgsam darauf bedacht, nicht die weichen Wellenlinien zu zerstören. Es war ein eigenartiges Gefühl, ganz anders als die Arbeit mit feuchtem Material wie Farbe und Pinsel oder Wasser und Erde. Ich spürte den Widerstand der Steine, der in mir ein deutliches Gefühl von Kraft und Dauer weckte.

»Ich ändere oft das Muster der Steine«, sagte Sachi. »Am Anfang tat ich das sogar mehrmals am Tag.«

»Und was hat Matsu dazu gesagt?« Ich hielt inne.

»Gar nichts. Er wußte, daß es mir geholfen hat, nicht den Verstand zu verlieren.«

Ich schwieg, denn ich wußte nicht, was ich sagen sollte.

Dann drang Sachis Stimme wieder bis zu mir durch. »Wer hätte gedacht, daß mir Matsu einmal das Leben retten würde? Ich war immer davon ausgegangen, daß es Kenzos Rolle war – bis zu jenem schicksalhaften Tag, als Tomoko sich das Leben nahm.«

»Tomoko?«

»Matsus *imoto-san*.« Sachi schwieg eine Weile, bevor sie fortfuhr. »Seine jüngere Schwester. Sie war meine beste Freundin und sehr *kirei*. Es schien, als hätte sie die ganze Schönheit der Familie in sich vereinigt.«

»Und sie hat sich das Leben genommen?«

»Deswegen.« Sachi wies auf ihr vernarbtes Gesicht.

»Das tut mir leid.«

Sachi schüttelte den Kopf. »Tomoko hat als eine der ersten in Tarumi gemerkt, daß etwas nicht in Ordnung war. Sie entdeckte auf ihrem Arm einen Ausschlag, der nicht mehr heilen wollte. Damals dachten wir noch, es sei nichts Schlimmes. Doch als er sich immer mehr ausbreitete, wußte Tomoko sich nicht mehr zu helfen. Sie wurde immer stiller und verließ kaum noch das Haus, selbst wenn ich sie bat, mich auf einen Spaziergang zu begleiten. Als Mädchen sind wir oft zum Strand gegangen, haben gealbert und alle Welt auf uns aufmerksam gemacht. Es war, als gehörte uns die ganze Stadt.«

»Haben Sie Matsu damals schon gekannt?«

»Nur als Tomokos *o-nii-san,* ›der schweigende Bruder, der im Garten arbeitet‹.« Sachi hielt inne. »Warum Tomoko die erste war, die es traf, werden wir nie erfahren. Vielleicht weil wir beide zu eitel, zu leichtfertig waren.« Ich nahm den Rechen auf und trat auf Sachi zu. »Mehr brauchen Sie nicht zu erzählen«, sagte ich.

»Ich habe lange genug geschwiegen. Eigentlich weiß ich nicht einmal mehr, warum«, entgegnete Sachi. »Vielleicht ist jetzt für mich der Zeitpunkt gekommen, mich an die Vergangenheit zu erinnern. Sehen Sie, an dem Morgen, als sich der Ausschlag auch auf ihr Gesicht ausgebreitet hatte, verlor Tomoko die Fassung. Matsu kam, um mich zu holen, denn er hoffte, ich könnte sie wieder beruhigen. Aber Tomoko wollte nicht zulassen, daß jemand sie sah. Niemand wußte, was geschehen war. Tomoko war das schönste Mädchen von Tarumi gewesen und daran gewöhnt, ihren Willen durchzusetzen. Selbst der Zorn ihres Vaters konnte das nicht ändern. Erst Monate später erkrankten andere im Dorf an dem Ausschlag. Und noch ein Jahr verging, ehe auch ich die ersten Spuren auf meinem Arm entdeckte«, sagte Sachi, während sie über ihre vernarbte Haut strich.

»War Tomoko da noch am Leben?«

Sachi schüttelte traurig den Kopf »Sie war die erste und damit noch ganz allein. Was sie auch tat – starken Tee trinken, das Gesicht mit Kräutern behandeln, zu den Göttern beten –, nichts half. Mit jedem Tag, der verstrich, wurde die Krankheit schlimmer. Tomoko wollte niemanden mehr sehen, und ich konnte nur noch durch ihre *shoji*-Tür mit ihr sprechen. Meistens antwortete sie auf mein Betteln nur mit einem tonlosen: ›Geh fort!‹ Knapp einen Monat später nahm Tomoko sich das Leben. Matsu fand sie, wie sie mit dem Gesicht nach unten in ihrem Blut lag. Tomoko hatte *seppuku* begangen, sich mit dem Fischermesser ihres Vaters den Leib aufgeschlitzt.«

»Das tut mir schrecklich leid.« Ich stützte mich schwer auf den Rechen. Ein kalter Wind war aufgekommen, während wir in dem Meer aus grauen Steinen standen und miteinander sprachen.

Sachi seufzte leise auf und nahm mir den Rechen ab. »Obwohl Matsu Tomokos Bruder und einer von Kenzos besten Freunden war, habe ich ihn nicht sonderlich beachtet. Er war ja auch immer so still. Selbst Tomoko machte Scherze über sein Schweigen. ›Matsu ist wie ein Berg‹, sagte sie immer wieder, ›nichts kann ihn erschüttern.‹ Wie Kenzo und er so gute Freunde werden konnten, haben wir beide nicht verstanden. Und doch fühlten sie sich zueinander hingezogen. Kenzo verbrachte mehr und mehr Zeit mit ihm im Garten oder beim Angeln und versuchte die Mauer niederzureißen, die Matsu um sich errichtet hatte. Kenzo war schon immer unbeschwert gewesen. Er sah gut aus und hatte jede Menge lustiger Einfälle. Alle mochten ihn, und die Leute kamen gern zu ihm ins Teehaus seines *o-tosan*. Ich fühlte mich sehr geehrt, als Kenzo mich zu seiner Auserwählten erkor. Sogar Tomoko freute sich über mein Glück. Sie selbst hatte vorgehabt, nach Tokio zu gehen und für eine große Firma zu arbeiten. Tarumi war ihr stets zu eng gewesen. Sie wollte mehr vom Leben haben.«

»Und Sie? Wollten auch Sie mehr vom Leben?« fragte ich Sachi.

»Ich hatte keine so kühnen Träume.«

»Und nach Tomokos Tod lernten Sie Matsu dann besser kennen?«

Sachi lächelte. »Matsu war der einzige, der keine Scheu hatte, mit mir über Tomoko zu sprechen. Er begegnete dem Tod mit Respekt und Verständnis. Schließlich wußte er, daß die Schönheit ihr alles bedeutet hatte. Ohne sie blieb Tomoko als Ausweg nur der Tod. Ich war außer mir vor Trauer, und nur Matsu konnte mir ein wenig Frieden geben. Kenzo versuchte zwar, mich zu trösten, doch aus irgendeinem Grunde konnte ich ihm nicht mehr gegenübertreten. Auf unerklärliche Weise erinnerte er mich mehr an Tomoko als Matsu.« Sachi verstummte plötzlich. Dann strich sie mir über den Arm. »Es ist sehr kalt geworden, Stephen-*san*. Wir gehen besser wieder ins Haus.«

Ich betrachtete die Linien, die ich in die Kiesel geharkt hatte. Sie waren nicht so gleichmäßig wie Sachis, doch die Wellen zeichneten sich deutlich ab. Vor allem aber hatte ich gespürt, welche Kraft man gewinnt, wenn man die Steine bewegt. Ich folgte Sachi ins warme Haus. Sie ging in die Küche und kehrte mit einer Teekanne und Reisplätzchen zurück.

»Wie war Matsu als junger Mann?« fragte ich, während ich mich auf dem Kissen vor dem Lacktisch niederließ.

»Fast genauso wie heute. Er war nicht wie die anderen und blieb lieber für sich. Doch Tomoko hatte sich geirrt, als sie sagte, Matsu sei unbeweglich. Er hatte davon geträumt, aus Tasumi fortzugehen.«

»Aber warum ...« Ich hielt inne, denn plötzlich war mir klar, daß mir die Antwort gegenüber saß.

»Ich glaube, Matsu besaß schon immer innere Stärke, sogar als junger Mann. Wahrscheinlich werden manche Menschen damit geboren. Bei Matsu war das jedenfalls so«, erklärte Sachi.

»Und nach Tomokos Tod wurden Sie dann Freunde?«

Sachi nickte. »Ja, als Tomoko gestorben war. Am Morgen nach ihrer Bestattung kam er zu mir nach Hause und brachte mir ihren Talisman.« Sachi wies auf die beiden schimmernden schwarzen Steine, die auf dem Tisch in ihrem Wohnzimmer lagen. »Wir haben sie als junge Mädchen gefunden und uns vorgestellt, daß sie uns Glück bringen und dabei helfen, unsere Träume zu verwirklichen. Ich weiß noch, daß Matsu sagte ›von Tomoko‹, als er mir ihren gab. Sonst nichts. Dann verbeugte er sich, wandte sich ab und machte Anstalten zu gehen. Aber ich hielt ihn auf. Obwohl ich ihn in all den Jahren nicht beachtet hatte, mußte ich jetzt unbedingt seine Stimme hören.«

»Was hat er gesagt?«

»Er sagte mir, Tomoto habe ihren Frieden gefunden. Und ich solle mein Leben weiterleben.« Sachi schwieg und lächelte in sich hinein. »Irgendwie habe ich ihm geglaubt.«

»Matsus Worte haben eine große Überzeugungskraft«, bestätigte ich.

»Stephen-*san*, weiß Matsu, wo Sie sind?« fragte Sachi plötzlich.

Ich nahm meine Teeschale auf und trank einen Schluck, um ihrem Blick auszuweichen. »Ich hab' ihm eine Notiz geschrieben, ich würde spazierengehen.«

Sachi stand auf »Ich finde, Sie sollten jetzt zurückkehren, Matsu macht sich bestimmt schon Sorgen.«

Ich sah zu ihr auf. Ihr liebliches Gesicht war nicht mehr vom Schal verhüllt. Aber der drängende Ton, der in ihrer Stimme mitschwang, sagte mir, daß unser Gespräch zu Ende war.

»Darf ich Sie wieder besuchen?« fragte ich, als ich aufstand.

»Es wäre mir eine Ehre, wenn Sie mir Gesellschaft leisten würden.« Sachi verbeugte sich. »Sofern Matsu davon weiß.«

»Ich werde Matsu und Sie niemals wieder anlügen«, versprach ich.

Sie lächelte.

Als ich ging, stellte sich Sachi in die Tür. Sie lehnte an dem hölzernen Rahmen, das Gesicht wieder vom dunklen Schal verhüllt.

6. DEZEMBER 1937

Als ich Yamaguchi verließ, klangen in meinem Kopf Sachis kluge, sorgfältig gewählte Worte nach, in denen sie mir von ihren früheren Erlebnissen mit Matsu erzählt hatte. Ich konnte nicht vergessen, wie seltsam sich ihr vernarbtes Gesicht angefühlt hatte. Doch vor allem bewegte mich, daß sie mir ihr Vertrauen geschenkt und ihr Gesicht gezeigt hatte und ich es hatte berühren dürfen. Sicher, ich hatte Matsu anlügen müssen, um nach Yamaguchi zu gehen, doch jetzt wußte ich, daß Sachi wieder Sicherheit hatte und Kenzos grausame Worte ihr nichts mehr anhaben konnten. Und das bedeutete mir sehr viel.

Als ich durch das Bambustor trat, kniete Matsu vor dem Teich und streute Futter in das trübe Wasser. An der Art, wie er mir hastig den Kopf zuwandte, sah ich, daß er sich Sorgen gemacht hatte.

»Ich war in Yamaguchi«, gestand ich ihm rasch, während ich seinem Blick auswich.

»Geht es Sachi gut?« fragte er.

»Ja. Aber ich wollte es mit eigenen Augen sehen.«

»Und haben Sie das?«

»Ja.«

Matsu nickte und ließ ein zufriedenes Grunzen hören.

Dann stand er langsam auf und wies aufs Haus. »Ihr *o-tosan* wartet auf Sie«, sagte er.

»Mein Vater ist da?«

»Ja. Er ist vor etwa einer Stunde angekommen.«

Ich spürte ein Ziehen in der Magengegend. Eigentlich hatte ich mir erst genau überlegen wollen, was ich ihm sagen würde, bevor ich ihm gegenübertrat. Aber dafür war jetzt keine Zeit mehr. Als ich langsam aufs Haus zuging, schossen mir Hunderte verschiedener Möglichkeiten durch den Kopf. Doch während ich mir im *genkan* vor dem Flur die Schuhe auszog, beschloß ich, das Reden im wesentlichen ihm zu überlassen.

Mein Vater wartete auf mich im Studierzimmer meines Großvaters. Er hatte es sich auf einem Kissen bequem gemacht und trank Tee. In seinem untadeligen dunkelgrauen Anzug, der passende Hut neben ihm auf dem Boden, sah er komisch aus inmitten all meiner Malsachen. Farben und Leinwände lagen auf dem Boden und dem schwarzen Lackschreibtisch, den ich mit einem Tuch abgedeckt und wegen der Staffelei zur Seite geschoben hatte. Matsu kümmerte sich nicht mehr darum, was ich in dem Raum anstellte. Seitdem klar war, daß das kleine Haus nicht nur uns beide, sondern auch meine Malsachen aufnehmen mußte, herrschte zwischen uns ein stillschweigendes Einverständnis. Während Matsu in Küche und Garten das Regiment führte, gehörten mein Zimmer und der Arbeitsraum meines Großvaters mir. Und jeder betrat das Reich des anderen mit Umsicht und Respekt.

Im Studierzimmer hing ein stechender, scharfer Geruch nach Farbe und Terpentin.

In einem plötzlichen Impuls verbeugte ich mich. »Baba, ich hatte nicht gewußt, daß du kommst. Tut mir leid, daß du warten mußtest. Ich habe eine Freundin besucht.«

Sein Blick war besorgt und ungewohnt müde, als er die Hand ausstreckte und mir über den Arm strich. »Du siehst gut aus, Stephen. Ich freue mich, daß du soweit bei Kräften bist, um Besuche zu machen. Mah-mih und ich hatten große Sorgen um dich. Ich weiß, du hast ihr geschrieben, daß du dich gut erholst. Aber dann habe ich mich in letzter Minute entschlossen, lieber selbst vorbeizukommen, um zu sehen, wie es dir geht.«

Ich straffte mich und baute mich vor ihm auf. »Mir geht es gut.«

Mein Vater lächelte. Dann blickte er zur Staffelei, auf der mein Bild vom Garten stand. »Du hast Fortschritte gemacht.«

Ich weiß, daß ich rot wurde, denn ich spürte die heiße Welle, die mich durchfuhr. Nach all den Jahren war es mir immer noch peinlich, wenn ich mit meinem Vater über meine Bilder sprechen mußte, und ich fühlte mich zu Rechtfertigungen genötigt. »Ich habe gerade erst wieder angefangen. Entschuldige bitte die Unordnung«, erklärte ich schüchtern, während ich eine Leinwand zur Seite räumte. »Du hättest nicht die weite Reise machen sollen.«

Mein Vater gab mir zu verstehen, ich solle mich ihm gegenüber auf ein Kissen setzen. »Ich bin nicht nur hier, um mich nach deiner Gesundheit zu erkundigen«, setzte er zögernd an, »sondern ich möchte noch etwas anderes mit dir besprechen.«

Am liebsten hätte ich mich abgewandt und wäre aus dem Zimmer gelaufen, solange das noch möglich war. Statt dessen ließ ich mich auf das pralle Kissen fallen. Vor Nervosität und Erschöpfung nach dem langen Weg zitterten mir die Knie. Doch ich schluckte meine Angst hinunter. »Ich habe einen Brief von Mah-mih bekommen«, sagte ich langsam.

Mein Vater räusperte sich, wagte jedoch nicht, mir in die Augen zu sehen. Seine Stimme klang angespannt, als er zu sprechen begann. »Mah-mih hat mir erzählt, daß sie dir geschrieben hat. Zuerst war ich verärgert, daß sie dich in unsere persönlichen Angelegenheiten einweiht, besonders wo du noch nicht wieder gesund bist. Eine Japanerin hätte das nie getan.«

Ich sah zur Seite, bemüht, meinen Ärger zu zügeln. »Vielleicht ist eine Japanerin auch nicht so gut informiert, was ihr Mann treibt«, gab ich bissig zurück. Ich beugte mich vor und goß mir eine Schale Tee ein, denn ich wollte meine Fassung zurückgewinnen und vermeiden, etwas zu sagen, was ich später bereuen könnte.

Ich spürte, daß mich mein Vater starr ansah. Zuerst glaubte ich, mein Mangel an Respekt würde ihn ärgern. Doch er nahm nur seine Nickelbrille ab und putzte sie mit seinem Taschentuch. Er schien tief in Gedanken versunken. Doch dann setzte er die Brille wieder auf und sagte: »Deine Mutter hätte es eigentlich nicht erfahren sollen.«

»Wie konntest du Mah-mih nur betrügen?« fragte ich mit bebender Stimme.

»Ich wollte sie nicht verletzten. Das mußt du mir glauben, Stephen. Das Geld hatte ich von den Geschäften abgezweigt. Natürlich war es dumm, es nicht auf ein anderes Konto zu überweisen, aber die Mittel für die Ausgaben des Haushalts einschließlich der Aufwendungen deiner Mutter sind immer dagewesen.« Mein Vater hielt inne und schüttelte nachdenklich den Kopf, ehe er fortfuhr. »Doch seit Ausbruch des Krieges gehen die Geschäfte schlechter, während die Ausgaben deiner Mah-mih ansteigen.«

Ich dachte daran, wie einsam sich meine Mutter oft fühlen mußte. Kein Wunder, daß sie sich in Wohltätigkeit erging, sich auf ausgedehnten Einkaufsbummeln die neueste europäische Mode zulegte, lange Mittagseinladungen gab und Mah-Jongg-Spiele veranstaltete, bei denen sie nicht selten verlor.

»Wie lange triffst du dich schon mit dieser Frau?« wollte ich wissen.

Mein Vater zögerte. »Seit mehr als zwölf Jahren«, erwiderte er schließlich.

Ich war verdutzt. Seit Pies Geburt war mein Vater mit der anderen Frau zusammen. Ich hätte ihm eher vergeben können, wenn es sich um eine kurze, flüchtige Affäre gehandelt hätte – entstanden aus männlichem Verlangen nach Befriedigung – und nicht um eine Beziehung, in der über all die Jahre wahrscheinlich auch Liebe gewachsen war.

Mein Vater trank von seinem Tee. »Es ist nicht, was du vielleicht denkst. Yoshiko arbeitet in einem Kaufhaus in der Nähe meines Büros und ist eine höchst anständige Frau. Sie hat mir ihr Leben gewidmet, und ich wollte dafür sorgen, daß sie trotz dieses unsinnigen Krieges abgesichert ist.«

»Und was ist mit deiner eigenen Familie?« fragte ich. Mein Blick wanderte von der Teeschale, die ich in den Händen hielt, zu seinem besorgten, aufmerksamen Gesicht.

Mein Vater verzog keine Miene. »Meine Zuneigung zu euch Kindern oder zu eurer Mutter hat nie darunter gelitten. Gerade weil ich euch so liebte, konnte ich die eine nicht wegen der anderen verlassen. Yoshiko hat immer stillschweigend hingenommen, daß die Familie für mich an erster Stelle stand.«

»Denkst du etwa, damit hat alles seine Ordnung?«

Ein plötzlicher Laut von draußen ließ uns innehalten. Matsu schlurfte mit seinen Gartengeräten vor dem vorderen Fenster vorbei. Mein Vater wartete, bis er fort war, ehe er antwortete.

»Ich bin nicht gekommen, um mich vor dir zu rechtfertigen, Stephen. Das Ganze war nicht leicht für mich. Mein Leben lang habe ich versucht, das Richtige zu tun. Ich wollte niemanden verletzen, nicht meine Geschäftspartner und ganz gewiß nicht meine Familie. Und deswegen habe ich meine Entscheidungen immer gegeneinander abgewogen und mich immer nach meinem eigenen Urteil gerichtet. Aber in dieser Sache konnte ich nicht anders, als meinem Gefühl zu folgen. Ein jeder von uns hat seine Bestimmung, und ich hoffe, du versuchst, das Geschehene zu verstehen. Vor allem aber sollst du wissen, daß ich euch alle sehr liebe.«

Ich betrachtete meinen Vater, während er mit ruhiger Stimme fortfuhr. Er sprach langsam und überlegt, als habe er seine Worte gut überdacht. Aus irgendeinem Grunde hatte ich das Gefühl, sein ganzes Aussehen müßte sich verändert haben. Sorgsam musterte ich seine müden, dunklen Augen und sein graues Haar, wie immer mit dem nach Rosen duftenden Öl sauber zurückgekämmt. Ich war alt genug, um seine Worte zu verstehen, doch noch während er sprach, spürte ich, daß er für mich nicht mehr der hochanständige Mann war, den ich immer bewundert hatte. Und schon jetzt trauerte ich um das, was verloren war.

»Und was machen wir jetzt?« fragte ich nach langem Schweigen.

»Das Leben geht weiter«, erwiderte er.

»Werdet ihr euch scheiden lassen, Mah-mih und du?«

Mein Vater beugte sich vor und legte mir die Hand auf den Arm. »Es wird sich nichts ändern, Stephen. Gar nichts.«

Den Rest des Abends saßen mein Vater und ich zusammen und sprachen über den Krieg. Zwar hörte ich ihm höflich zu, doch im Grunde wäre ich lieber in meinem Zimmer allein gewesen. Während ich nach Worten suchte, um das drückende Schweigen zu überbrücken, kam es mir vor, als säße ich einem Fremden gegenüber. Selbst die vertrauten Gesten – wenn er sich mit den Fingern durch das graue Haar fuhr oder unablässig den Knoten seines Schlipses geraderückte – konnten mich nicht beruhigen. Ich beobachtete das traurige Nicken, mit dem er meine Befürchtungen bestätigte, daß die Japaner mit aller Macht in Richtung Kanton vorstießen. Und bei der Geschwindigkeit, mit der sie durch China zogen, konnten sie Kanton in wenigen Monaten eingenommen haben. Für das Gemetzel und die Zerstörungswut aber fehlten meinem Vater die Worte. Nichts lag mir ferner, als mir Sachi und Matsu als Feinde vorzustellen; dennoch kam es mir seltsam vor, gemütlich in ihrer Mitte zu sitzen und zu wissen, daß die Japaner unsere Heimat verwüsteten. Ich wußte längst, daß mein Vater Japan fast ebenso liebte wie China, doch anscheinend war jetzt der Zeitpunkt gekommen, wo er einem der beiden Länder seine Treue beweisen mußte. Zweifellos gehörte sie China, dem Land seiner Väter, doch sicher traf er diese Entscheidung nicht ohne Schmerzen. Ich spürte, wie schwer er daran trug, und fragte mich, ob ich deswegen schon bald zu meiner Mutter und Pie nach Hongkong zurückkehren mußte. Mir lagen die Worte schon auf der Zunge, doch ich brachte die Frage nicht über meine Lippen.

Matsu bereitete zum Abendessen *Miso*-Suppe, ausgebackene Tofu-Schnitten, geschnetzeltes, mariniertes

Rindfleisch und Reis und zog sich für den Rest des Abends zurück. Eine Weile hörte ich leise die Klänge der Musik von Bach aus Matsus Radio in der Küche, dann herrschte Stille. Am Ende unseres angestrengten Gesprächs fragte mich mein Vater, ob ich die Feiertage bei ihm in Kobe verbringen wolle. Nach meiner ausweichenden Antwort stand er auf, entschuldigte sich und brach zu einem Spaziergang auf. Als ich ihn zurückkehren hörte, lag ich ohne Licht in meinem Zimmer und tat, als ob ich schliefe.

Als ich am Morgen aufstand, stellte ich fest, daß mein Vater mit dem Frühzug nach Kobe zurückgefahren war. Die Luft war feucht. Ich spürte Erleichterung, ihm nicht noch einmal gegenübertreten zu müssen, denn ich fühlte mich wie betäubt.

Den ganzen Morgen über hatte ich einen schalen Geschmack im Mund. Mein Vater war zu seinem anderen Leben in Kobe zurückgekehrt, und ich wußte, ich hatte sowohl meinen Vater als auch meine Mutter enttäuscht. Ich konnte mich einfach nicht damit abfinden, daß mein Vater eine Geliebte hatte, aber ich konnte auch nicht erreichen, daß sie, wie meine Mutter es wünschte, aus unserem Leben verschwand.

»Ihr *o-tosan* ist heute morgen schon ganz früh aufgebrochen.« Matsus Worte rissen mich aus meinen Gedanken.

Wir saßen am Küchentisch und verzehrten unser übliches Frühstück aus Reis und eingelegtem Gemüse. Ich hatte bisher kaum gesprochen. Normalerweise redete ich ständig und stellte Matsu unablässig Fragen, doch jetzt fühlte ich mich durch ihn gestört. Matsu war den ganzen Abend über allein geblieben und wollte nun wohl wissen, was geschehen war. Doch ich nickte nur, ohne zu antworten.

Darauf schwieg Matsu. Als er seine Mahlzeit beendet hatte, stand er auf und machte sich an die Küchenarbeit. Ich brütete vor mich hin und zwang mir die Bissen in den Mund, bis ich einen Großteil meiner Portion verspeist hatte.

»Das war gut«, sagte ich, während ich ihm die Schale reichte und mich verbeugte, um mein grobes Verhalten damit wettzumachen.

Matsu nickte, dann wusch er die Schüssel aus. Als ich schon fast wieder vor meinem Zimmer stand, hörte ich ihn mit erhobener Stimme fragen: »Was haben Sie heute vor?«

Im Haus zu bleiben, hätte ich jetzt nicht ertragen, obwohl ich wußte, daß ich eigentlich meiner Mutter schreiben sollte. »Ich weiß nicht«, antwortete ich. »Vielleicht mache ich später einen Spaziergang.«

Matsu stellte sich in die Küchentür und trocknete sich dabei die Hände ab. »Ich will nachher nach Tama gehen. Möchten Sie es nicht auch gern kennenlernen?«

»Was ist dort?« fragte ich

Matsu lächelte. »Ein Shinto-Schrein. Haben Ihnen Ihre *go-ryoshin* nie von dem Schrein von Tama erzählt?«

»Nein.« Ich schüttelte den Kopf.

Meine Eltern hatten der Religion nie große Bedeutung beigemessen. Was ich in meiner Kindheit darüber gelernt hatte, stammte aus dem Unterricht in St. Matthews, der katholischen Grundschule in Hongkong. Das Lehrpersonal bestand aus Nonnen, die in rätselhaften dunklen Gewändern mit Schleiern durch die Flure huschten. Jeden Morgen, vor dem Unterricht, beteten wir das ›Vaterunser‹, dessen Worte mir dann den Rest des Tages im Kopf herumspukten. Schon als kleiner Junge hatte ich alles kennengelernt: den Pomp der Messe, die farbenprächtigen Roben der Priester, die leuchtenden Bleiglasfenster, die innere Gewißheit, von den Sünden erlöst zu sein. Als ich dann auf die private englische Mittelschule überwechselte, kam es mir vor, als hätte ich einen Kinderfreund verloren, der all meine Geheimnisse kannte. Doch dieses Gefühl verblaßte immer mehr, je älter ich wurde.

»Es ist nicht weit von Tarumi«, fuhr Matsu fort. »In ein paar Stunden können wir aufbrechen.«

»Ich hätte nie gedacht, daß Sie gläubig sind.« Allmählich fühlte ich mich wieder besser.

Matsu warf sich das Handtuch über die Schulter und ging zurück in die Küche. »Es gibt noch eine ganze Menge, was Sie nicht über mich wissen«, sagte er.

In dem Brief an meine Mutter erwähnte ich den Besuch meines Vaters nur knapp und konzentrierte mich auf die anstehenden Feiertage. Eigentlich hatte ich gehofft, das Weihnachtsfest gemeinsam mit meiner Familie verbringen zu können, doch als es näher rückte, ohne daß ich aus Hongkong Nachricht bekam, gab ich mich damit zufrieden, in Tarumi zu bleiben. Es kam mir vor, als würde ich Stunden für den Brief brauchen. Ich hatte keine Ahnung, welche Einzelheiten meine Mutter über das Verhältnis zwischen meinem Vater und dieser Yoshiko wußte. Deshalb erzählte ich ihr lediglich, daß mein Vater unerwartet zu Besuch gekommen war, sprach von unserem Gespräch über das Geld, das er aus der Firma abgezogen hatte, um einer Bekannten geschäftlich unter die Arme zu greifen, und berichtete ihr, daß sich mein Vater große Sorgen über meinen Unfall gemacht hatte. Meine Worte klangen unbeholfen und zerstreut, doch irgendwas mußte ich ihr ja schreiben. Dann wechselte ich das Thema, schrieb über die Kriegsnachrichten. Zwar wollte ich meine Mutter nicht beunruhigen, doch ich mußte wissen, ob sie mich in Hongkong brauchte. Schließlich erkundigte ich mich nach Pie, die sich seit langem nicht mehr gemeldet hatte. Ging es ihr auch gut? Wie kam sie in der Schule zurecht? Sobald ich an sie dachte, mußte ich lächeln. Zu gern hätte ich sie bei mir gehabt, hätte mir ihre neugierigen Fragen angehört und ihre rasche Auffassungsgabe bestaunt, damit sie die Traurigkeit vertrieb, die von mir Besitz ergriffen hatte.

Zum Schluß versicherte ich meiner Mutter, daß die Entscheidung meines Vaters, seiner Bekannten zu helfen, »in erster Linie ein geschäftliches Arrangement« gewesen sei, obwohl ich wußte, daß sie mir nicht glauben würde. Doch ich wollte ihr helfen, wollte ihr die Möglichkeit geben, so zu tun, als sei alles wieder in Ordnung. Aber es war schrecklich für mich, meine Mutter anzulügen, und ich haßte meinen Vater dafür, daß er mich dazu zwang.

Um so besser fühlte ich mich, als wir das Haus verließen und an der frischen Luft waren. Der Weg zum Tama-Schrein führte die Straße am Strand entlang und dann durch den Ort. Ich hatte das Gefühl, ganz Tarumi würde schlafen. Nicht einmal ein Hund kam auf uns zu, um zu schnüffeln oder uns in die Hacken zu beißen.

Matsu trug ein Bündel, das in ein dunkelblau-weißes *furoshiki* eingeschlagen war. »Unser Mittagessen«, erklärte er lächelnd.

Doch als wir uns Kenzos Teehaus näherten, wurde Matsu still, und ich sah, wie sich seine Halsmuskeln anspannten. Ich fragte mich, was geschehen würde, wenn sich die beiden auf der Straße begegneten. Würden sie schweigend aneinander vorbeigehen? Oder würden sie sich böse Worte zuwerfen, wie damals im Strandhaus? Ich versuchte, in das Dunkel des Teehauses zu spähen, doch im Innern rührte sich nichts.

Am Stadtrand bogen wir auf einen unbefestigten Weg, der in die Berge führte. Nach kurzer Zeit erreichten wir eine Lichtung mit einer kleinen Anhöhe, von der der Tama-Schrein majestätisch auf das Dorf Tarumi herabblickte. Als erstes stachen mir die drei gleichförmigen, in verblaßtem Rot gestrichenen Tore ins Auge, die man nacheinander durchqueren mußte, um zum Schrein zu gelangen. Sie bestanden lediglich aus zwei senkrechten, hölzernen Pfeilern, über denen waagerecht ein dritter lag. Die Querbalken ragten mit ihren Enden über die Stützpfeiler hinaus und waren zu einem anmutig geschwungenen Lächeln geschnitzt. Unmittelbar darunter befand sich ein zweiter waagerechter Balken, der genau zwischen die beiden Pfeiler paßte. Ein jedes dieser Tore ähnelte einer riesigen Hühnerstange. Derartige Tore, allerdings aus Stein oder Eisen, hatte ich auch schon in Kobe gesehen, doch ohne die kunstvolle Schnitzarbeit.

»Die *torii*-Tore«, sagte Matsu. »Es heißt, wenn der Pilger sie durchquert, werden Herz und Geist gereinigt, bis er am Schrein eintrifft.«

Wir schritten auf dem von seltsamen flachen Steinen eingefaßten Weg entlang und durchquerten die beiden anderen *torii*-Tore. Der Schrein selbst befand sich in einer schlichten, rechteckigen Holzhütte, die sich in nichts von den Häusern im Ort unterschied. Vor einem Steintrog am Eingang blieb Matsu stehen. An der Seite hing eine hölzerne Schöpfkelle, die Matsu ins Becken tauchte und an die Lippen führte. Doch anstatt das Wasser herunterzuschlucken, spülte er sich damit den Mund aus und spuckte es in den Staub. Dann tauchte er die Kelle erneut ins Becken und wusch sich die Hände. Nachdem er sich gesäubert hatte, gab er mir die Kelle und bedeutete mir mit einer Geste, seinem Beispiel zu folgen.

»Man muß sich reinigen, bevor man den Schrein betritt«, flüsterte er mir zu, als wollte er vermeiden, die Götter zu stören.

Als ich die Kelle zum Mund führte, war ich überrascht, wie kühl das Wasser war, und hätte am liebsten richtig getrunken, um nach dem langen Marsch meinen Durst zu stillen. Doch weil ich Matsus Blicke auf mir ruhen fühlte, beließ ich es dabei, seine Bewegungen zu wiederholen. Erst dann wandte er sich ab und zog seine Sandalen aus, um mich in das Holzhaus mit dem Schrein zu führen.

Im Innern roch es überwältigend nach Räucherwerk und süßem Reiswein. Wir stiegen auf eine hölzerne Plattform. Der Schrein war nichts anderes als ein Steinsockel, auf dem eine kunstvoll geschnitzte Holzkiste stand. Diese enthielt, wie Matsu mir erklärte, den *kami* Inari, den Fuchsgott oder Gott der Ernte. Vor dem Schrein brannten zarte Räucherstäbchen, und daneben stand eine blau lackierte leere Reisschale. Die Wand rechts vom Schrein war mit, wie es schien, Hunderten kleiner weißer Papierstreifen bedeckt. Matsu flüsterte mir zu, sie enthielten Gebete und Gelöbnisse der Leute aus dem Ort. Er stieg zum Altar hinauf, klatschte dreimal in die Hände und griff dann behutsam in ein dickes geflochtenes Seil, das zu einer Holzklapper an der Decke führte. Der kurze schmatzende Knall hallte durch die kleine Hütte. Als Matsu dann die Augen schloß und sich verbeugte, trat ich zur Seite.

Matsu richtete sich schließlich auf, griff in das *furoshiki*, das er mitgebracht hatte, und holte ein paar harte Reiskörner heraus, um sie in die Lackschale vor den Schrein zu werfen.

»Sie auch?« fragte Matsu. Er trat zur Seite und drängte mich, es ihm gleichzutun.

Zögernd zuckte ich die Achseln. Es war mir peinlich, fremde Riten auszuführen, aber Matsu schob mich vor den Altar und drückte mir die Hände nach vorne, so daß ich in die Hände klatschen konnte, wie er es getan hatte. »Man muß den Göttern zeigen, daß man da ist«, flüsterte Matsu.

Rasch klatschte ich dreimal in die Hände und zog an dem Seil. Starr blickte ich auf den Schrein und die Reisschale. Der Rauch, der von den Stäbchen aufstieg, brannte mir in den Augen. Dann verbeugte ich mich tief und versuchte, mich auf irgendein Gebet zu besinnen. Doch ich war verwirrt. Um was, für wen sollte ich beten? Zu viele Gedanken stürmten auf mich ein. Ich wollte für die Ehe meiner Eltern beten oder dafür, daß Sachi und Matsu glücklich waren und daß der Krieg ein Ende nahm. Doch überdeutlich spürte ich Matsu, der hinter mir stand und auf mich wartete. So schloß ich nur die Augen und betete für uns alle. Wir setzten uns an einen mit Kiefernnadeln bedeckten Hang mit Blick auf Tarumi, um die mitgebrachte Mahlzeit zu essen. Als Matsu das *furoshiki* auswickelte, kamen ein dreistöckiger, schwarzlackierter Essensbehälter und eine Thermosflasche, gefüllt mit grünem Tee, zum Vorschein. Jede Schale des Behälters war mit leckeren Sushis und Fischplätzchen gefüllt. Ich war beeindruckt, was Matsu auf die Schnelle alles hatte vorbereiten können. Matsu hob die oberste Schale ab und reichte sie mir. Ich nahm ein faustgroßes Sushi aus Reis, umwickelt mit einer eingelegten Tofuscheibe, in die Hand und biß hinein.

»Besuchen Sie den Schrein oft?« fragte ich.

Matsu steckte sich ein ganzes Sushi in den Mund, kaute nachdenklich und schluckte es hinunter, bevor er antwortete. »Nur wenn ich das Gefühl habe, es sei nötig.«

»Und heute morgen hatten Sie das Gefühl, es sei nötig?« fragte ich.

»Nein, ich dachte, es könnte Ihnen vielleicht guttun, hierher zu kommen«, antwortete er.

»Mir?« entgegnete ich überrascht.

»Wegen des Besuchs Ihres *o-tosan*.« Matsu nahm sich ein weiteres Sushi.

Plötzlich wuchs in mir der Verdacht, daß Matsu alles wußte. Der Gedanke, er könnte in die Verschwörung meines Vaters eingeweiht sein, machte mich wütend. Das halbe Sushi glitt mir aus den Fingern und fiel auf den Boden.

»Wissen Sie, daß mein Vater eine Geliebte hat?« fragte ich vorwurfsvoll.

Matsu riß die Augen auf und und hielt mit dem Essen inne. Das Lächeln auf seinem Gesicht war plötzlich wie weggewischt. »Ich kümmere mich nicht um die privaten Dinge Ihres *o-tosan*«, erwiderte er.

»Sind sie deshalb so lange bei unserer Familie, weil Sie meinem Vater die Geheimnisse wahren helfen?« fuhr ich ihn an. Doch kaum hatte ich die Worte ausgesprochen, da taten sie mir auch schon leid. Ich wußte, daß es falsch war, meinen Ärger an Matsu auszulassen, doch es war zu spät. Meine Scham schien durch die kühle, klare Luft zu hallen.

»Es war mir immer eine Ehre, für Ihren *oji-san* und Ihren *o-tosan* zu arbeiten«, entgegnete Matsu.

Ich stand rasch auf, strich mir die Kiefernnadeln von der Hose und verbeugte mich tief vor Matsu. »Es tut mir leid! Ich hatte kein Recht, so etwas zu Ihnen zu sagen, Matsu-*san*.«

Matsu ließ sich Zeit, bis er aufsah. Aber gleich wurde sein Blick weicher. »Der Ärger hat aus Ihnen gesprochen. Das waren nicht Sie selbst«, sagte er. Er klopfte auf den Boden neben sich, damit ich mich wieder setzte. »Sie müssen sich klarmachen, Stephen-*san*, daß sich dadurch an den Gefühlen Ihres Vaters für Sie nichts ändert. Es ändern sich lediglich Ihre Gefühle für ihn. Leider muß das Glück des einen oft mit dem Leid des anderen erkauft werden.«

Ich nickte und schwieg. Dann fiel mir ein, wie schwer mein Vater immer für die Familie gearbeitet hatte. Meine Krankheit hatte ihm großen Kummer bereitet, und es war seine Idee gewesen, daß ich zur Genesung nach Tarumi kam. Bestürzt über mein Verhalten, sah ich Matsu von der Seite an. Erst jetzt wurde mir bewußt, daß er sicher an Sachi dachte und über das Ende seiner Freundschaft mit Kenzo trauerte.

»Eigentlich«, setzte ich an, »habe ich gedacht, Sie sind hergekommen, um für Kenzo-*san* zu beten.«

Matsu wandte sich zu mir um. »Es hat keinen Sinn, für einen anderen zu beten. Ich bete hier für mich selbst.«

»Aber Sie kennen ihn seit Ihrer Jugend. Er ist Ihr bester Freund.«

»Dann müssen wir auf die Kraft unserer gemeinsamen Vergangenheit hoffen«, entgegnete er.

Ich ließ mich auf den Boden zurücksinken und bettete den Kopf in den Händen, um über Matsus Worte nachzudenken. Ich fragte mich, ob meine Eltern die Dinge auch so betrachteten. Waren ihre Gemeinsamkeiten aus der Vergangenheit stark genug, um ihre Ehe zu retten? Konnte ich irgend etwas tun, um das Verhältnis zwischen meinen Eltern zu ändern? Als ich diese Möglichkeiten in Erwägung zog, fühlte ich mich gleich wieder ein wenig besser. Ich schloß die Augen und lauschte dem Wind, der in den Bäumen flüsterte.

21. DEZEMBER 1937

Heute kam ein Brief von meiner Mutter. Obwohl ich schon darauf gewartet hatte, scheute ich mich, ihn zu öffnen. Ich hatte Angst vor dem, was sie mir mitteilen könnte. Seit unserem Besuch am Tama-Schrein versuchte ich, nicht mehr an die Ehe meiner Eltern zu denken.

Lieber Stephen,
in den letzten Tagen ging es mir nicht besonders gut. Ich habe Deinen Brief bekommen und freue mich, daß Du mit Deinem Ba-ba sprechen konntest. Auch er hat mir erklärt, daß das Geld für eine geschäftliche Unternehmung verwendet worden ist. Unter diesen Umständen bleibt mir keine andere Wahl, als ihm zu glauben. Schließlich bin ich nur eine einfache Frau, die vier Kinder aufziehen muß, und verfüge über keinerlei Ausbildung, mit der ich meinen Lebensunterhalt verdienen könnte. Als Dein Ba-ba und ich heirateten, war ich gerade erst fünfzehn. Eine ideale Verbindung. Seine Tante Chin hatte mich mit meinen Schwestern im Central District gesehen. Und dann war sie sofort zu ihrem Neffen gelaufen, deinem Vater, um ihm davon zu erzählen. Aber vergib mir, Du hast diese Geschichte schon unzählige Male gehört. Ich werde langsam alt, bin schon fast vierzig, und dort draußen in der Welt würde ich mich nicht mehr zurechtfinden.

Ich weiß, ich dürfte Dir von diesen Gedanken nichts erzählen, Stephen. Aber Du sollst wissen, daß ich mich nicht beklage. Ich habe ein besseres Leben gehabt als viele andere. Wenn ich es in gewissem Maße ändern muß, um den Wünschen Deines Ba-ba zu entsprechen, so soll es denn sein. Vielleicht ist unsere Ehe an den Punkt gekommen, wo er und ich getrennte Wege gehen müssen. Das kann – oder muß – ich akzeptieren, vorausgesetzt die Familie bleibt ansonsten beisammen. Dein Ba-ba ist damit einverstanden.
Unsere größte Sorge ist, daß Du gesund wirst. Eigentlich hätte ich Dich über die Feiertage gern besucht, doch Du kannst wohl verstehen, daß mir mein augenblicklicher Zustand eine Reise verbietet. Deine Weihnachtsgeschenke habe ich abgeschickt. Dein Ba-ba würde sich freuen, wenn Du an den Feiertagen zu ihm nach Kobe fährst. Ich kann mir vorstellen, daß Dir ein Ausflug guttun würde.
Aber jetzt, mein Stephen, laß Dir sagen, wie lieb ich Dich habe. Und vor allem wünsche ich Dir im kommenden Jahr Gesundheit und Glück.
Ching läßt Dir ausrichten, Du sollst Dich warm anziehen und nicht erkälten.

In Liebe
Mah-mih

Als ich den Brief sinken ließ, überkam mich plötzlich großes Heimweh nach meinem früheren Leben in Hongkong. Ich hörte förmlich die Stimme meiner Mutter aus dem Brief, und ein dumpfer Stich fuhr mir durchs Herz. Schon seit ein paar Jahren waren meine Eltern für mich nicht mehr die vertrauten Menschen, bei denen ich aufgewachsen war. Ich erinnerte mich noch gut, wie sie mich als kleinen Jungen an der Hand hielten. Nie wieder habe ich mich so geborgen gefühlt wie damals, wenn ich zwischen ihnen die Lee Yuen East Street hinunterging. Im Geiste hörte ich wieder das laute Feilschen der Straßenhändler mit ihren Kunden und die knirschenden Bremsen der Straßenbahn im Central District. In jenen Tagen, also bevor die Geschäfte meinen Vater auf Reisen führten, saßen wir abends beisammen an unserem großen schwarzen Lacktisch und aßen Chings Ente in Minzsoße oder Salzhähnchen, während meine Eltern sich unterhielten und wir Kinder herumalberten und zappelten. Der Gedanke, daß sie jetzt nur noch ein geschriebener Kontrakt verband, erfüllte mich mit tiefer Trauer. Aber ich mußte zugeben, daß sich die Dinge schon nach Pies Geburt geändert hatten. Mein Vater reiste immer häufiger nach Japan und blieb immer länger fort, bis er sich dort schließlich mehr aufhielt als bei uns in Hongkong. Den Ba-ba meiner Kindertage gab es nicht mehr. Wenn er mit seinen Geschenken und hastigen Umarmungen zu einem kurzen Besuch nach Hause kam, schienen wir nicht mehr die gleiche Luft zu atmen.

Am Nachmittag ging ich in den Ort, um meinem Vater zu telegraphieren, daß ich über die Feiertage in Tarumi bleiben würde.

25. DEZEMBER 1937

Heute ist Weihnachten, das erste Weihnachtsfest, das ich in Tarumi verbringe. Nachdem ich aufgewacht war, schob Matsu die Tür zu meinem Zimmer auf. »Kommen Sie. Ich möchte Ihnen etwas zeigen!« rief er fröhlich.

Rasch erhob ich mich und schlüpfte in meine Kleider. Matsu stand im *genkan* und erwartete mich schon ungeduldig.

»Was denn?« fragte ich, während ich mir den Schlaf aus den Augen rieb.

Matsu trat beiseite und wies auf den Garten. »Ich dachte, Sie hätten vielleicht gern einen Weihnachtsbaum«, sagte er. Hinten in der Ecke hatte er eine seiner Kiefern mit leuchtend bunten *Origami*-Kranichen und -Fischen geschmückt.

Wie gebannt blieb ich stehen. Ich fand keine Worte. Gerade eben noch, im Bett, hatte ich überlegt, was mir alles entging, weil ich nicht zu Hause in Hongkong feiern konnte. Als wir kleiner waren, hatte meine Mutter jedes Jahr dafür gesorgt, daß wir einen echten geschmückten Weihnachtsbaum im Haus hatten. Beim Aufstehen umfing uns dann der warme Kieferndurft, während Ching uns sanft ins Eßzimmer zum Frühstück schob. Dort warteten wir, bis meine Eltern aufstanden und wir unsere Geschenke auspacken durften – für Pie und Henry zwei, drei nervenzermürbende Stunden. Pie brachte kaum einen Bissen herunter, während Henry alles Eßbare in sich hineinstopfte. Und immer wieder huschten ihre Blicke zwischen dem Weihnachtsbaum und der Uhr hin und her. Ich als der ältere wußte jedoch, daß sich meine Eltern von dem Fest erholen mußten, das sie am Heiligen Abend besucht hatten, und noch ein paar Stunden schlafen würden.

Über Jahre hinweg gingen wir am Ersten Feiertag abends ins Hongkong-Hotel zum Essen. Wir bestellten dort ein europäisches Fünf-Gänge-Menü mit Gänsebraten, Kartoffeln und Brotpudding. Beim Essen erteilte uns meine Mutter dann ihre alljährliche Lektion, wie wir die zahllosen Stücke des Tafelsilbers zu benutzen hatten, die neben unserem Teller lagen. »Immer von außen nach innen«, klang ihre Stimme von der anderen Seite des Tisches herüber. Im ersten Jahr hatten wir auch Ching mitgenommen, doch als sie die Sammlung komplizierter Instrumente sah, weigerte sie sich. Wenn sie keine Stäbchen nehmen dürfte, würde sie auch nichts essen. In den Jahren danach blieb Ching in der Sicherheit ihrer Küche, und meine Mutter mußte sich beim Festessen um uns kümmern.

»Das ist der schönste Weihnachtsbaum, den ich je hatte«, sagte ich zu Matsu.

Matsu nickte glücklich. Schweigend blieb er noch einen Moment lang stehen und lächelte zufrieden über sein Werk in sich hinein. Dann wandte er sich ab und machte sich auf den Weg in die Küche. »Wie möchten Sie Ihre Eier?« fragte er.

1. JANUAR 1938

Wie ich wußte, ist *Ganjitsu*, das Neujahrsfest, bei den Japanern ein Nationalfeiertag. Im Gegensatz zu Hongkong, wo die Chinesen das neue Jahr mit Krachern und buntem Farbenschmuck begrüßen, scheinen die Japaner den Tag des Neubeginns mit mehr Innerlichkeit zu begehen. Man überreicht sich schlichte Geschenke, besucht Tempel und Schreine und zahlt seine Schulden vom vergangenen Jahr. Aller Hader, alle bösen Worte werden bereinigt, und man darf frisch und unschuldig ins neue Jahr gehen. Deshalb hätte ich nicht glücklicher sein können, als ich hörte, daß wir den Jahreswechsel bei Sachi in Yamaguchi feiern würden.

Nach einer frühen Mahlzeit am Morgen packten Matsu und ich die Speisen, die er vorbereitet hatte, in ein *furoshiki*, um sie nach Yamaguchi mitzunehmen. In den letzten Tagen hatte Matsu unentwegt Sushi, Heringsrogen und rote Bohnen zubereitet, so daß ein süßer Duft das ganze Haus durchzog. Über dem Eingang hatte er einen *kado-matsu*, eine Art Kranz aus Kiefern, Pflaumen und Bambustrieben, aufgehängt. Zwei ähnliche Kränze lehnten an der Wand des *genkan*.

Ein paar Tage zuvor war er in den Ort gegangen und hatte eine kleine Kiefer für Sachi gekauft, nicht mehr als dreißig Zentimeter hoch, die in einem hübschen Tontopf stand. Heute morgen habe ich Matsu als Glücksbringer eine *daruma*-Puppe geschenkt. Sie starrt blind ins Leere, weil keine Augen aufgemalt sind. Dem Brauch nach malt man ihr ein Auge auf, während man sich etwas wünscht. Geht der Wunsch in Erfüllung, bekommt sie das zweite Auge gemalt. Matsu blickte einen Moment lang auf das augenlose Gesicht, dann verbeugte er sich vor mir und setzte sie vorsichtig ins Küchenregal. Danach verschwand er rasch in seinem Zimmer und kehrte mit einem Band japanischer Gedichte für mich zurück.

Als wir das Haus verließen, nahm Matsu einen der Kränze auf, um ihn Sachi mitzubringen. Ich trug vorsichtig die kleine Kiefer in meinen Händen.

»Was bedeutet der *kado-matsu*?« fragte ich, als Matsu auch den zweiten Kranz aufgenommen hatte und wir uns auf den Weg machten.

Matsu schwenkte das *furoshiki* hin und her. »Jeder Zweig symbolisiert Wohlstand, Reinheit, ein langes Leben und Treue.«

»Und wer bekommt den anderen?«

Matsu blickte zurück, als würde er jemanden hinter uns vermuten. »Der ist für Kenzo-*san.*«

Als wir in Yamaguchi eintrafen, war das Dorf schon am Feiern. Männer wie Frauen trugen leuchtend bunte Kimonos. Die kleinen Hütten schienen unter den mit Farnwedeln, Kränzen und Orangen geschmückten Haustüren wie zu neuem Leben erwacht. Wir konnten praktisch keinen Schritt machen, ohne daß man uns getrocknete Nüsse und *toso,* einen süßen *sake*, anbot. Aber Matsu, der es nicht erwarten konnte, Sachi zu sehen, lehnte die Einladungen lächelnd ab.

Im Gegensatz zu der festlichen Stimmung im Dorf wirkte Sachis Haus still und schlicht. Einzig ein *shimenawa,* ein Zopf aus geflochtenem Stroh mit Papierstreifen, der vor ihre Tür gespannt war, kündete vom neuen Jahr. Er sollte die bösen Geister davon abhalten, ins Haus einzudringen, wie Matsu mir erklärte.

Sachi öffnete uns die Tür, noch ehe wir am Haus eingetroffen waren. Sie verbeugte sich mehrmals und führte uns mit strahlendem Gesicht hinein. Anstatt der üblichen gedämpften Farben hatte sie einen Kimono in Gelb und Rot angezogen. Es war das erste Mal, daß ich sie in bunten Farben sah. Sie bestand darauf, daß wir zuerst eine Schale *zoni*, eine Brühe mit *mochi*, aßen. Sie sah wunderschön aus, wie sie durchs Haus wirbelte und *mochi* und schwarze Bohnen herbeitrug, die sie für das Fest vorbereitet hatte. Nach dem Essen wollten wir uns den anderen Dorfbewohnern anschließen und mit ihnen das neue Jahr feiern.

Später, als ich im Kreis von Matsu, Sachi und den Leuten aus Yamaguchi *toso* trank, wurde mir die wahre Bedeutung von *Hajime* bewußt – dem Fest des Neubeginns. Wenn das Neujahr einen Anfang verkörperte, dann würden wir mit diesem Tag alles wieder zum ersten Mal tun – vom Bad bis zum Pflanzen eines Baumes. Ich fragte mich, was Keiko jetzt wohl tun mochte, als ich Matsu und Sachi so glücklich sah. Hoffentlich bedeutete es auch einen Neubeginn für die beiden. Ich versuchte mir vorzustellen, daß Kenzo unten in Tarumi seinen beiden alten Freunden das gleiche wünschte, während er die Kränze aus Kiefernzweigen und Bambus an den Haustüren betrachtete.

15. JANUAR 1938

In der letzten Woche habe ich von meinen Eltern und Pie Pakete mit einer neuen Armbanduhr, einem Kaschmirpullover, zwei Hemden und ein paar Büchern bekommen. Es schien, als wollten die Feiertage kein Ende nehmen. Dann traf gestern ein Brief von King mit dem Poststempel von Hongkong ein. Demnach war er wohl über Weihnachten aus Kanton zurückgekehrt und mußte meine Postkarte bekommen haben.

Unvermittelt wurde mir bewußt, wie sehr King mir fehlte. Seine heiteren Worte erinnerten mich an unsere Zeit an der Lingnan-Universität, an den gepflegten Park und die imposanten Backsteingebäude, an die langen Stunden des Lernens und die spätabendliche Suche nach einer Schale *jook*, um uns den leeren Magen zu füllen. Erst gegen Ende des Briefes löste sich dieser Zauber auf, und ich starrte auf Worte, die mich entsetzten.

Sicher hast Du in irgendeiner Form von dem Massaker in Nanking gehört. Wie es heißt, sind Tausende unschuldiger chinesischer Männer, Frauen und Kinder von den japanischen Hundesöhnen geschändet und umgebracht worden. Wenn ich mir vorstellen könnte, damit etwas zu erreichen, wenn ich glauben würde, wir hätten Aussicht auf Erfolg, würde ich mich auf der Stelle dem Kampf gegen die Japaner anschließen. Da sie immer weiter nach Kanton vorrücken, haben die meisten meiner Kommilitonen zuviel Angst, nach den Feiertagen nach Lingnan zurückzukehren. Doch ich habe meiner Familie die Erlaubnis abgerungen, wieder hinfahren zu dürfen – allerdings erst, als ich ihnen hoch und heilig versprochen hatte, nach Hongkong zu fliehen, sollten uns die japanischen Teufel zu nahe rücken. Ich wünschte nur, Du würdest mich auf der Rückfahrt nach Kanton begleiten.

Als ich Kings Brief zusammenfaltete und wieder in den Umschlag steckte, schienen mich die Wände wie einen Gefangenen einzuschließen. Von dem Massaker war in Matsus Radio nichts zu hören gewesen, nur von dem tapferen Siegeszug der Kaiserlichen Armee, die ohne großen Widerstand Nanking und Tsingtao eingenommen hatte. Natürlich trauerte ich um die hilflos in Nanking Hingemetzelten und wäre am liebsten mit King im dicksten Kampfgetümmel gewesen, aber ich konnte mir einfach nicht vorstellen, Matsu, Sachi und Keiko zu verlassen. Ich versuchte, mich hinzusetzen und King einen Brief zu schreiben, doch über die Anfangszeile kam ich nicht hinaus. »Ich habe Deinen Brief erhalten und wünschte, ich wäre bei Dir ...«

Wir feiern *Setsubun* – Die Ersten Frühlingsriten –, obwohl immer noch kalter Winter herrscht. Matsu sagte gestern abend, ich solle die Nacht fest schlafen, damit ich mit ihm zum Tama-Schrein gehen könne.

»Wozu?« fragte ich.

»Das werden Sie dann schon sehen.«

Ich stand früh auf und zog mich warm an, weil ich dachte, wir würden gleich losgehen, aber es wurde spät, und wir erreichten Tarumi erst am Nachmittag. Viele Dorfbewohner waren ebenfalls auf dem Weg in die Berge. An den *torii*-Toren und vor dem Schrein hatte sich bereits eine große Menge versammelt. Ich suchte unter den vielen, mir nun schon vertrauten Gesichtern nach Keiko und ihrer Familie, und auch Matsu sah sich forschend in der Menge um, vermutlich hielt er Ausschau nach Kenzo. Ich hatte gehofft, das Schweigen zwischen ihnen fände mit Beginn des neuen Jahres ein Ende, aber ich hatte mich getäuscht. Seit dem Vorfall im Strandhaus hatten sie nicht mehr miteinander gesprochen, und obwohl sich Matsu nie darüber äußerte, spürte ich oft, wie traurig er war.

Doch weder Keiko noch Kenzo waren zu sehen. Und bald wurde unsere Aufmerksamkeit auf ein metallisches Klingen und die beiden Shinto-Priester gelenkt, die zu der Holzplattform emporstiegen. Sie waren in rote und goldene Gewänder gekleidet wie Samurais und trugen jeder eine große Schale, die offenbar mit Bohnen gefüllt war.

»Was tun sie?« flüsterte ich Matsu zu.

»Es heißt *mame-maki*, Bohnenwerfen. Jedes Jahr werden der Winter und die Dämonen der Kälte und des Verderbens mit den Bohnen vertrieben. Außerdem symbolisieren die Bohnen die Erde, die den Keim des Lebens in sich trägt.«

Plötzlich ging Matsus Stimme im anschwellenden Lärm der Menge unter. Die Priester griffen tief in ihre Schalen und warfen aus vollen Händen Bohnen auf uns. Die Menschen hoben die Arme und drängten nach vorn. Während die Bohnen auf uns herabregneten, sangen sie im Chor: *»Fuku wa uchi, oni wa soto.«* Ich glaube, das heißt soviel wie: »Herein das Glück, hinaus mit den Teufeln.«

Es war bereits später Nachmittag, als wir wieder nach Tarumi aufbrachen. Obwohl ich müde war, wagte ich nicht, Matsu eine Pause vorzuschlagen, denn als einziger Ort wäre dafür Kenzos Teehaus in Frage gekommen. Die Festlichkeiten der letzten Monate und der Gang zum Schrein waren ein wenig zuviel für mich gewesen. Durch die regelmäßige Bewegung war ich zwar wieder zu Kräften gekommen, aber als wir schließlich Tarumi erreichten, fühlte ich mich schwer wie Blei.

Es war, als würde das Dorf wieder zum Leben erwachen. Nach und nach füllten sich die Straßen mit den zurückkehrenden Bewohnern. Mit klopfendem Herzen hielt ich Ausschau nach Keiko. Als wir uns Kenzos Teehaus näherten, hatte sich davor eine riesige Menschenmenge versammelt. Matsu brummte vor sich hin, sagte aber nichts. Er blieb einen Augenblick stehen, zögerte und ging dann hinüber.

»Was ist los?« fragte er die Leute.

Begierig, ihr Wissen mit jemandem zu teilen, drehten sich mehrere Wartende zu uns um. Doch als sie Matsu erkannten, erstarrten sie und schwiegen. Ein Raunen ging durch die Menge. Zweifellos hatten viele bereits erfahren, daß die beiden Freunde im Streit lagen. Und obwohl sie den Grund nicht kannten, kursierten Gerüchte. Nach einer halben Ewigkeit trat eine ältere, mit einem schweren dunklen Kimono bekleidete Frau auf Matsu zu. »Es ist Kenzo-*san*«, sagte sie leise.

Sofort drängte sich Matsu mit groben Stößen durch die Menge und stürzte in das Teehaus. Ohne nachzudenken folgte ich ihm nach. Es dauerte eine Weile, bis sich meine Augen an das Dämmerlicht gewöhnt hatten. Als ich die ersten Umrisse ausmachen konnte, hörte ich ein Stöhnen, das tief aus Matsus Kehle hervorbrach. Ich kniff die Augen zusammen und folgte seinem starren Blick. An dem Holzbalken über der Theke, nur einen Meter von uns entfernt, hing Kenzos schlaffer Leib.

Matsu nahm Kenzos Leichnam selbst von dem Balken ab. Er hätte niemand anderem gestattet, seinen Freund auch nur anzurühren. Mit einem dumpfen Schlag fiel der Körper auf die Theke. Als ich fassungslos näher trat, sah ich die leeren, hervortretenden Augen und das bläuliche Gesicht, das wächsern und künstlich wirkte. Ich drehte mich zu Matsu um, der lange Zeit reglos auf seinen Freund starrte. Schließlich beugte er sich zu ihm hinunter, flüsterte ihm etwas ins Ohr und schloß ihm vorsichtig die Augen. Ohne ein weiteres Wort wandte er sich dann ab und ging langsam hinaus, schritt durch die wartende Menge auf die Straße in Richtung auf unser Haus am Strand.

5. FEBRUAR 1938

Ich weiß nicht mehr, wie ich gestern, nachdem wir Kenzos Tod entdeckt hatten, nach Hause gekommen bin. Ich erinnere mich nur noch, daß meine Beine schwach und bleiern waren und ich nach Luft ringend und hustend durch das Bambustor in den Garten trat. Ich hatte das Gefühl zu ersticken und in den süßlichen, schwindelerregenden Gerüchen des Gartens zu ertrinken. Dann wurde mir schlecht, und bevor ich das Haus erreicht hatte, erbrach ich mich über der Treppe zum *genkan*. Danach verstrich für mich die Zeit wie im Traum. Plötzlich war Matsu da, half mir ins Haus, säuberte mich und brachte mich ins Bett. Noch jetzt sehe ich sein müdes, blasses Gesicht vor mir. Ich wollte ihm noch sagen, wie leid es mir täte und daß es mir peinlich wäre, aber ich schloß nur die Augen und fiel in tiefen Schlaf.

Ich blieb fast den ganzen Tag im Bett, um mich zu erholen. Zwar fühlte ich mich immer noch schwach und wackelig auf den Beinen, aber mit der Lunge schien alles wieder in Ordnung. Dennoch bestand Matsu darauf, daß ich mich weiter ausruhte, und ich hatte nicht die Kraft, mich zu wehren. Er sah ständig nach mir, brachte mir Reisplätzchen und eine klare Seetangbrühe. Er sah müde aus, seine Augen waren rot von mangelndem Schlaf und, dem Geruch seines Atems nach, sicher auch vom Whiskey. Von Kenzo sprachen wir beide nicht, obwohl ich jedesmal, wenn ich die Augen schloß, das erstarrte Bild seiner bläulichen Haut und seines leeren, toten Blicks vor mir sah.

Den ganzen Morgen hörte ich Matsus Radio aus der Küche. Die klassische Musik lullte mich immer wieder in den Schlaf, bis ein Mozart-Konzert plötzlich von einer krächzenden hohen Frauenstimme unterbrochen wurde und mich aus meinem Dämmerzustand riß: »Die Kaiserliche japanische Armee in China setzt ihren tapferen Siegeszug gen Süden fort. Jeglicher Widerstand der Chinesen ist zwecklos. China sollte sich einfach der freundlich gesonnenen japanischen Armee ergeben, und damit wird alles gut werden.«

Aus irgendeinem Grund machte Matsu keinen Versuch, das Radio leiser zu stellen oder einen anderen Sender zu suchen, wie er es sonst immer tat, wenn die Nachrichten kamen. Mir schien sogar, er hätte die durchdringende, selbstgerechte Stimme absichtlich lauter gestellt.

»Es ist der Wille unserer Kaiserlichen Majestät, daß Japan den ihm zustehenden Platz in der Welt findet. Nicht mehr lange, und die japanische Armee hält Kanton in ihrer Hand.«

Ich lauschte aufmerksam, denn ich brannte darauf zu erfahren, was in China vor sich ging und ob ich in nächster Zeit davon betroffen sein könnte. Wenn die Japaner einmal Kanton erreicht hatten, würde sie kaum noch jemand davon abhalten können, nach Hongkong weiterzumarschieren. Die britische Kolonie war von jeher ein Wirtschaftszentrum, kein militärisches Bollwerk. Ich lag im Bett und überlegte voller Sorge, ob ich nicht nach Hongkong zu meiner Mutter und Pie zurückkehren sollte. Und ich fragte mich, was mein Vater wohl vorhatte. Vielleicht wäre es besser, zu ihm nach Kobe zu fahren. Mein Herz begann heftig zu klopfen.

Nach dem Mittagessen sah Matsu nach, ob ich etwas brauchte. Als er feststellte, daß ich gegessen hatte und mich besser fühlte, schien er erleichtert, nahm die leeren Schalen und trug sie zurück in die Küche. Dann schlief ich wohl wieder für ein paar Stunden ein. Als ich aufwachte, war es im Haus vollkommen still. Ich lauschte, ob ich Matsu aus der Küche hören konnte: das Schaben eines Hockers auf dem Holzboden oder das dumpfe Klirren beim Messerschärfen. Doch nichts. Seltsamerweise fühlte ich mich einsam, und Angst überfiel mich. Plötzlich kam ein heftiger Wind auf, und die *shoji*-Fenster bebten, als ob das ganze Haus erschüttert würde.

Als ich von meinem Futon aufstand, schmerzte mir der Rücken vom langen Liegen. Ich ging in die Küche, um ein Glas Wasser zu trinken, und dann in den Garten. Nirgendwo eine Spur von Matsu. Ich stand allein zwischen den Schwarzkiefern und der blühenden japanischen Quitte. Ich atmete langsam ein und aus, um meine Nerven zu beruhigen. Anders als gestern gab mir diesmal der süße, berauschende Duft des Gartens ein tiefes Gefühl des Trostes.

Matsu kam erst am frühen Abend zurück. Ich saß in meinem Zimmer und versuchte, ein Buch zu lesen, als ich draußen im *genkan* seine schweren Schritte hörte. Kurz darauf schob er meine *shoji*-Tür auf und verbeugte sich rasch, um mir zu zeigen, daß er wieder da war.

»Wie geht es Ihnen?« fragte er schroff.

»Schon besser.« Meine Angst während seiner Abwesenheit kam mir jetzt dumm vor.

Matsu sah mich an, rieb sich das Kinn und brummte zufrieden. Er schien gelöster, und im Abendlicht wirkte sein Gesicht weicher. Ich wollte ihn fragen, wo er gewesen war, und ihm von meiner Angst um ihn und meiner Sorge wegen dieses unsinnigen Krieges, der meiner Familie und meinen Freunden immer näher rückte, erzählen. Erwartungsvoll setzte ich mich auf, aber Matsu hatte sich bereits abgewandt und hastete in die Küche, um unser Abendessen zu kochen.

Kenzo wird morgen früh beerdigt«, sagte Matsu leise, als wir einander in der Küche gegenübersaßen und unser Morgenmahl aus Reis und eingelegtem Gemüse einnahmen. Zwar war ich noch müde, doch insgesamt fühlte ich mich schon wieder kräftiger.

Matsus Stimme ließ mich aufhorchen. Seit er mich mit meiner Übelkeit im Garten gefunden und zu Bett gebracht hatte, hatte er keinen ganzen Satz mehr gesprochen. Kenzos Selbstmord hatte ihn fast verstummen lassen. Ich hätte gern gewußt, ob er inzwischen Sachi besucht oder am Tama-Schrein wegen seines Verlusts gebetet hatte, unterließ es aber zu fragen, weil ich mich scheute, Kenzos Namen zu erwähnen. Je stiller Matsu wurde, desto genauer beobachtete ich ihn. Ich glaube, irgendwie fürchtete ich, er könnte etwas Dummes tun. Seit meiner Ankunft in Tarumi war Matsu mein Anker gewesen, während ich hilflos im Wasser trieb. Ich war noch nicht bereit, die Rollen zu tauschen.

»Wo?« fragte ich, plötzlich hellwach. »Beim Tama-Schrein?«

Matsu schüttelte den Kopf. »Es wird eine buddhistische Feier.«

»Kann ich mit Ihnen zur Bestattung gehen?«

Matsu sah auf, und seine Züge wurden sanft. »Wenn Sie möchten«, erwiderte er.

»Ich habe Kenzo-*san* zwar nicht sehr gut gekannt, aber ich würde ihm gern meine Achtung erweisen.«

»Ich glaube, er würde sich geehrt fühlen.«

Ich packte die Gelegenheit beim Schopfe, das Gespräch fortzusetzen. »Was ist mit Sachi? Weiß sie Bescheid?«

Matsu schwieg lange und starrte auf sein Essen. »Ich habe sie gestern besucht«, sagte er schließlich.

Ich legte die Eßstäbchen nieder und sah ihn gespannt an. »Wie geht es ihr?« fragte ich.

Matsu lehnte sich schwer an die Wand. »Sachi wußte gleich, als ich das Haus betrat, daß etwas nicht stimmte. Sie stand an der Tür und sah mich an, als ob sie es schon an meinem Gang erkannt hätte. Dann fragte sie nur: ›Kenzo-*san*?‹ Ich konnte ihr nicht in die Augen sehen, deshalb habe ich bloß genickt.«

Matsu schluckte, bevor er weitersprach. »Sachi hielt sich die Hand vor den Mund. Sie konnte nichts sagen und gab mir nur ein Zeichen, ich solle mich setzen, während sie in der Küche verschwand. Schließlich kehrte sie mit Tee zurück, setzte sich und sagte nur ein einziges Wort: ›Wann?‹ Ich erwiderte, Kenzo sei gestern gefunden worden, er habe sich erhängt.«

Bei dem Gedanken an den dumpfen Schlag, mit dem Kenzos Körper auf die Theke gefallen war, senkte ich den Kopf

Matsu wartete, bis ich wieder aufsah. Als er fortfuhr, wich allmählich die Spannung aus seinem Gesicht. »Zuerst saß Sachi nur da, als hätte ich sie geschlagen mit meinen Worten, und ich dachte, wir würden nun stundenlang so schweigend dasitzen. Schließlich sah sie mich an und begann auf einmal, von der Vergangenheit zu sprechen.

›Erinnerst du dich noch an das Jahr des *Tama Matsuri*?‹ fragte sie mich, ›das Fest vor vielen Jahren, bei dem Kenzo einer der *mikoshi*-Träger war und das ganze Dorf wie berauscht war vom Feiern?‹

›Ja‹, sagte ich, überrascht, daß sie über eine so alte Geschichte sprechen wollte. In jenem Sommer waren sie und Tomoko fünfzehn Jahre alt und die schönsten Mädchen im ganzen Dorf. Kenzo gehörte zu den jungen Männern, die auserwählt waren, den Schrein zu tragen, eine große

Ehre für ihn. Es war ein gutes Fischfangjahr für Tarumi gewesen, und alle feierten, weil sie viel Geld verdient hatten. Sogar mein Vater riß sich von seiner Arbeit im Garten los und machte mit.

›Als die Menge immer ausgelassener wurde‹, fuhr Sachi fort, ›war ich sicher, man würde mich niedertrampeln. Du warst derjenige, der mir aufgeholfen hat, nicht wahr?‹ fragte sie mich.

Ich zuckte die Achseln. ›Das ist so lange her, warum erwähnst du es jetzt?‹ sagte ich. Sachi lächelte traurig und berührte meine Hand. Jenes Ereignis hatte ich so lange Jahre in mir vergraben, daß es gar nicht mehr zu meinem Leben zu gehören schien. An dem Tag, als der Schrein durch die Straßen getragen wurde, stürmte die Menge, angetrieben durch die Trommelschläge und die laut klingenden Glocken, wie in Ekstase darauf zu. Ich stand unmittelbar hinter Sachi und Tomoko und sah, wie sie plötzlich mit der rasenden Menge vorwärtsliefen. Dann merkte ich, daß Sachi gestolpert war, während die Leute immer noch weiterstürmten. Nicht einmal Tomoko hatte es bemerkt, sie lief einfach mit der Menge. Ich hatte nur einen Augenblick Zeit, Sachi zu packen und hochzuziehen. Sie war so leicht, daß es mir überhaupt keine Mühe machte. Als sie sich dann umdrehte, war ich schon wieder in der Menge verschwunden.«

»Warum haben Sie ihr nicht gesagt, daß Sie es waren?« fragte ich.

Matsu räusperte sich. »Es geschah alles so schnell. Ich wollte sie nicht in Verlegenheit bringen. Als dann das Fest vorüber war, verbreitete Tomoko das Gerücht, Kenzo habe Sachi gerettet, obwohl er die ganze Zeit den Schrein getragen hatte.«

»Haben denn Sachi oder Kenzo nichts gesagt?«

»Sachi hat nie darüber gesprochen, bis jetzt. Manchmal ist es leichter, das zu glauben, was alle glauben. Außerdem waren sie ineinander verliebt. Was könnte romantischer sein?«

»Und jetzt, wo sie die Wahrheit kennt?«

»Sachi hat nur gesagt: ›Manchmal übersieht man gerade das Naheliegende. Es tut mir leid, Matsu-*san*.‹

›Damals, das war ein anderes Leben‹, habe ich erwidert.

Doch nach einer Weile fuhr sie fort: ›Kenzo-*san* und Tomoko paßten in vielerlei Hinsicht besser zusammen. Sie waren so voller Leben. Ich denke immer, wenn Kenzo-*san* von Tarumi fortgegangen wäre, wäre es ihm vielleicht besser ergangen.‹

Ich schwieg, denn ich wußte nur, daß Kenzo Tarumi ohne Sachi niemals verlassen hätte. Er brachte es zwar nicht fertig, sie nach dem Ausbruch der Krankheit so anzunehmen, wie sie war, aber die Erinnerung an sie konnte er nie ablegen. Für mich war es eine Ehre, sein Freund zu sein und sein Geheimnis zu wahren. Ich hätte ihn nie verraten. Am Ende waren dann er und ich es, die so viel gemeinsam hatten: wir waren über all die Jahre derselben Frau treu geblieben.«

»Sie und Kenzo haben nie eine andere kennengelernt?« fragte ich.

Matsu lachte. »Wer hätte mich schon haben wollen?« Er deutete auf sein Gesicht. »Ich dachte immer, Kenzos *kami* sei ihm wohlgesonnen. Wenn man den Erfolg an der Zahl der Freunde mißt, war Kenzo ein erfolgreicher Mann, aber den Platz von Sachi konnte keine andere einnehmen.« Nachdenklich senkte Matsu den Blick.

Ich fragte mich, ob er sein Leben als erfolglos betrachtete.

»Wird Sachi zu Kenzo-*sans* Bestattung kommen?«

»Nein«, entgegnete Matsu.

»Glauben Sie, ich könnte sie bald besuchen?«

Matsu sah an mir vorbei, als säße ich gar nicht da. »Demnächst«, sagte er gequält.

Ich war mir sicher, daß noch etwas anderes an ihm nagte. Gedankenverloren strich er mit dem Finger über den Rand seiner Schale. »Ich hatte gehofft, Sachi ihren Seelenfrieden wiederzugeben«, fuhr er fort. »Ich wollte nicht, daß sie sich einsam fühlte. Aber ich habe den Fehler gemacht, ihr zu sagen, Kenzo habe nicht viel gelitten. Sie sah mich ungläubig an und flüsterte dann niedergeschlagen: ›Aber haben wir alle nicht jahrelang gelitten?‹«

Damit hielt Matsu inne. Ich nahm meine Schale und aß schweigend weiter. Noch mehr Fragen zu stellen, wäre nur aufdringlich gewesen.

Nach dem Frühstück ging Matsu in den Garten, und ich setzte mich in das Studierzimmer meines Großvaters, um einen Brief an meine Mutter schreiben. Von den Ereignissen der letzten Tage schwirrte mir der Kopf. Ich hätte Sachi gern besucht, wußte aber nicht, was ich ihr sagen sollte. Obwohl mich Kenzos Tod immer noch beschäftigte, erwähnte ich ihn in dem Brief an meine Mutter nicht. Ich nahm an, daß sie ihn gekannt hatte, und wollte nicht, daß sie sich noch mehr Gedanken machte. Statt dessen schrieb ich, daß es ihr hoffentlich besser gehe, hob hervor, wie sehr mir ihre Geschenke gefallen hätten, obwohl ich lieber bei ihr in Hongkong gewesen wäre. Im Rest des Briefes berichtete ich ihr, wie schön unsere Feiertage gewesen waren und wie gut Matsu für mich sorgte. Ich achtete streng darauf, nichts von meinem Vater zu erwähnen.

Dann steckte ich den Brief in einen dünnen blauen Umschlag, klebte ihn zu und machte mich auf die Suche nach

Matsu. Ich wollte ihm Bescheid sagen, daß ich zur Post gehen würde. Er war noch im Garten und pflanzte auf den Knien hockend eine neue Kiefer ein.

»Ich gehe ins Dorf, um den Brief an meine Mutter aufzugeben.«

Matsu sah zu mir auf »Fühlen Sie sich auch wohl?« fragte er.

Ich wußte, daß meine Übelkeit vorgestern eher mit der körperlichen Anstrengung davor zu tun hatte als mit meiner Krankheit. Mir fiel ein, welche Sorgen sich Ching und meine Mutter machen würden, wenn sie wüßten, was ich alles unternommen hatte. »Geh langsam, geh langsam«, klangen mir ihre Stimmen im Ohr.

»Ich fühle mich gut«, sagte ich, um ihn zu beruhigen. »Kann ich etwas für Sie erledigen?«

Langsam erhob sich Matsu vom Boden. Dann musterte er mich eingehend, um nach Zeichen von Fieber oder Erschöpfung zu suchen, und als er sich schließlich überzeugt hatte, daß es mir wirklich gutging, fragte er: »Können Sie die Post holen? Das erspart mir den Weg.«

»Natürlich«, sagte ich.

Matsu lächelte über meinen Eifer. Auf seiner Stirn und um seine Augen zeigten sich kleine Fältchen. Zum ersten Mal seit meiner Ankunft in Tarumi merkte ich, daß Matsu nicht mehr jung war. In den letzten Monaten war er mir alles andere als alt erschienen. Er griff tief in seine Hosentasche und zog einen kleinen Metallschlüssel heraus.

»Auf dem Fach steht noch der Name Ihres *oji-san*«, sagte er, während er mir den Schlüssel gab.

»Ich bin bald zurück«, erwiderte ich und steckte den Schlüssel ein.

Als ich mich am Bambustor noch einmal umdrehte, sah ich, wie Matsu sich vorsichtig wieder hinkniete.

Dunkel und grau hing der Himmel über uns, und ich kämpfte mit den Tränen. Am liebsten hätte ich Matsu gesagt, daß alles wieder gut würde, daß es Kenzos eigene Entscheidung gewesen sei, genauso wie damals Tomokos. Sachi und er könnten jetzt glücklich sein und die Vergangenheit ruhen lassen. Doch obwohl mir die Worte schon auf der Zunge lagen, schluckte ich sie hinunter, trat auf die von weißem Sand bedeckte Straße und wandte mich zum Dorf.

Als ich meinen Brief aufgegeben, die Post geholt hatte und aus dem Postamt trat, war es dunkel und kalt geworden. Ich sah rasch die Umschläge durch, doch keiner war an mich adressiert. Dann warf ich einen Blick auf die andere Straßenseite zu Kenzos Teehaus. Es war finster, und die *shoji*-Fenster waren mit schwarzen Stofftüchern verhängt. An der Tür hing eine schwarz umrahmte Photographie von Kenzo. Stumm stand ich da, blickte starr auf all den schwarzen Stoff und konnte immer noch nicht begreifen, daß Kenzo wirklich tot war.

Das Leben im Ort nahm seinen gewohnt gemächlichen Gang, doch die alten Männer, die vor den Häusern saßen und sich über das Fischen, ihre Familien und den Krieg unterhielten, sprachen leise und respektvoll. Als ich an ihnen vorbeiging, starrten sie mir nicht nach und unterbrachen nicht einmal ihr Gespräch. Zum ersten Mal hatte ich den Eindruck, daß meine Anwesenheit in Tarumi kein Aufsehen mehr erregte. Während ich zwischen den Frauen hindurchging, die mit Körben oder Babys auf dem Rücken ihre täglichen Einkäufe erledigten, tippte mir plötzlich jemand auf den Arm. Als ich mich umdrehte, stand Keiko hinter mir.

»*Konnichiwa*, Stephen-*san*.« Keiko trat einen Schritt zurück und verbeugte sich. Sie trug einen dunklen Kimono und hatte einen braunen Korb in der Hand, der mit leuchtend orangefarbenen Dattelpflaumen gefüllt war.

Ich mußte lachen, denn es war das erste Mal, daß ich ins Dorf gekommen war und nicht instinktiv die Straße nach ihr abgesucht hatte.

»Keiko-*san, konnichiwa.*« Ich erwiderte ihre Verbeugung.

»Das mit Kenzo-*san* tut mir sehr leid«, sagte sie und blickte zum Teehaus hinüber. »Das ganze Dorf ist in Trauer. Was hat Kenzo-*san* bewogen, seinem Leben ein Ende zu setzen?«

Langsam schüttelte ich den Kopf Ich wollte nicht zuviel sagen. »Ja, es ist sehr traurig.«

Keiko schwenkte ihren Korb. »Ich weiß, daß er eng mit Matsu-*san* befreundet war.«

»Ja, das stimmt«, sagte ich. Dann erbot ich mich, ihr den Korb abzunehmen.

Nach kurzem Zögern überließ Keiko ihn mir und verbeugte sich mehrmals, um sich zu bedanken. Sie duftete wunderbar nach Jasmin.

»Wohin gehen Sie?« fragte ich.

»Ich war auf dem Weg nach Hause.«

»Gut, ich habe alles erledigt. Darf ich Ihnen das hier nach Hause tragen?«

Keiko trat noch einen Schritt zurück und antwortete rasch: »Ich habe es nicht weit, Stephen-*san*. Bitte, ich muß jetzt gehen.« Als sie nach dem Korb griff, berührten sich unsere Hände. Keiner von uns ließ den Korb los.

»Haben Sie Angst, Mika könnte uns sehen?«

Keiko schüttelte den Kopf. Dann riß sie mir mit einem Ruck den Korb aus der Hand, so daß die Dattelpflaumen zu Boden kullerten. Rasch bückte ich mich, um sie aufzuheben, behielt sie aber in den Händen, während ihr Blick jede meiner Bewegungen verfolgte.

»Ich werde Sie sicher bald wiedersehen«, sagte sie und bat mit einer Geste um die Früchte.

Aber ich gab sie nicht her. »Wovor haben Sie Angst? Ich möchte Ihnen doch nur helfen, den Korb heimzutragen«, fragte ich ratlos.

Keikos Blick wanderte von den Dattelpflaumen zu meinen Augen. »Bitte, sie sind für meinen Vater. Er ist sehr altmodisch, und ich bin schon zu spät dran.«

»Haben Sie Angst, ich könnte Ihrem Vater nicht gefallen?«

»Bitte, Stephen-*san*.«

Ich zögerte, doch als ich die Furcht in ihrem Blick sah, legte ich die Dattelpflaumen ohne ein weiteres Wort in den Korb zurück. Keiko verbeugte sich, sah mich dankbar an und eilte davon. Unwillkürlich drängte sich mir die Frage auf, ob ihr Vater wirklich so altmodisch war, daß er ihr verbot, allein mit einem jungen Mann zu sprechen. Oder lag es daran, daß ich Chinese war? Ich stand noch immer da wie angewurzelt, als Keiko schon um die Ecke verschwunden war.

7. FEBRUAR 1938

Der ganze Ort war zu Kenzos Bestattung zusammengekommen – alte Männer, Frauen und Kinder. Bis Keiko ihren älteren Bruder erwähnte, hatte ich angenommen, daß die jungen Männer aus Tarumi fortgegangen waren, um ihr Glück in größeren Städten zu suchen. Nun aber war mir klar, daß die meisten wohl in der japanischen Armee dienten. Als ich Matsu danach fragte, schüttelte er nur den Kopf und meinte: »Sie sind fortgegangen, um die Träume von Träumern zu erfüllen.«

In den ersten Wochen nach meiner Ankunft im Strandhaus hatte ich mir eingeredet, solange ich in Tarumi wäre, könnten mir die Ereignisse in China nichts anhaben. Doch als ich nun neben Matsu herging, durchfuhr es mich wieder wie ein Blitzschlag: Ich war der einzige junge Mann unter all diesen Leuten. Und obwohl sich die Dorfbewohner bereits an meine Gegenwart gewöhnt hatten, beschlich mich das unangenehme Gefühl, ich würde auffallen.

Ich zerrte an der *obi*-Schärpe des schwarzen Baumwollkimonos, den ich mir von Matsu geborgt hatte, um sie straffer zu ziehen. Ich hatte nämlich erst heute morgen festgestellt, daß ich keine dunkle Kleidung besaß. Im Gegensatz zu bestimmten chinesischen Bestattungen, bei denen man Weiß trägt, erfordert eine buddhistische Zeremonie dunkle Farben. Matsu lachte und gab mir den viel zu großen Kimono, den ich mir zweimal hätte umwickeln können. Er war das einzige, was wir auf die Schnelle auftreiben konnten, und jetzt stolperte ich unbeholfen in meinen Holzsandalen hinter Matsu her.

Über der Prozession zum buddhistischen Tempel direkt vor dem Städtchen hing der süße Geruch von Räucherstäbchen. Matsu hatte mir erklärt, daß im Gegensatz zu Geburts- und Heiratszeremonien, die am Tama-Schrein stattfanden, Bestattungen nach buddhistischem Ritus vollzogen wurden. Nach buddhistischem Glauben könne man durch rechtes Leben und Denken das Nirwana erreichen.

Der große Holztempel war bei weitem das prächtigste Gebäude, das ich in Tarumi gesehen hatte, und erinnerte mich mit den roten und goldenen Wänden und dem geschwungenen Schindeldach eigenartigerweise an Hongkong. Vom Ort aus war er leicht zu Fuß zu erreichen, so daß sich die vielen Ahnen der Bewohner, die man hier beerdigt oder eingeäschert hatte, nicht einsam fühlten.

Wie eine dunkle Woge zog die Trauergemeinde über die unbefestigte Straße, bevor sie gemessenen Schritts in den Tempel trat. Matsu hatte während der ganzen Prozession geschwiegen und sich nur mit einer schlichten Verbeugung bei jedem bedankt, der ihm sein Mitgefühl über den Verlust des besten Freundes ausdrückte. Wenn die Dorfbewohner mehr wußten, so behielten sie es jedenfalls für sich und erwiesen Matsu durch ihr Schweigen ihren Respekt.

In dem großen Raum war es sehr warm, und der betäubende Duft brennender Raucherstäbchen hing über den Köpfen. Vorn stand ein schlichter Holzaltar, doch Kenzos Leiche war nirgends zu sehen. Mönche in fließenden orangefarbenen Gewändern begannen mit leisen, durch den Raum schwebenden Gesängen die Zeremonie. Begleitet wurden die Gesänge von Gong- und Beckenschlägen. Wir verbeugten uns mehrmals, stimmten in den Gesang ein, beteten, die Seele Kenzos möge höchstes Glück finden. Als ich während der Zeremonie in die Runde sah, entdeckte ich ein paar Gänge weiter Keiko mit dunklem Kimono und Schleier. Ich erkannte sie an dem kleinen Perlenring, den sie an der rechten Hand trug. Neben ihr standen Mika und ein älterer Mann und eine Frau, wahrscheinlich ihre Eltern. Das Gesicht der Mutter konnte ich nicht deutlich sehen, ihr Vater war stämmig und hatte schütteres Haar. Er wirkte nicht wie ein Fischer, sondern eher wie ein Geschäftsmann.

Nach der Zeremonie beschloß ich, auf Keiko und ihre Familie zuzugehen, wenn ich auch noch lebhaft in Erinnerung hatte, wie Keiko gestern im Dorf verzweifelt versucht hatte, sich so schnell wie möglich wieder von mir zu verabschieden. Gerade sah ich vor mir, wie ihre dunklen Augen mich anflehten, sie gehen zu lassen, als ich zusammenfuhr. Ihre Familie stand direkt neben mir. Und Keiko hatte mich bereits entdeckt. Sie umklammerte Mikas Arm und zog sie fort, doch da war ihr Vater schon auf mich aufmerksam geworden. Massig und reglos stand er vor mir. Sein frostiger, abschätziger Blick schien mich zu durchbohren. Ich war wie gelähmt, wußte nicht, wie ich mich verhalten sollte, aber ich konnte nicht mehr so tun, als ob ich ihn nicht sähe. Dann beugte er sich zu Keikos Mutter und flüsterte ihr etwas ins Ohr. Die Mutter nickte unterwürfig. Als er sich wieder zu mir umwandte, sah er mich so voller Haß an, daß ich mich nur verbeugte und rasch davoneilte.

Vor dem Tempel sah ich mich noch einmal nach Keikos Familie um. Erleichtert stellte ich fest, daß sie bereits fort waren. Zumindest wußte ich jetzt, warum Keiko immer so darauf bedacht war, sich schnell wieder von mir zu trennen. Es war nicht zu übersehen, daß ihr Vater mich nicht mochte, aus welchem Grund auch immer. Noch nie war mir solcher Haß entgegengeschlagen, und der bloße Gedanke daran ließ mich erschaudern.

In der Ferne erklangen die Stimmen der verstreuten Menschengruppen, die zur Stadt zurückgingen. Ich wartete noch auf Matsu, als ich sie plötzlich aus dem Augenwinkel sah. Die anmutige Gestalt in schwarzem Kimono und Schleier schien zwischen den Bäumen zu schweben. Es war keine Einbildung: Sachi war doch noch gekommen. Sie lüftete ihren Schleier, und während sie vor mir eine tiefe Verbeugung machte, trafen sich für einen Moment unsere Blicke. Ich sah mich um, ob uns auch niemand beobachtete, dann erwiderte ich ihre Verbeugung. Doch als ich mich wieder aufrichtete, war Sachi bereits fort.

7. MÄRZ 1938

Wenn überhaupt, scheint sich alles nur noch im Schneckentempo zu bewegen. Aus dem Radio und den eine Woche alten Zeitungen, die mir mein Vater aus Kobe schickt, entnehme ich, daß der Krieg in China rasch und grausam um sich greift. Ich empfinde Bitterkeit und Angst. Jeden Tag erwarte ich einen Brief von meiner Mutter oder eine Nachricht von meinem Vater, ich solle nach Kobe zurückkehren, wo ich mich zumindest besser auf dem laufenden halten könnte. Doch mir schlägt nur bedrückendes Schweigen entgegen.

Seit ich Sachi und Keiko am buddhistischen Tempel gesehen habe, spüre ich Angst. Sie sind beide aus meinem Leben entschwunden, meinen Blicken fern. Während Sachi in Yamaguchi, wie ich weiß, gut aufgehoben ist, hoffe ich jeden Tag bei meinem Spaziergang zum Strand, einen Blick auf Keiko zu erhaschen. Obwohl es inzwischen lange her ist, daß mich ihr Vater so kalt und haßerfüllt angestarrt hat, taucht die Erinnerung daran in den unerwartetsten Augenblicken vor meinem inneren Auge auf wie ein Alptraum. Ich frage mich, ob er mir auch dann solche Feindseligkeit entgegenbrächte, wenn ich Japaner wäre. Oder haßt er mich so, weil ihn mein bloßer Anblick an irgend einen alten Groll zwischen unseren Familien erinnert? Nur bei ihm habe ich das Gefühl, hier in Tarumi unter Feinden zu sein. Doch ich weiß eines: Ich möchte Keiko wiedersehen, und ich hoffe, daß sie ebenso empfindet. Aber bisher stieß ich jeden Tag nur auf das endlos weite Meer und einen leeren weißen Strand.

Nachdem Matsu sich wochenlang nicht vom Haus entfernt hatte, war er heute morgen auf einmal fort. Insgeheim hatte ich gehofft, er würde nach Yamaguchi gehen, wenn es sein mußte, auch ohne mich. Der Gedanke, daß Sachi seit Kenzos Bestattung allein dort war, bedrückte mich, doch ich wagte nicht, Matsu darauf anzusprechen. Nach Kenzos Tod schien das neue Leben, das ich in Tarumi entdeckt hatte, mit einem Schlag zu Ende. Ich war wieder der Kranke, schlief lange und unternahm kaum noch etwas. Matsu arbeitete Tag für Tag schweigend in seinem Garten und behielt seinen Kummer für sich. Da ich Sachi mein Versprechen gegeben hatte, konnte ich mich nicht einfach davonschleichen und sie besuchen. Immer wieder sah ich ihre schlanke, in einen schwarzen Schleier gehüllte Gestalt zwischen den Bäumen vor mir, und manchmal fragte ich mich, ob das alles nicht doch Einbildung gewesen war. Ich hatte ihr Auftauchen am Tempel nie erwähnt. Vielleicht wollte sie nicht, daß Matsu davon erfuhr. Es schien, als ob er Sachi absichtlich meiden würde und Kenzos Tod sie einander zu Fremden gemacht hätte. Manchmal hätte ich Matsu am liebsten geschüttelt, damit er seinen Irrtum einsah. Aber ich merkte, daß er Zeit brauchte. Deshalb ging ich ihm aus dem Weg und wartete schweigend ab.

14. MÄRZ 1938

Heute morgen war ich so unruhig, daß ich mich entschloß, im Garten ein paar Skizzen zu machen. Matsu war ins Dorf gegangen. Ich hatte mich gerade neben seinen Lieblingsseidenbaum gesetzt, als ich das dumpfe Klappern von Holzsandalen hörte und hinter dem Bambuszaun einen Schatten sah, der sich langsam auf das vordere Tor zubewegte. Ich stand auf und wartete. Das Herz schlug mir bis zum Halse. Unmittelbar vor dem Tor blieb die Gestalt stehen und rührte sich eine Ewigkeit nicht von der Stelle. Dann hörte ich plötzlich ein schwaches Klopfen, und sofort wußte ich, daß es Keiko war. Als ich das Tor aufriß, stand sie in einem blaßblauen Kimono vor mir.

»*Ohayogozaimasu*, Keiko-*san*.« Ich hoffte, sie würde nicht fortlaufen.

Keiko verbeugte sich und erwiderte leise meinen Gruß. Doch anstatt mir ins Gesicht zu sehen, blieb ihr Blick gesenkt.

»Ist alles in Ordnung?« fragte ich.

Keiko sah mich immer noch nicht an. »Ich bin gekommen, um mich für meinen *o-tosan* zu entschuldigen«, sagte sie schließlich.

»Das brauchen Sie nicht.« Auch ich sah jetzt zu Boden. »Ihr Bruder und der Krieg ...«, brachte ich nur heraus, dann versagte meine Stimme. Ich fragte mich, ob sie überhaupt etwas von ihrem Bruder gehört hatten und ob Keiko von dem Massaker in Nanking wußte.

»Es war Toshiros eigener Entschluß, für unseren Himmlischen Herrscher in den Krieg zu ziehen. Es gibt keine Entschuldigung dafür, daß mein *o-tosan* so grob zu Ihnen war«, flüsterte sie. »Er hat Schande über unsere Familie gebracht.«

In diesem Augenblick hätte ich am liebsten Keikos Gesicht berührt und ihr Kinn zu mir hochgezogen, so daß ich sie küssen konnte. Aber ich wußte, daß ich sie damit nur in die Flucht getrieben hätte. So trat ich nur einen

Schritt zurück und verbeugte mich wieder. »Keiko-*san*, würden Sie mir die Ehre erweisen, sich für einen Augenblick mit mir in den Garten zu setzen?«

Keiko sah sich um. »Ich muß wieder zurück, Stephen-*san*.«

»Dann erlauben Sie mir, daß ich Sie begleite. Nur ein Stück«, erwiderte ich rasch. Und bevor sie noch etwas sagen konnte, wandte ich mich zum Tor.

Anstatt über die Straße gingen wir am Strand entlang. Der warme Sand umschmeichelte meine bloßen Füße. Ängstlich sah ich zur Düne hoch, ob Mika vielleicht dort zu sehen war. Doch Keiko und ich waren allein, wie ich beruhigt feststellte.

»Ich hatte gehofft, Sie wiederzusehen«, begann ich.

Keiko ging langsam neben mir her. Noch immer mied sie meinen Blick. Ich wußte nicht, ob es Scheu war oder ob sie sich auch jetzt noch wegen der Grobheit ihres Vaters schämte. »Es war sehr schwierig, von zu Hause fortzukommen«, sagte sie. »Mika weicht mir nicht von der Seite, und mein *o-tosan* ist sehr streng. Ich habe gesagt, ich würde am Tama-Schrein für Toshiro beten, denn ich wußte, daß Mika dann lieber zu Hause bleibt.«

»Ich war mir nicht einmal sicher, ob Sie mich wiedersehen wollten.«

Plötzlich blieb Keiko stehen. »Doch, das wollte ich«, sagte sie leise und schob mit ihrer Holzsandale ein wenig Sand beiseite. »Ich hoffte, daß Sie meine Entschuldigung annehmen würden.«

Ich trat einen Schritt auf sie zu und spürte, wie sich ihr Körper anspannte, als ich näher kam. Doch sie wich nicht zurück. Ich strich über die weiche weiße Haut an ihrer Wange und hob ihr Kinn, so daß sie mir in die Augen sah.

Dann beugte ich mich langsam vor und küßte sie. Einem zweiten Kuß aber entzog sie sich.

»Ich muß jetzt gehen, Stephen-*san*«, sagte sie, hochrot im Gesicht.

Ich wollte nicht, daß sie so schnell wieder fortlief, denn ich spürte, wie sich das Verlangen in mir ausbreitete. Doch ich blieb stehen, die Füße fest in den Sand gepreßt. »Wann sehen wir uns wieder?« rief ich ihr nach.

Keiko hielt kurz inne und drehte sich zu mir um. »Ich komme zu Ihnen«, sagte sie. Ihre Stimme verhallte, obwohl ich sie am liebsten festgehalten hätte. Dann lief Keiko auf die Düne zu, die Arme ein wenig erhoben, so daß ihre Kimonoärmel im Wind flatterten, anmutig wie Flügel.

FRÜHLING

28. MÄRZ 1938

In den letzten Wochen ist es viel wärmer geworden. Seit ich Keiko getroffen habe, fühle ich mich unbeschwerter, und mir scheint, als hätte sich der dunkle Winter schon ein wenig verzogen. Jeden Tag entdecke ich neue kleine Vorboten des Frühlings, vor allem an Matsus *higan*, wo die gefüllten Zierkirschen mit den herabhängenden Zweigen unzählige Knospen tragen. Sobald ich den Garten betrete, umfängt mich ein klarer, zarter Duft.

Als ich heute vom Schwimmen zurückkehrte, kam mir Matsu aus dem Garten in mein Zimmer nach. »Da ist ein Brief für Sie«, sagte er, während er einen dünnen blauen Umschlag auf den Tisch legte.

»Waren Sie schon im Ort?« fragte ich überrascht.

»Ich mußte Reis kaufen«, antwortete er, »und dachte, ich erspare Ihnen den Weg zur Post.«

Als ich die großen gleichmäßigen Schriftzeichen auf dem Umschlag sah, wußte ich sofort, daß der Brief von Pie stammte. »Er ist von meiner *imoto*«, erklärte ich glücklich.

Matsu lächelte verständnisvoll. »Ich bin im Garten«, sagte er.

Ich konnte es kaum erwarten zu erfahren, wie es Pie ging. Im Geiste sah ich ihre großen dunklen Augen vor mir, und ich hörte ihre helle, kluge Stimme.

Lieber großer Bruder, begann sie. *Sicher bist Du mir böse, daß ich so lange nicht geschrieben habe, aber wenn ich Dir erkläre warum, wirst Du mir bestimmt verzeihen.* Ich spürte einen Kloß im Hals, als ich diese Zeilen las. *Im letzten Monat bin ich jeden Tag nach Schulschluß nach Wan Chai ins Flüchtlingszentrum des Roten Kreuzes gegangen. Dort übernehme ich alle Arbeiten, die anstehen, rolle Binden auf, sortiere Kleiderspenden und packe Lebensmittelpakete.*

Mah-mih weiß nicht, was ich tue, also sag ihr bitte nichts. Sie denkt, ich bin im Queen's Theatre und sehe mir den neuesten Film mit Errol Flynn an oder mache einen Einkaufsbummel im Central District. Sie würde mich nicht verstehen, jedenfalls nicht so wie Du. Diese halb verhungerten Flüchtlinge, die aus China nach Hongkong kommen, machen ihr Angst, und sie sieht es am liebsten, wenn wir sicheren Abstand zu ihnen halten. Sie bedenkt nicht, daß die japanischen Teufel die Familien und Freunde dieser armen Menschen geschändet und ermordet und sie aus ihrer Heimat vertrieben haben, so daß sie flüchten mußten, um ihr Leben zu retten. Mah-mih glaubt, sie habe ihre Pflicht erfüllt, wenn sie für wohltätige Zwecke spendet. Sie würde viel lieber mit ihren Mah-Jongg-Spielen weitermachen und so tun, als würde sie die vielen Hungernden in den Straßen nicht sehen. Übrigens, ich weiß nicht warum, aber Mah-mih hat in letzter Zeit oft schlechte Laune, ist entweder ständig unterwegs oder verkriecht sich in ihrem Zimmer. Und da Ching mir jeden Mucks verbietet, wenn ich zu Hause bin, kann ich ja auch gleich fortbleiben.

Wenn Du zurückkommst, wirst Du Hongkong nicht mehr wiedererkennen, so sehr hat es sich verändert. In den letzten Monaten haben sich Tausende von Flüchtlingen in den Bergen bei Wan Chai niedergelassen. Sie bauen sich Notunterkünfte aus allem, was sie auftreiben können, und manchmal sind es nur Holzbretter oder Pappkartons. Ganze Familien hausen in schmutzigen, dunklen Verschlägen. Wie Ameisen in ihrem Bau. Nach kurzer Zeit bekommen sie oft einen rasselnden Husten oder Durchfall. Wenn es stark regnet, werden die meisten dieser Hütten den Berg hinuntergeschwemmt, als seien sie aus Papier, und viele Familien wurden schon unter Schlamm und Unrat begraben. Doch kaum ist eine dieser Elendssiedlungen verschwunden, entsteht an gleicher Stelle eine neue. Es reicht nicht aus, ihnen Geld zu spenden. Ich mußte einfach etwas tun.

Pies Worte trafen mich mitten ins Herz. Mit ihren zwölf Jahren besaß sie mehr Mut als wir alle. Nur eines dämpfte das Glücksgefühl, das ich verspürte. Eine leicht hingeworfene Bemerkung am Ende ihres Briefes.

Ich habe gehört, wie Mah-mih zu Ching sagte, sie hätte Dich gern hier bei uns zu Hause, weil Du in Japan womöglich bald nicht mehr sicher bist. Ich kann es kaum erwarten, Dich wiederzusehen!

Ich meinte zu hören, wie die Stimme meiner Mutter durch die Stille um mich schnitt, und ließ den Brief sinken. Wie gern würde ich ihr mitteilen, daß ich mich hier bei Matsu und Sachi völlig sicher fühlte und daß ich ein Mädchen namens Keiko kennengelernt hatte.

15. APRIL 1938

Heute morgen faßte ich den Entschluß, Sachi zu besuchen. Matsus Trauer dauerte zu lange an, und ich mochte nicht mehr warten. Doch als ich aufstand, war das Haus leer. Ich suchte jedes einzelne Zimmer nach Matsu ab, aber er war offensichtlich schon fortgegangen, als ich noch schlief.

Während ich auf ihn wartete, stellte ich das Radio an. Ausnahmsweise brachte es eine gute Nachricht: »Die Schlacht von Taierchwang bedeutet nur einen vorübergehenden Rückschlag. Die Kaiserliche Armee wird weiterhin gegen den chinesischen Widerstand vorrücken. Ruhm und Ehre den Soldaten, die im Namen unserer Kaiserlichen Majestät ihr Leben gelassen haben.«

Um mich zu beschäftigen, stellte ich eine weitere Skizze des Gartens fertig, die ich schon früher angefangen hatte. Ich hatte gerade beschlossen, im Studierzimmer meines Großvaters ein neues Bild in Angriff zu nehmen, als ich Matsu nach Hause kommen hörte. Er blieb einen Moment lang an der *shoji*-Tür stehen, dann hustete er und betrat den Raum.

»Ich habe im Radio gehört, daß die japanische Armee bei der Schlacht von Taierchwang große Verluste erlitten hat«, sagte ich.

Anstatt zu antworten, brummte Matsu nur.

Ich mischte weiter meine Farben und machte mich halbherzig ans Werk. Im Augenblick war mir jede Ablenkung recht, denn ich wollte mir das Glücksgefühl erhalten, das ich empfand, seit ich vom Sieg der Chinesen bei Taierchwang gehört hatte. Ich drückte ein wenig gelbe Farbe auf das Holztablett.

Doch anstatt sich wie üblich rasch wieder zurückzuziehen, blieb Matsu am Schreibtisch stehen und beobachtete mich. Er streckte die Hand aus und strich über die weiße Leinwand auf der Staffelei. »Gut«, sagte er, »ein neues Bild.«

»Ich hoffe, ich finde den Anfang«, entgegnete ich.

»Bestimmt«, sagte er zuversichtlich.

Ich wünschte, ich wäre mir dessen genauso sicher wie

Matsu, der sich nie sonderlich den Kopf über etwas zu zerbrechen schien. Er war unerschütterlich wie ein Stein. Ich wandte den Blick von der leeren Leinwand ab.

»Jetzt lasse ich Sie besser allein«, sagte Matsu. »Ich muß mit dem Mittagessen anfangen.«

»Es ist doch noch früh«, murmelte ich. Während ich die Farben mischte, hörte ich ihm nicht mehr richtig zu.

»Ich dachte, wir könnten hinterher zu Sachi gehen.«

Ich nickte geistesabwesend. Dann begriff ich erst, was Matsu gesagt hatte. Ich riß den Kopf hoch und wollte ihm erklären, wie sehr ich mich über einen Besuch bei Sachi freute, doch er hatte das Studierzimmer meines Großvaters schon verlassen und war wieder in der Küche. Ich hörte, wie er den alten, abgestoßenen Topf, den er so liebte, mit Wasser vollaufen ließ und mit einem dumpfen Schlag auf den Herd stellte.

Den ganzen Weg nach Yamaguchi erfüllte mich Vorfreude. Nach einer einfachen Mahlzeit aus Nudeln und Fischplätzchen waren wir rasch aufgebrochen. Matsu trug ein kleines Paket. Ein Geschenk für Sachi, wie ich vermutete. Während wir den Berg hinaufstiegen, schwiegen wir, jeder in seine Gedanken vertieft.

Jetzt hatte ich also nicht nur Keiko getroffen und von Pie einen Brief bekommen, sondern würde endlich auch Sachi wiedersehen. Doch meine Vorfreude wurde durch den bitteren Gedanken getrübt, daß ich womöglich bald nach Hongkong zurückkehren mußte und dies mein letzter Besuch in Yamaguchi sein könnte.

Als wir uns dem Dorf näherten, wurden Matsus Schritte langsamer. Er drehte sich zu mir um, als würde ihm gerade erst wieder einfallen, daß ich hinter ihm ging.

»Riechen Sie etwas?« fragte er.

Ich blieb stehen und blickte auf die Bäume und das Unterholz an unserem Weg, denen ich die ganze Zeit keine Beachtung geschenkt hatte. Uns blies ein leichter, merkwürdig warmer Wind entgegen. Plötzlich fiel mir auf, wie still es war. Die Vögel schwiegen, und es kam mir vor, als könnte ich Matsu atmen hören. Dann traf es mich wie ein Schlag: Die Luft roch nach Rauch. Und aus den Bäumen, die uns von Yamaguchi trennten, stiegen dunkle Rauchwolken in den sonst klaren Himmel.

»Sehen Sie!« rief ich.

»Kehren Sie um!« Matsu fuhr herum und lief den Pfad hinauf

Ich wußte nicht, was ich tun sollte. Matsu war bereits verschwunden. Ohne noch lange zu überlegen, lief ich ihm, so rasch es meine Beine und Lungen erlaubten, nach.

Matsu hatte bereits einen großen Vorsprung und legte das letzte Stück bis nach Yamaguchi zurück, ohne innezuhalten. Je weiter ich den Berg hinaufstürmte, desto stärker wurden Hitze und Rauch. Das Herz klopfte mir bis zum Halse, doch obwohl ich ein Brennen in den Lungen verspürte, behielt ich mein Tempo bei. Als ich dann doch einmal verschnaufen mußte, sah ich Matsu im Rauch der Lichtung verschwinden. Ich holte mehrmals tief Luft und rannte dann weiter hinter Matsu her, bis ich das kleine Dorf erreicht hatte. Wegen des beißenden Rauchs mußte ich mir Augen und Mund zuhalten und konnte nichts sehen. Mir fiel ein, was Pie über die Flüchtlinge geschrieben hatte, deren Hütten beim Regen den Abhang hinuntergespült wurden. Yamaguchi, tief in den Bergen, hatte der Regen jahrelang nichts anhaben können, aber von Feuer war nie die Rede gewesen.

Soweit ich sehen konnte, waren die Häuser am Rande

der Lichtung von den Flammen verschont geblieben. Das Feuer schien am anderen Ende des Dorfes zu toben, in dem Gebiet, wo auch Sachi wohnte. Ich dachte, das Herz würde mir aus der Brust springen. Je weiter ich ins Dorf vordrang, desto dichter und dunkler wurde der Rauch. Ich mußte husten, und mein Hals war rauh und trocken. Hastig suchte ich nach einem Taschentuch, das ich mir vor den Mund halten konnte. Als ich mich zum Weitergehen zwang, hörte ich über dem Zischen und Prasseln des Feuers gedämpfte Rufe. Noch ehe ich mich versah, rannte jemand von hinten an mir vorbei und hätte mich beinahe umgerissen. Nur mit Mühe und Not konnte ich mich noch auf den Beinen halten.

»Mizu!« rief der Mann. *»Mizu!«*

Ich heftete mich an seine Fersen. Aus den beiden Eimern, die er trug, schwappte Wasser auf den Boden.

»Lassen Sie mich Ihnen helfen«, rief ich, als ich ihn eingeholt hatte. Ich weiß nicht, ob er mich verstanden hatte, jedenfalls stellte er einen Eimer ab, und ich ergriff das rauhe Trageseil. Mit beiden Händen konnte ich ihn gerade so ausbalancieren, daß nicht alles Wasser herausschwappte.

Gleich darauf schlug mir eine fast unerträgliche Hitze entgegen. Orangerote Flammen hatten ein Holzhaus erfaßt und züngelten in den Himmel. Obwohl Männer und Frauen, vor dem hellen Schein nur dunkle Schatten, Eimer voll Wasser in die tosenden Flammen schütteten, schien das Feuer die Hütte innerhalb von Minuten zu verschlingen. Andere Männer waren in die Bäume geklettert und schnitten überstehende Zweige ab, bevor sie von den Flammen erfaßt werden konnten. Ich sah mich rasch um, konnte jedoch nirgends Sachi entdecken. Von irgendwoher hörte ich Matsu rufen, man müsse das Feuer eindämmen, ehe es weitere Häuser erreichte. Hinter mir schrie eine Frau und begann dann zu schluchzen. Ich kippte meinen Wassereimer mit möglichst viel Schwung aus, ohne jedoch viel auszurichten.

Jemand packte mich an der Schulter, und als ich mich umdrehte, bedeutete mir der Mann, der mir den Eimer gegeben hatte, ihm zu folgen. Er war klein und kräftig. Aber als wir zum Wassertrog kamen, sah ich, daß ihm fast alle Finger fehlten. Die dicken rauhen Trageseile der Eimer hatten sich mit langen roten Striemen in seine Unterarme gegraben. Doch er bewegte seine Armstümpfe mit einer erstaunlichen Geschwindigkeit, ließ den Eimer in den Trog hinab und zog ihn gefüllt wieder heraus. Ich tauchte mein Taschentuch ins Wasser, band es mir vor Mund und Nase und füllte dann auch meinen Eimer. Es war klar, daß das Wasser im Trog nicht ausreichen würde, um die Flammen zu löschen. Dennoch kämpften wir weiter gegen das Feuer an und holten einen Eimer nach dem anderen.

Als die letzten Flammen endlich gelöscht waren und sich der Rauch einigermaßen verzogen hatte, kam es mir vor, als seien Stunden vergangen. Das Feuer hatte nur zwei oder drei Häuser vernichtet. Matsu hatte Feuerschneisen um die Hütten gezogen, und die Schaufeln voller Erde, die er auf die Flammen warf, hatten sie eingedämmt, bevor sie sich weiter voranfressen konnten. Rußgeschwärzt und benommen standen wir um die Brandstelle. Ein Stück weiter sah ich Sachis Haus. Es war unberührt geblieben. Sachi kauerte auf den Stufen und tröstete eine Frau, deren Hütte Opfer der Flammen geworden war.

Ich zog mir das Taschentuch ab und wischte mir damit übers Gesicht. Matsu, der erst jetzt merkte, daß ich beim Löschen des Brandes geholfen hatte, kam zu mir herüber und legte mir die Hand auf die Schulter »Ihr *o-tosan* wäre sehr stolz auf Sie.«

»Wie konnte das Feuer ausbrechen?« fragte ich.

Matsu rieb sich die von der Hitze geröteten Augen. »Das weiß man noch nicht«, antwortete er. Dann fragte er voller Sorge: »Ist alles in Ordnung? Wie geht es Ihnen?«

Ich lächelte. Obwohl meine Lungen brannten und ein übermächtiger Hustenreiz in meiner Kehle kratzte, wollte ich Matsu nicht beunruhigen. »Mir ist es noch nie besser gegangen«, antwortete ich.

Matsu und ich blickten in die fahle Glut, während die Dorfbewohner noch immer Wasser auf die verkohlten Bretter gossen, so daß es zischte und dampfte. In ihrem verzweifelten Kampf gegen die Flammen hatten die meisten ihre dunklen Tücher und Bandagen abgelegt. Doch kein Mann, keine Frau hatte sich durch die schrecklichen Narben, fehlenden Nasen, Finger und Glieder davon abhalten lassen, bei der Rettung Yamaguchis mitzuhelfen. Jetzt standen sie herum, wischten sich den Ruß aus dem Gesicht und schmiedeten bereits Pläne für den Wiederaufbau.

»Wie gut, daß Sie sich heute zu einem Besuch entschlossen haben«, sagte ich zu Matsu.

Er lachte. »Der *kami-sama* von Yamaguchi muß dem Dorf heute beigestanden haben.«

»Das Dorf kann sich glücklich schätzen, daß es Sie gibt«, fügte ich hinzu.

Matsu sah zur Seite. »Gut, daß wir das Feuer löschen konnten. Wenn es außer Kontrolle geraten wäre, hätten die Leute alles verloren.«

»War es das erste Mal, daß es hier gebrannt hat?«

»Zumindest war es das größte Feuer, soweit ich weiß«, antwortete Matsu. »Die Bewohner hier haben immer gut aufgepaßt. Das muß man auch, wenn man so abgeschieden lebt und ein größeres Unheil vermeiden will.« Matsu schüttelte den Kopf. »Aber das wird wohl immer schwieriger, da wir alle älter werden.«

Ich malte mir aus, wie beschwerlich das Leben sein mußte, so fern von jeder Hilfe, die man in einem Notfall hätte herbeiholen können. Kein Rotes Kreuz, keine Freiwilligen wie Pie, nicht einmal die Familienangehörigen. Es kam mir ungerecht vor, daß diese Leute ganz allein um ihre wenige Habe kämpfen mußten.

»Domo arigato gozaimasu«, hörten wir plötzlich jemanden hinter uns sagen.

Wir drehten uns um. Vor uns kniete Sachi und verbeugte sich so tief, daß sie mit der Stirn den Staub berührte.

Wir saßen um den niedrigen Tisch, und Sachi goß uns grünen Tee in die nun schon vertrauten Tonschalen. Der Rauch schien sich überall eingenistet zu haben, selbst in unseren Kleidern und den *tatami*-Matten.

»Ich habe Tanaka-*san* schon so oft gemahnt, sie solle nicht so viele alte Zeitungen aufbewahren. So was entzündet sich bereits beim kleinsten Funken«, meinte Sachi kopfschüttelnd. »Jetzt haben sie alles verloren, was sie besaßen.«

»Das läßt sich ersetzen«, entgegnete Matsu.

Aber Sachi schüttelte traurig den Kopf. »Es ist nicht richtig, daß sie zum zweiten Mal wieder ganz von vorn anfangen müssen.«

»Nur eins zählt: daß sie noch leben, um das zu tun«, wandte Matsu ein. Er trank seinen Tee und schob Sachi dann die Schale hin, um sich nachschenken zu lassen.

»Ich habe noch nie so tapfere Menschen gesehen«, fügte ich hinzu.

Sachi blickte lächelnd auf. »Es ist nicht tapfer, wenn man sein Dorf retten will, sondern der Instinkt, das zu schützen, was man besitzt. Tapfer ist, wenn man zur Hilfe eilt, obwohl man nichts zu verlieren hat. Matsu-*san* und Stephen-*san*, ihr wart tapfer.«

»Wir hatten mehr zu verlieren, als du ahnst«, sagte Matsu. Sachi senkte errötend den Kopf.

Ich trank rasch meinen Tee aus und stand auf. »Ich gehe mal nach draußen und schaue nach, was dort passiert«, sagte ich mit einem Blick auf die beiden.

»Seien Sie vorsichtig, Stephen-*san*«, hörte ich Sachi noch rufen, als ich die Tür hinter mir schloß.

Als sich der Rauch endlich verzogen hatte, lag das Dorf im blassen Licht der Öllampen. Der Brandgeruch, der zwischen den Bäumen hing, würde sich allerdings wohl noch eine Weile halten. Die Dorfbewohner, etwa hundert an der Zahl, hatten sich um die verkohlten Überreste versammelt, um zu beten und dem *kami-sama* des Dorfs an einem neu errichteten Altar ihren Dank zu entbieten.

Matsu und ich beschlossen, die Nacht in Yamaguchi zu verbringen. Es wäre unvernünftig gewesen, den weiten Weg zurückzukehren, nur um dann am Morgen erneut heraufzukommen und bei den Aufräumarbeiten zu helfen. Die Leute, die ihr Haus verloren hatten, fanden bei anderen im Dorf Unterschlupf. Matsu und ich übernachteten im Haus von Hiro-*san*, dem Mann, mit dem ich beim Wassertragen Freundschaft geschlossen hatte. Er hatte sich gleich bereit erklärt, uns aufzunehmen.

»Wir haben schon Schlimmeres erlebt«, sagte mir Hiro-*san* später. »Man kann Mutter Natur nicht vorschreiben, was sie zu tun hat. Ihr gegenüber sind wir machtlos.« Er schwang seine verstümmelten Arme vor meinem Gesicht und grinste mich aus zahnlosem Mund an. Wir saßen in seinem kleinen Haus auf dem Fußboden. Ohne selbst die einfachsten Annehmlichkeiten und Besitztümer wirkten die beiden einzigen Raume leer, waren jedoch makellos sauber. »Damals, im Jahr 1923, gab es ein Erdbeben, bei dem nicht ein einziges Haus stehengeblieben ist.«

»Kam jemand dabei ums Leben?«

»Einige mußten wir begraben«, sagte er, während er durch das Fenster auf eine zweite Lichtung wies. »Da drüben, hinter den Bäumen. Doch mit stabileren Häusern wäre es schlimmer ausgegangen. Zum Glück kostet es nicht so viele Menschenleben, wenn Häuser zusammenstürzen, die so leicht gebaut sind wie unsere.« Hiro klopfte sacht auf die dünne Wand, die zum größten Teil aus verschiedenen *shoji*-Rahmen und zusammengenagelten Holzbrettern bestand.

»Wie haben Sie das Material hier herauf bekommen?« fragte ich. Mir wurde jetzt erst bewußt, daß alles aus Tarumi den Berg hinaufgetragen worden war.

Hiro zeigte auf das Nebenzimmer, in dem Matsu unsere Schlafstatt vorbereitete. »Es war vor allem Matsu-*san*«, sagte er mit lauter, klarer Stimme. »In der ersten Zeit hätten wir ohne seine Hilfe nicht überleben können. Er ist der wahre *kami* von Yamaguchi, und deshalb hat es ihn heute wohl auch hierher getrieben.«

Ich nickte stolz. »Er überrascht mich immer wieder.«

Hiro setzte sich auf dem *zabuton* anders zurecht. Dann senkte er die Stimme. »Ich kenne Matsu-*san*, seit ich denken kann. Man sieht ihm nicht an, was in ihm steckt und in ihm vorgeht.«

»Ich glaube, das gilt für jeden hier in Yamaguchi«, erwiderte ich.

Hiro lachte. »Und was ist mit Ihnen, Stephen-*san*? Was sollen wir aus Ihrem schönen Gesicht lesen?«

»Daß ich noch viel lernen muß«, antwortete ich. Ich beugte mich vor und goß ihm neuen Tee in seine Schale.

Als ich am Morgen aufwachte, tat mir jeder einzelne Muskel weh. Hiro und Matsu schliefen noch. Ohne auf den dumpfen Schmerz in Armen und Beinen zu achten, stemmte ich mich vom Futon hoch. Dann zog ich mich leise an und schlüpfte nach draußen, ohne die beiden aufzuwecken. Die Sonne ging gerade auf, aber die Leute waren fast alle noch am Schlafen. Tief sog ich die Luft in die rauhe, wunde Kehle. Noch immer hing beißender Rauch über dem Dorf, und die schwarze Brandwunde vom gestrigen Feuer lag nackt und schutzlos im grauenden Morgenlicht. Aus einer der dünnwandigen Hütten hörte ich schwache Laute. Ich schlenderte langsam zu Sachis Haus, obwohl ich wußte, daß es noch zu früh war, um sie zu stören. Doch ich verspürte den übermächtigen Wunsch, ihren steinernen Garten zu sehen, in der Stille dort zu sitzen und mich in Gedanken auf den Lärm von Hongkong vorzubereiten.

Ich ging um das Haus zum Seitentor, so wie damals mit Matsu bei meinem ersten Besuch. Das Tor quietschte leise in den Angeln, als ich es aufzog und vorsichtig wieder schloß. Ich wandte mich um. In diesem Augenblick fielen die ersten Strahlen der Morgensonne in den Garten, so daß ein Fluß aus Steinen aufglühte. Ein leuchtender Strom von Licht schimmerte auf den Kieseln. Sobald die Sonne nur ein wenig höherstieg, würde der Garten wieder völlig anders aussehen.

»*Ohayogozaimasu*, Stephen-*san*.«

Beim Klang von Sachis Stimme fuhr ich herum. In einen blauen Baumwoll-Kimono gekleidet, trat sie aus dem Haus und schob die *shoji*-Tür hinter sich zu. Trotz ihrer schmalen, zerbrechlichen Gestalt schien der Garten sogleich von ganz neuem Leben erfüllt, als ob sie ihn aus seiner Reglosigkeit gelöst und ihm eine Seele gegeben hätte. Sie kam auf mich zu, verbeugte sich, und als sie sich aufrichtete, zog sie sich den Schal vom Kopf, unter dem sie ihr Gesicht und ihre Narben verborgen hatte. Sie lächelte. »Ich meinte, jemanden hier draußen gehört zu haben. Sie sind früh auf, Stephen-*san*.«

»Ohayogozaimasu.« Ich verbeugte mich. »Ich konnte nicht mehr schlafen.« Sachi beschirmte die Augen vor dem gleißenden Licht der Morgensonne.

»So geht es mir oft.« Sie lächelte. »Und dann kann ich einfach nicht mehr liegenbleiben. Da ist es doch viel vernünftiger, etwas zu tun.«

Ich sog tief die warme, rauchige Luft ein. Es machte mich froh und traurig zugleich, mit Sachi in dem stillen Garten zu sein. Der nagende Schmerz, Tarumi vielleicht bald verlassen zu müssen, war zurückgekehrt. Mit jedem Tag, den sich der Krieg in China ausweitete, rief die körperlose Stimme im Radio weitere junge Japaner dazu auf, »dem Wunsch seiner Kaiserlichen Majestät zu folgen« oder »alle Besorgnisse ihres Kaisers zu zerstreuen«. Aus Pies Brief und der großen Anzahl von Flüchtlingen, die nach Hongkong strömten, schloß ich, daß es nur noch eine Frage der Zeit war, bis ich Sachi und Matsu verlassen mußte. Doch um keinen kostbaren Augenblick dieses gemeinsamen Morgens zu zerstören, schob ich die beunruhigenden Gedanken beiseite.

»Was ist mit Matsu-*san*?« fragte Sachi.

»Der schläft noch.«

Sachi nickte. »Er muß erschöpft sein. Ich frage mich oft,

woher er all die Kraft nimmt.« Sie ließ den Blick über ihren gepflegten Garten schweifen, dann berührte sie leise meinen Arm. »Kommen Sie, Stephen-*san*. Ich möchte Ihnen etwas zeigen.«

Ich folgte ihr in den hinteren Teil des Gartens, wo aus Felsbrocken ein Gebirge nachgebildet war. Kaskadenartig flossen kleine Steine an den Felswänden entlang, gesäumt von einem Streifen grünen Mooses – Matsus Hand war unverkennbar. Sachi ging rasch und ohne zu zögern einen schmalen Pfad hinauf. Auf halbem Wege blieb sie stehen und blickte sich um, ob ich ihr auch folgte. Dann kniete sie sich hin und sah zwischen den Felsen nach unten. Neugierig folgte ich ihrem Blick. Zwischen zwei großen Steinen standen dichtgedrängt Blüten von erstaunlicher Schönheit, ein blauroter Tupfer in einem Nest grüner Blätter, fast unwirklich inmitten der stillen grauen Steine.

»Wie ist es möglich, daß so etwas hier wächst?« fragte ich.

Sachi lächelte. »Das gehört zu den Wundern des Lebens. Wie Matsu sagt, kann man den Willen der Götter nicht beeinflussen, sobald er einmal feststeht.«

Die kugelförmigen Knospen wurden von hohen dünnen Stielen getragen, die wie Räucherstäbchen aussahen.

»Sie sind wunderschön«, sagte ich.

»Und hartnäckig.« Sachi lachte. Zärtlich legte sie die Finger um eine der Knospen. »Sie heißen Ballonblumen. Sehen Sie, die Blüten gleichen kleinen Kugeln.«

Ich lehnte mich an einen Felsen und sah zu, wie Sachi sich über die sprießenden Knospen neigte. Auf ihrem Gesicht lag der gleiche Ausdruck, wie ich ihn schon unzählige Male bei Matsu beobachtet hatte, wenn er im Garten arbeitete: ein vollkommener Frieden. Ich fragte mich, ob die Ballonblumen wirklich wie durch ein Wunder entstanden waren oder ob Matsu heimlich den Samen ausgestreut hatte, damit Sachi sich an ihrer Schönheit erfreuen konnte.

Als hätte sie meine Gedanken erraten, hielt Sachi plötzlich inne und sah zu mir auf. »Die Zeit ändert vieles. Ich weiß noch, wie ich den Anblick oder den Duft einer Blume nicht ertragen konnte. Weder Schönheit noch Stille konnten mir etwas geben.« Sachi wies auf ihren Garten. »Ich wollte nicht zulassen, daß Matsu in diesem Garten Blumen pflanzte, weil es zu schwer für mich war. Es erinnerte mich an die Vergangenheit, an Tomoko, an alles, was in mein Leben gekommen war, nur um sich nach einer kurzen Blütezeit wieder zu verflüchtigen.«

»Und jetzt?« fragte ich.

Sachi rieb sich die Hände und ließ sich dann nach hinten auf die Fersen zurücksinken. »Und jetzt, Stephen-*san*, bin ich dankbar für jedes Quentchen Schönheit, das seinen Weg nach Yamaguchi findet. In all den Jahren hätte ich mir nie träumen lassen, daß mir das Glück beschieden wäre, einen Freund wie Sie zu finden.«

Nachdenklich strich ich mir durch die Haare. »Ich weiß nicht, wie lange ich noch in Tarumi bleiben kann. Es sieht so aus, als würde der Krieg über meine Zukunft entscheiden.«

Sachi nickte traurig. »Ja, es scheint, als blieben wir selbst in Yamaguchi vor diesem unsinnigen Krieg nicht verschont.«

Ich wußte nicht, was ich sagen sollte. Daß unsere beiden Länder gegeneinander kämpften und Sachi und ich Feinde sein sollten, wollte mir nicht in den Kopf. Ich spürte, daß Sachi mich ansah. »Was auch geschieht, ich weiß, daß wir immer Freunde sein werden«, sagte ich schließlich.

Sachi lächelte. »Etwas anderes hätte ich auch nicht erwartet, Stephen-*san*.«

Plötzlich fiel mir Kenzo ein, den ich in der Aufregung des Brandes ganz vergessen hatte. »Es tut mir leid, daß Sie Ihren alten Freund Kenzo-*san* verloren haben.«

Sachi blickte auf die Ballonblumen. Dann sah sie mich mit schmerzlichem Ausdruck an. »Ich hatte nie die Hoffnung aufgegeben, daß wir den Rest unserer Zeit in Frieden miteinander leben könnten. Ich habe darum gebetet, doch es sollte wohl nicht sein.«

»Es kam mir vor wie ein Traum, als ich Sie bei Kenzo-*sans* Bestattung sah«, sagte ich. Ich wußte nicht, was Sachi antworten würde, hoffte aber, sie mit meinen Worten nicht in Verlegenheit gebracht zu haben.

»Ich wollte sichergehen, daß Kenzos Seele ihren Frieden findet«, sagte Sachi, ohne zu zögern. »Es war einfach wichtig für mich, Abschied von ihm zu nehmen. Allerdings habe ich mich erst im allerletzten Moment entschlossen, zum Begräbnis zu gehen, und Matsu hatte keine Ahnung, daß ich da war. Er hätte sich nur unnütz Sorgen gemacht.«

»Ich habe Matsu nicht erzählt, daß ich Sie gesehen habe«, erklärte ich rasch. Ich war froh, sie nicht verraten zu haben.

Sachi machte eine tiefe Verbeugung.

Wir genossen die Stille, die uns wie eine warme Hand schützend umfing. Doch lange währte sie nicht. Der Tag begann, und der Klang von Stimmen und das Scheppern von Töpfen, die auf die erhitzten Steine gestellt wurden, um Reis und Tee zu kochen, sagten uns, daß das Dorf erwachte.

Es gab vieles, was ich Sachi fragen wollte, und die Stimmen in der Ferne verliehen mir den Mut dazu. »Wollten Sie nicht lieber näher bei den anderen wohnen?« begann ich.

Sachi holte tief Luft und dachte nach. »Soweit ich mich erinnere, blieb mir keine Wahl, denn Matsu traf die Entscheidung, mein Haus in einiger Entfernung vom Dorf zu bauen. Er wußte, daß ich es damals nicht ertragen konnte, in der Nähe der anderen zu leben. Er trug jedes einzelne Brett, jeden Stein den Berg hinauf, während alle anderen selbst unseren Anblick scheuten. In mancher Hinsicht war es Matsu, der Yamaguchi gebaut hat. Ohne ihn wären viele von uns einfach gestorben.«

»Hiro-*san* sagte das auch schon.«

»Ja, Hiro-*san* wohnt in Yamaguchi, seit es erbaut wurde.«

»Und was ist mit Kenzo-*san*?« fragte ich, obwohl es mir schwerfiel.

Sachi sah lange zur Seite. Ich wartete geduldig, bis sie endlich zu sprechen anfing. »Das ist jetzt alles schon so lange her. Manchmal kommt es mir vor, als hätte ich zwei Leben gehabt, eines als dummes junges Mädchen und eines als klügere Frau, die allmählich gelernt hat, worauf es im Leben wirklich ankommt. Ich weiß nur noch, daß Matsu der einzige war, den ich noch sehen konnte, als mich die Krankheit befiel.«

»Aber warum gerade Matsu? Sie kannten ihn doch kaum.«

»Vielleicht gerade deshalb. Außerdem war er der einzige, der mir half, Tomokos scheinbar so sinnlosen Tod zu verstehen. Als ich dann die Krankheit bekam, geriet ich in Panik und wußte niemanden sonst, an den ich mich hätte wenden können.«

»Nicht einmal an Kenzo?«

»An Kenzo am allerwenigsten. Wie soll ich das erklären, Stephen-*san*? Er war mir teuer, und ich liebte ihn sehr, doch ich wußte immer, daß zwischen uns irgend etwas fehlte. Solange man jung ist, nimmt man vieles hin. Man hofft, daß es sich mit der Zeit ändert. Kenzo war ein guter Mensch, aber er besaß nicht die innere Stärke, solch einen Schicksalsschlag zu verkraften. Solange keine Schwierigkeiten auftraten, war alles gut. Doch als dann auch ich erkrankte, war mir klar, daß er nie würde verstehen können, warum diese Schande über uns gekommen war.«

»Aber das ist doch keine Entschuldigung. Man hätte die Krankheit behandeln und sie eindämmen können!«

Sachi schüttelte den Kopf »Damals hatten wir keine Ahnung, was wir tun sollten. Ich wußte nur, daß ich im Laufe der Zeit wie ein Ungeheuer aussehen würde und daß das irgendwie die Strafe für eine Schwäche in mir war.«

»Also wandten Sie sich an Matsu.«

Sachi sah an mir vorbei in die Ferne. Ihre Stimme war nur noch ein Flüstern. »Es war Matsu, der mich in der Stunde meiner tiefsten Schande gefunden hat.«

Ich schwieg, denn ich hoffte, Sachi würde all die Einzelheiten für mich zu einem Ganzen zusammenfügen. Doch als sie nicht fortfuhr, fragte ich: »Ich verstehe es nicht. Wie hat Matsu Sie gefunden?«

»Das ist eine lange Geschichte, Stephen-*san*«, antwortete Sachi. Sie beugte sich vor und strich zärtlich über die Blüten.

»Bitte! Wenn Sie bereit sind, sie mir zu erzählen, wäre es mir eine Ehre, sie anzuhören.«

»Manchmal ist es besser, die Vergangenheit ruhen zu lassen«, wandte Sachi ein.

»Manchmal kann man die Vergangenheit nicht ruhen

lassen, ohne sich ihr noch einmal zu stellen«, erwiderte ich.

»Sie sind ebenso hartnäckig wie diese Blumen, Stephen-*san.*« Sachi lächelte. »Aber ich kann verstehen, daß Sie von diesem Haus nicht fortgehen wollen, ohne nicht wenigstens einen Teil meiner Vergangenheit mitzunehmen.«

»Nur, wenn Sie mir die Ehre erweisen.«

Sachi musterte mich einen Moment lang. Dann strich sie sich über die Narben im Gesicht und seufzte tief »Sie müssen Hunger haben, Stephen-*san.* Gehen wir hinein. Der Reis könnte jetzt fertig sein.« Ohne ein weiteres Wort stand Sachi auf und klopfte sich den Staub vom Kimono, bevor sie sich auf den Weg zum Haus machte. Ich dachte, daß das Gespräch für sie beendet war, stand auf und folgte ihr. Doch als sie das Ende des Weges erreicht hatte, wandte sie sich um und sagte: »Ich möchte nicht, daß Sie sich meine Geschichte mit leerem Magen anhören.«

Ich setzte mich an Sachis vertrauten schwarzen Lacktisch, während sie in die Küche eilte und mit Tee, eingelegtem Gemüse und zwei Schalen dampfendem Reis zurückkam. Dann kniete sie sich vor den Tisch und stellte das Tablett vor mich hin. Das Essen war heiß und schmeckte köstlich. Inzwischen hatte ich vergessen, wie rauh sich mein Hals beim Aufwachen heute morgen angefühlt hatte. Ich war von Hiro aufgebrochen, ohne etwas zu essen oder zu trinken, um so mehr mundeten mir jetzt Sachis Reis und Gemüse. Als ich aufgegessen hatte, schob Sachi mir ihre Schale hinüber und gab mir mit einem Zeichen zu verstehen, ich solle mir noch mehr nehmen. Lange sah ich zu, wie Sachi von ihrem Tee trank. Ihr Blick ging in eine unbekannte Ferne, und ich merkte, daß sie schon weit zurück in die Vergangenheit geeilt war. Ich schwieg und wartete. Dann begann Sachi mit klarer, heller Stimme, mir ihre Geschichte zu erzählen.

»Wenn ich so tapfer gewesen wäre wie meine Leidensgenossen, wäre ich jetzt in der anderen Welt. Ich erinnere mich noch gut an das salzige, von rotem Blut durchzogene Meerwasser an jenem Morgen vor vielen Jahren. Und immer wieder höre ich die Stimme meines Vaters, der mir sagte, daß ein Samurai seine Ehre rettet, indem er *seppuku* begeht. Schwierig sei daran nur der erste Stoß mit dem Messer. Sei es einmal in den Körper eingedrungen, würde aller irdische Schmerz ausgelöscht.

Manchmal träume ich, noch einmal vor dieser Wahl zu stehen, nur daß ich mich diesmal von dem blutroten Meer davontragen lassen würde. Wenigstens würde ich dann nicht von meinen Erinnerungen geplagt. Es war töricht zu denken, ich könnte vergessen, denn trotz aller Hoffnungen sind die Erinnerungen auch über all die Jahre nicht verblaßt. Mit meinen nur siebzehn Jahren hatte ich schon zweimal Schande über meine Familie gebracht, einmal, indem die Krankheit mich befiel, und dann, als ich zu schwach war, durch meinen Tod ihre Ehre zu retten.

Mein Vater hatte gehofft, daß die Ehre unserer Familie gewahrt werden würde, indem ich meinem Leben ein Ende setzte. Doch letztlich konnte ich ihm nicht einmal das geben. Ich hätte mich einfach nur an das *ko* halten müssen. Ich war dazu verpflichtet, es ist oberste Aufgabe eines Kindes, sich den Wünschen der Eltern zu unterwerfen. Doch ich habe meinen Vater enttäuscht.

Erst jetzt, wo sich mein Leben dem Ende zuneigt, begreife ich, welch übergroße Verantwortung er mir auferlegte. Und ich kann es mir vergeben, daß ich ihr nicht gewachsen war. Wie ein Kind, Stephen-*san*, habe ich das

Alter erreicht, wo mich die Schmach ungerührt läßt und ich mich endlich frei fühle, Ihnen meine Geschichte zu erzählen. Eine Geschichte, die mir selbst heute noch vorkommt, als sei es einfach nur eine *kino* oder ein Traum.

Ich erinnere mich noch gut, wie ich Matsu kennenlernte. Ich war zwölf oder dreizehn und zu Besuch bei Tomoko. Bis dahin hatte ich ihren Bruder nur aus der Ferne oder im Vorbeigehen gesehen. Matsu war drei Jahre älter als ich und schon damals viel kräftiger als die meisten Männer des Ortes. Er war genauso stämmig wie sein Vater und arbeitete oft schweigend mit ihm im Garten an ihrem Haus. Tomoko hingegen hatte die zerbrechliche Schönheit ihrer Mutter geerbt, und man mochte kaum glauben, daß sie mit den beiden Männern, die ich an diesem Morgen kennenlernte, verwandt war. Sie grüßten mich scheu mit einer knappen Verbeugung, und während der Vater Tomoko holen ging, wandte sich Matsu wieder seiner Arbeit zu und glättete sorgsam die Erde auf einem frischen Beet. Ich stand in meinen Holzsandalen auf dem Weg zu ihrem Haus, wippte auf den flachen holprigen Steinen hin und her und überlegte, ob ich ein höfliches Gespräch beginnen sollte.

›*Sumimasen*, Matsu-*san*‹, sagte ich schüchtern. ›Was pflanzt du denn da?‹

Matsu hielt einen Moment lang inne, bevor er aufsah, als sei er sich nicht sicher, ob er tatsächlich gemeint war. ›Chrysanthemen‹, murmelte er schließlich.

Ich wollte gerade weiterreden, da hörte ich, wie Tomoko nach mir rief. Als ich mich dann zu Matsu umwandte, war er bereits wieder am Arbeiten und grub ein anderes Loch, als sei ich überhaupt nicht da.

Später sahen Tomoko und ich Matsu oft vom Dorf zum

Strandhaus Ihres *oji-sans* gehen. Er murmelte ein paar Worte und verbeugte sich, wenn wir an ihm vorbeikamen, und zuweilen neckte Tomoko ihren Bruder, weil er so ernst war. ›Matsu, du bist wie ein alter Mann. Komm mit uns zum Strand!‹ meinte sie lachend. Aber er zuckte dann nur die Achseln und ging rasch weiter. Manchmal, wenn ich mich umdrehte, sah ich, daß Matsu stehengeblieben war und hinter uns herstarrte, wie wir kichernd die Straße entlanggingen.

›Was ist eigentlich mit Matsu los?‹ fragte ich sie an einem solchen Nachmittag.

›Er ist ganz in Ordnung‹, antwortete sie, zur Abwechslung mal ernst. ›Matsu ist wie mein Vater. Mit Seidenbäumen und Chrysanthemen kommen sie besser aus als mit Menschen.‹

Damals kam es mir nicht in den Sinn, weiter nachzufragen. Schließlich war Matsu nur Tomokos älterer Bruder. Seine zurückhaltende Art war mir gleichgültig.

Gleichzeitig wurde meine Freundschaft zu Tomoko immer enger. Wir taten alles gemeinsam, wurden stark wie zwei Bambushalme. Zwar beugten wir uns manchmal in die eine oder andere Richtung, doch es hätte schon großer Kraft bedurft, um uns zu brechen. Selbst jetzt, nach all den Jahren, muß ich bei dem Gedanken lächeln, daß Tomoko sich oft ärgerte, weil ich ein klein wenig größer war als sie. Wie allem, was mit dem Aussehen zu tun hatte, maß sie dem eine große Bedeutung bei und hielt die Schultern immer ganz gerade und reckte majestätisch den Kopf in die Höhe, um größer zu wirken. Ich machte mich darüber lustig, indem ich die Schultern absichtlich hängen ließ.

Tomoko besaß einen Zauber, der alles zu verwandeln schien, was sie berührte. Man fühlte sich unweigerlich von ihrer Schönheit und Begeisterungsfähigkeit angezogen. Außerdem war sie blitzschnell bei allem, was sie tat, von den Schularbeiten bis zu ihren Pflichten im Haushalt. Vielleicht zu schnell, wenn ich es jetzt bedenke. Es kommt vor, daß ein Körper zu rasch ausgebrannt ist. Trotzdem, wie sehnlichst wartete ich immer darauf, daß sie mit ihrer Arbeit fertig war und zu mir nach Hause kam, um mich abzuholen! Ganz gleich, was ich noch zu erledigen hatte, Tomoko gelang es immer, mich loszueisen. Meistens machten wir einen Spaziergang zum Strand. Dabei trugen wir Baumwollkleider im amerikanischen Stil, die Tomokos Mutter uns auf ihr Betteln hin genäht hatte. Tomoko wollte immer etwas Besonderes sein, anders als der Rest der Mädchen, und ich schloß mich ihr bereitwillig an.

Nach meinem vierzehnten Geburtstag fiel mir auf, daß Kenzo uns mehr Beachtung schenkte. Manchmal kamen er und seine Freunde an den Strand, oder sie hielten sich vor dem Teehaus seines Vaters auf, wo Kenzo nach der Schule helfen mußte. Zuerst dachte ich, er würde sich für Tomoko interessieren, doch dann sprach er immer öfter mit mir. Tomoko neckte mich. ›Tja, Sachi, Kenzo nimmt mich gar nicht wahr, wenn du in der Nähe bist. Als wäre ich unsichtbar!‹

Aber Tomoko war alles andere als unsichtbar. Sie war viel zu schön, um nicht aufzufallen. Obwohl ihr viele Jungen aus Tarumi den Hof machten, hatte sie an ihnen kein ernsthaftes Interesse. Sie sprach immer davon, nach der Mittelschule nach Tokio zu gehen und sich in einem Büro oder vielleicht auch in einem Kaufhaus, wo man die neueste Mode anbot, eine Stellung zu suchen. Und kein Junge vom Lande sollte ihre Pläne durchkreuzen. Schon als junges Mädchen schien sie zu wissen, daß sie es mit ihrer

Schönheit einmal weit bringen würde. Manchmal frage ich mich, ob sie noch unter uns wäre, wenn sie anderen Dingen eine ebenso große Bedeutung beigemessen hätte. Es hätte wohl nicht die Krankheit von ihr ferngehalten, aber vielleicht hätte sie damit weiterleben können. Doch das ist eine andere Geschichte, Stephen-*san*.

Zuerst wußte ich nicht, wie gut Kenzo und Matsu befreundet waren. Eines Tages wurde es mir klar, als ich sie gemeinsam im Teehaus sah. Zum ersten Mal erlebte ich Matsu als normalen Menschen, der lachte und sich ungezwungen mit Kenzo unterhielt. Doch kaum hatte ich mich bemerkbar gemacht, da stand Matsu auf, verbeugte sich höflich und war wieder Tomokos schweigender Bruder.

›Woher kennst du Matsu-*san*?‹ fragte ich Kenzo. Er lächelte nur. ›Tarumi ist nicht besonders groß‹, antwortete er. ›Matsu war schon immer mein Freund.‹

›Aber ich dachte, er mag keine Menschen‹, entgegnete ich unbedacht.

Kenzo lachte. ›Er mag eben nicht alle‹, erwiderte er.

Später unternahm ich ein paar halbherzige Versuche, mit Matsu zu sprechen, wenn ich bei Tomoko war, doch er antwortete mir immer sehr schroff. Und so gewann ich den Eindruck, daß ich zu den Leuten gehörte, die er nicht mochte.

Ich war blind vor jugendlichem Übermut und so überzeugt, mein Leben stünde unter einem glücklichen Stern, daß ich nichts anderes mehr wahrnahm. Kenzo und ich kamen uns näher, und an meinem fünfzehnten Geburtstag gaben unsere Eltern unsere Verlobung bekannt. Ich bereitete mich auf den Ehestand vor, indem ich bei meiner Mutter lernte, seine Lieblingsspeisen wie eingelegten Kohl und *tonkatsu* zu kochen und das Haus sauber zu halten. In dieser Zeit trat für mich alles andere in den Schatten.

Tja, Stephen-*san*, zu meiner Schande muß ich gestehen, daß es erst zu Tomokos und dann meiner Tragödie kommen mußte, ehe ich Matsu besser kennenlernte.

Etwa ein Jahr nach Tomokos Tod zeigte sich der weißliche Ausschlag auf meinem linken Unterarm. Die Stelle war nicht größer als ein Yen. Zuerst dachte ich mir nichts dabei, doch dann bekam ich Fieber, fühlte mich schwindlig, und der Ausschlag wollte nicht heilen. Ich mußte mir eingestehen, daß dies Anzeichen für die Krankheit sein könnten. Ich geriet in Panik, denn ich wußte noch allzu gut, daß es bei Tomoko mit dem Ausschlag im Gesicht angefangen hatte. Ich verbarg die Flecken vor meiner Familie unter dem Ärmel meines Kimonos, und nach einer Weile wurden sie blasser. Doch ein paar Monate später war der Ausschlag wieder da. Da hatten unsere Eltern schon einen günstigen Tag für Kenzos und meine Hochzeit bestimmen lassen. Ich war noch so jung, und bis zu diesem Zeitpunkt hatte ich den Göttern immer wieder für mein Glück gedankt, einen Mann heiraten zu dürfen, den ich liebte. Doch jedes Mal, wenn ich den fleckigen Ausschlag betrachtete, fühlte ich mich wie in einem Alptraum. Mir fiel kein anderer ein, an den ich mich wenden konnte, als Matsu. Er war so nett und verständnisvoll gewesen, als Tomoko sich das Leben genommen hatte. Außerdem der einzige, der keine Scheu hatte, mit mir über ihren Tod zu sprechen, der mir sagte, es wäre sicher Tomokos Wunsch gewesen, daß ich weiterlebte. Ich hatte das Gefühl, ihm könnte ich alles anvertrauen.

Eines Nachmittags ging ich zu Matsu, als er im Haus Ihrer Familie im Garten arbeitete, um mit ihm zu sprechen. Ich weiß noch, daß ich schreckliche Angst hatte und nicht wußte, was ich ihm sagen sollte. Doch ich betete darum, daß er irgendein Mittel kannte, mit dem man den Ausschlag heilen konnte.

›*Konnichiwa*, Matsu-*san*‹, sagte ich. Er war so überrascht, daß er fast gestolpert wäre, als er aufstand. Er war gerade dabei, runde Inseln von grünem Moos zu pflanzen. Selbst heute noch habe ich ein schlechtes Gewissen, weil ich damals monatelang nicht mit ihm gesprochen habe, obwohl er nach Tomokos Tod so nett zu mir gewesen war. Wie auch immer, an jenem Tag im Garten Ihres *oji-sans* verbeugte sich Matsu. ›Es ist mir eine Ehre, dich wiederzusehen, Sachi-*san*.‹

Da ich nicht wußte, was ich sagen sollte, streckte ich ihn einfach meinen linken Arm entgegen. Zuerst wich Matsu zurück, als würde ich ihn schlagen wollen, wenn er näher käme. ›Was ist das?‹ fragte er, während er auf die blasse, fleckige Stelle wies. Dann trat er auf mich zu, nahm meine Hand und strich mit den Fingern leicht über den Ausschlag. Matsu schien vor der Krankheit nie Angst zu haben, auch nicht später vor den Leuten in Yamaguchi, während wir für alle anderen in Tarimi zu Ungeheuern geworden waren.

›Ist das die gleiche Krankheit wie bei Tomoko?‹ fragte ich.

Matsu schwieg eine ganze Weile. ›Das weiß ich nicht genau. Warst du schon beim *isha*?‹ sagte er dann.

In jenen Tagen verbrachte ein Arzt seinen Urlaub in Tarumi. Ich sagte Matsu, daß ich den Ausschlag bisher noch niemandem gezeigt hätte, weil ich nicht wollte, daß meine Familie und Kenzo davon erführen. Matsu verbeugte sich vor mir. Ich sollte auf ihn warten; er würde sich um alles kümmern. Im nächsten Moment war er fort. Mir kam es vor wie eine Ewigkeit, bis er zurückkehrte, doch als er kam, brachte er mir die prächtigsten Pflaumen mit, die ich je gesehen hatte. ›Iß das‹, sagte er, ›das ist gesund. Ich habe den jungen Arzt gebeten, hierher zu kommen.‹ Er holte mir ein Glas Wasser, und während wir auf den Arzt warteten, aß und trank ich. Zu diesem Zeitpunkt hätte ich alles getan, was Matsu wollte, doch mehr als ein paar Worte brachte ich nicht heraus. Als dann der Arzt kam, konnte ich gar nichts mehr sagen. Er untersuchte meinen Arm und bestätigte meine Befürchtungen. ›Tut mir leid‹, meinte er kopfschüttelnd. ›Inzwischen entdeckt man praktisch jeden Tag neue Behandlungsmethoden. Vielleicht kann man die Krankheit ja eindämmen‹, fuhr er fort. Doch ich hörte nur den schrecklichen Schrei, der mir durch den Kopf hallte und der alle Worte übertönte. Als ich mich wieder beruhigt hatte, dankte Matsu dem Arzt gerade mit leiser und ruhiger Stimme für die Zeit, die er sich genommen hatte. Dann merkte ich irgendwann, daß sich der Arzt, einen Korb Pflaumen in der Hand, verabschiedete, und Matsu begleitete mich schweigend nach Hause.

Ich verbarg den Ausschlag so lange wie möglich. Matsu versuchte mich zu überreden, daß ich es meiner Familie erzählte, doch ich schämte mich zu sehr. Ich wußte, daß es für meinen Vater eine große Schmach bedeuten würde, und wie ich es Kenzo beibringen sollte, konnte ich mir überhaupt nicht vorstellen. Mehrere Monate, nachdem ich den Ausschlag auf meinem Arm entdeckt hatte, breitete er sich auch auf den Hals und das Gesicht aus. Da wußte ich, daß ich die Wahrheit nicht länger verheimlichen konnte. Es war nur noch ein Frage der Zeit, bis die anderen es sahen.

Als ich es Kenzo dann eines Abends erzählte, hielt er es für einen Scherz. ›Aber du bist so schön‹, lachte er. ›Wer hat dir das denn eingeredet?‹ Da habe ich es ihm gezeigt. Nie werde ich den Ausdruck in seinen Augen vergessen, als er begriff, daß es doch kein Scherz war – eine Mischung aus Angst und dem Gefühl, verraten worden zu sein. Er ließ meine Hand los, wich zurück und ging ohne ein Wort davon. Bis zu dem Tag neulich im Haus Ihres *oji-sans* habe ich Kenzo nicht wiedergesehen. Und selbst nach so vielen Jahren las ich in seinen Augen immer noch Enttäuschung.

Ich will nicht schlecht über die Toten reden, Stephen-*san*. Kenzo wußte einfach nicht, was er tun sollte. Heute ist mir klar, daß es zuviel für ihn war. Für ihn sollte das Leben einfach und ungehindert verlaufen, geordnet und ohne Verlust seiner Ehre. Letztlich ist er bei mir geblieben, auf seine Weise, die einzige, die er kannte.

Auch mein Vater wollte es zunächst nicht hinnehmen. Er zerrte mich zum Tama-Schrein, um zu beten und von einem Priester eine Reinigungszeremonie durchführen zu lassen. Als das ohne Erfolg blieb, beschloß er, es mit einer *moxa*-Behandlung zu versuchen. Dabei werden kleine Kegel aus Pulver direkt auf der Haut verbrannt. Doch das tat nicht nur furchtbar weh und stank nach verbranntem Fleisch – ein Geruch, den ich nie vergessen werde –, sondern der Ausschlag kehrte bald wieder zurück und breitete sich auf andere Körperteile aus. Mein Vater sah mich nicht mehr an, und meine Mutter weinte nur noch. Zu diesem Zeitpunkt hatten noch vier andere Bewohner des Ortes Zeichen der Krankheit an sich endeckt. Sie mußte schon seit Jahren in uns geschlummert haben und brach dann als erstes bei denen aus, die am wenigsten Widerstandskraft besaßen. Mein Vater hatte Angst, ich könnte meinen jüngeren Bruder anstecken, und auch die anderen Leute aus der Stadt wurden allmählich unruhig. Sie wollten die Kranken fortschicken. Gerüchte liefen um, es gäbe für Kranke wie uns ein Dorf in den Bergen, doch niemand glaubte es wirklich. Wir wußten nicht wohin, hatten keine Vorstellung, was aus uns werden sollte. Letztlich schien es einfacher, wenn wir unserem Leben ein Ende setzten.

Ich konnte nichts mehr tun und weinte, bis ich keine Tränen mehr hatte. Dann betete ich einen Tag und eine Nacht zu den Göttern, mir Kraft zu geben. Am kommenden Morgen sollten wir, die wir von der Krankheit befallen waren, unserem Leben ein Ende setzen und unsere Familien von der Schande reinwaschen. Während der Ort noch schlief, gingen wir fünf schweigend zum Meer.

Noch heute spüre ich, wie die kalten Wogen an meinen Beinen sogen und zerrten, als ich an jenem Morgen bis zu den Knien im Wasser stand. Ein Schwarm Vögel flog über uns hinweg, als ob sie uns beobachten und mit ihren schrillen Schreien den Weg weisen wollten. Als das Wasser um meine Beine schlug, sah ich einen Mann, den Vater einer Schulfreundin, unbeirrt ins Meer waten – ohne zu zögern oder sich auch nur einmal umzudrehen. Gerade war er noch da, und im nächsten Augenblick hatte ihn auch schon das Meer verschluckt. Es war wie in einem Alptraum.

Eine ältere Frau zog ein Messer aus dem Ärmel ihres Kimonos, hob die Hände und schlitzte sich die Pulsadern auf. Ich sehe noch vor mir, wie ihr das Blut an den Armen hinunterrann und das Wasser rot färbte. Sie drehte sich zu mir um, und mit einem seltsam gelassenen Lächeln verbeugte sie sich tief, bevor sie mir das Messer reichte. Ich blickte hinunter auf die scharfe Klinge und sah, daß meine Hand mit dem Blut der Frau bedeckt war. Ich wollte schreien, doch meine Stimme gehorchte mir nicht mehr. Im gleichen Augenblick rutschte mir das Messer aus der Hand und fiel ins Wasser.

›Hab keine Angst, mein Kind‹, murmelte die Alte. ›Such

das Messer und setze dem Elend ein Ende. Gib deiner Familie die Ehre zurück.‹

Aber in jenem Augenblick besaß ich nicht den Mut von Tomoko oder dieser sterbenden Frau vor mir. Sie streckte die Arme nach mir aus, doch ich stieß sie zurück. Während sie mir immer wieder zurief, ich solle meinem Leben ein Ende setzen, fiel sie auf die Knie und wurde von einer Welle fortgerissen.

Ich wandte mich von ihr ab und begann zu laufen. Ich lief und lief, fort vom Strand, fort von all dem Tod und dem Sterben. Bis heute weiß ich nicht, was mir damals durch den Kopf ging. Mein Tod wäre die größte Ehre gewesen, die ich meiner Familie hätte erweisen können, doch ich floh. Ich hatte Angst, weil ich meine Aufgabe nicht erfüllt und meinen Eltern nicht das *ko* gegeben hatte. Aber eine Stimme in mir rief mir zu, zu fliehen. Ich lief aus Tarumi fort, als sei es der ganze Ort, der erkrankt war. Bei Einbruch der Nacht versteckte ich mich unter den Bäumen am Rand des Weges, der heute nach Yamaguchi führt.

Jene erste Nacht, die ich allein verbrachte, war bitterkalt, und ich hatte schrecklichen Hunger. In mir wuchs der Gedanke, vielleicht wäre der Tod doch die bessere Lösung gewesen. Nie zuvor hatte ich solch schwarze Leere, eine solche Verlassenheit gespürt, doch mir war klar, daß niemand nach mir suchen würde. Meine Familie und alle anderen in der Stadt dachten bestimmt, ich sei am Morgen mit den anderen ertrunken. Das alles hatten wir geplant, ohne jemanden einzuweihen. Jeder von uns hatte seiner Familie eine Nachricht hinterlassen und geschrieben, daß wir ihnen in der anderen Welt hoffentlich mehr Ehre machen würden. Zuvor hatte ich meinen Eltern zum letzten Mal gute Nacht gesagt – in dem Wissen, daß ich am nächsten Morgen aus dem Haus gehen und keine Last mehr für sie sein würde. Sie glauben zu lassen, ich sei tot, war die einzige Möglichkeit, ihre Ehre zu retten.

Doch am folgenden Morgen im Wald weckten mich Schritte. Es war so kalt, daß ich mich mit einem Haufen Blätter zugedeckt hatte. Wenn ich mich bewegte, würde ich auf mich aufmerksam machen, deshalb rührte ich mich nicht und hoffte, wer oder was auch immer es war, würde weitergehen. Ich weiß noch, wie ich durch die Blätter starr in den blauen Himmel blickte. Er war so rein und klar, daß er schon fast künstlich wirkte. Doch die Schritte kamen näher, und ich schloß die Augen und betete zu den Göttern. Als ich sie wieder öffnete, hörte ich jemanden atmen und meinte, die Wärme eines anderen Körpers zu spüren. Dann vernahm ich die leise und tröstende Stimme. ›Sachi! Sachi! Ich bin's, Matsu! Ich will dir helfen.‹

Ich dachte, ich sei tot und in der anderen Welt. Wie hatte er mich gefunden?

›Matsu?‹ flüsterte ich. Wie ein verwundetes Tier kroch ich aus meiner Blätterhöhle. In diesem Moment war mir alles gleich, sogar die Schande, daß Matsu mich in meinem Zustand sah.

Er musterte mich nur kurz und begann dann zu lachen. ›Bist du das wirklich?‹ fragte er. ›Oder der Fuchsgott Inari?‹ Es war das erste Mal, daß ich Matsu scherzen hörte. Sonst war er immer so still gewesen.

Doch mir war nicht nach Lachen zumute. Ich war erschöpft und hungrig. Wenn ich wirklich der Fuchsgott Inari gewesen wäre, hätte ich jetzt etwas zu essen und zu trinken herbeigezaubert. Doch welch ein Glück, daß es Matsu war, der mich gefunden hatte. Mit einem freundlichen Lächeln beugte er sich herunter und half mir, die Blätter abzuklopfen.

›Ich habe dich die ganze Nacht gesucht‹, sagte er.

›Sind noch andere hier?‹ fragte ich. Mein Hals war so rauh und trocken, daß ich die Worte kaum herausbrachte.

›Sie glauben, du bist in der anderen Welt‹, antwortete er.

›Wie hast du mich gefunden?‹

Aber Matsu lächelte nur. Er öffnete das *furoshiki*, das er dabeihatte, und zog eine Flasche grünen Tee heraus. Obwohl der Tee kalt war und bitter schmeckte, habe ich nie in meinem Leben mehr Dankbarkeit empfunden. Außerdem hatte er ein paar Reisplätzchen und ein Päckchen getrockneten Seetang mitgebracht, die ich hungrig hinunterschlang.

Als ich fertig war, verbeugte ich mich vor Matsu und wiederholte meine Frage. ›Woher wußtest du, wo du mich finden kannst?‹

›Tomoko‹, flüsterte er.

›Was ist mit Tomoko?‹ fragte ich, nachdem ich den letzten Schluck bitteren Tee getrunken hatte.

Matsu sammelte die wenigen Reste der Mahlzeit ein und wickelte sie wieder in das *furoshiki*. Dann blickte er mich an. ›Gestern morgen bin ich dir und den anderen zum Strand gefolgt. Ich wollte wissen, ob du auf die gleiche Weise deinen Frieden suchst wie sie.‹

›Das habe ich nicht fertiggebracht.‹ Ich begann zu weinen und wandte mich beschämt ab. Aber Matsu beugte sich tief zu mir herunter. Er roch nach Schweiß und Erde. ›Man braucht mehr Mut, um am Leben zu bleiben‹, flüsterte er.

Ich habe Glück gehabt. Jetzt weiß ich, daß es hin und wieder Menschen gibt, die einem helfen, die Bürde des Lebens zu tragen. Noch heute höre ich meine Mutter sagen, wir seien damals krank geworden, weil wir in einem früheren Leben Unrecht getan haben. Ich teile ihren Glauben, daß ich schlecht war und jetzt meine Strafe abbüßen muß. Aber was ist mit Matsu? War er in einem früheren Leben so böse? In Tarumi verhielt er sich stets unauffällig und hat nie Aufsehen erregt. Und was ist jetzt aus ihm geworden? Er – der letzte, von dem ich das erwartet hätte – trägt meine Last und ist mein Retter.

Damals, in der Stille des Waldes, erzählte mir Matsu von jenen anderen, die sich dafür entschieden hatten, am Leben zu bleiben. Sie hatten sich ein Dorf in den Bergen gebaut, ein Dorf namens ›Yamaguchi‹, wo sie dabei waren, sich nach besten Kräften ein neues Leben aufzubauen.

›Woher weißt du so viel darüber?‹ fragte ich.

›Weil ich gehofft hatte, Tomoko dorthin bringen zu können‹, antwortete er.«

Ich ließ mich zurücksinken. Die *shoji*-Wand zitterte, als würde sie von einem Erdbeben erschüttert. Ein Schauer rann durch meinen Körper. Wie gebannt sah ich Sachi an, sog schwer die Luft ein und atmete sie wieder aus. Ich brachte keinen Laut über die Lippen. Als würde Sachi spüren, was ich fühlte, legte sie ihre runzelige Hand auf meine und gab mir von ihrer Wärme.

»Noch am gleichen Morgen begannen wir den Aufstieg auf den Berg. Daß Matsu bei mir war, tröstete mich, als wäre ich in eine warme Decke eingehüllt. Obwohl Matsu jetzt meine *haji* kannte, die Scham, die in mir brannte, hatte er mich nicht im Stich gelassen. Für einen Augenblick schien er sogar das Ritual vom Tag zuvor vergessen zu haben. Mir kam es vor wie ein böser Traum. Nur eines konnte mich mit der Erinnerung versöhnen: daß mich meine Familie für tot hielt. Plötzlich fühlte ich mich erleichtert, als sei die Last von mir genommen, die mir als Lebender auferlegt worden war. Da es aber noch jemanden gab, der wußte, daß ich nicht gestorben war, konnte ich mich trotzdem als Mensch fühlen. Ich war kein Geist, der auf Erden sein Unwesen trieb.

Doch allzu schnell fühlte ich mich wieder wie in einem Alptraum. Als wir auf der Lichtung eintrafen, erschien mir Yamaguchi wie ein unfaßbarer Schrecken. Damals bestand das Dorf lediglich aus ein paar heruntergekommenen Hütten, bewohnt von Leprakranken, bei denen die Krankheit sehr viel weiter fortgeschritten war als bei mir. Matsu erklärte mir, daß viele von ihnen aus anderen Regionen Japans hierher gekommen waren. Zwar bemühte ich mich, höflich zu sein, doch bei dem betäubenden Gestank nach verfaultem Fleisch, der von einigen verstümmelten Dorfbewohnern ausging, mußte ich mir Mund und Nase zuhalten. Sie schienen Matsu bereits zu kennen. Die meisten wirkten schmutzig und ungepflegt; ihre fleckigen Bandagen hingen herab, und der Gestank wurde immer stärker, je weiter wir auf die Lichtung kamen. Als ich ihre blutigen, offenen Wunden sah und die klaffenden Höhlen, wo einst Nase und Mund gewesen waren, die fehlenden Finger und Zehen, wurde mir übel. Sie sahen aus wie Ungeheuer. Wenn Yamaguchi meine Bestimmung sein sollte, dann erschien mir der Tod als die gnädigere Lösung. Und in Matsu sah ich plötzlich meinen Feind, weil er mich an einen solchen Ort gebracht hatte. Ohne ein Wort wandte ich mich ab und begann zu laufen. Weil ich keine Vorstellung hatte wohin, rannte ich einfach den Berg hinab. Heiß und drückend brannte die Sonne hernieder, und das gleißende Licht blendete mich.

›Sachi! Sachi! Wo willst du hin?‹ rief Matsu. Als ich seine dumpfen Schritte näher kommen hörte, wuchs meine Furcht. Ich versuchte, noch schneller zu laufen, obwohl es in meinen Schädel immer lauter hämmerte. Schließlich stolperte ich und stürzte kopfüber zu Boden. Was dann geschah, weiß ich nicht, doch als ich aufwachte, war es dunkel, und es dauerte eine Weile, bis sich meine Augen an das Dämmerlicht gewöhnt hatten. Ich lag in einer der grobgezimmerten Hütten. Vor der Tür zeichneten sich die Umrisse einer schlafenden Frau ab. Am liebsten wäre ich gleich wieder fortgelaufen, doch sobald ich den Kopf hob, wurde mir schwindlig. Außerdem hatte ich nur noch meine Unterwäsche an und wußte nicht, wo sich mein Kimono befand. Ich war müde, hatte Angst, wußte nicht, wohin ich gehen sollte. Also schloß ich wieder die Augen. Als ich das nächste Mal erwachte, war es Morgen, und ich hörte die Frau leise in dem kleinen kahlen Raum hantieren.

Zuerst tat ich so, als schliefe ich noch. Ich öffnete die Augen einen Spalt, so daß ich gerade noch erkennen konnte, daß die schwarzgekleidete Frau Wasser aus einem Eimer in ein Becken goß. Doch ehe ich es mir anders überlegen konnte, wandte sich die zierliche Alte um, stand vor meinem Futon und sah auf mich herab. Ich weiß nicht, ob sie merkte, daß ich wach war. Jedenfalls kniete sie sich nieder und wischte mir sanft das Gesicht mit einem feuchten Handtuch ab, bevor sie es mir auf die Stirn legte. Mir kam es vor, als hätte ich noch nie eine tröstlichere Berührung verspürt. Erst dann schlug ich die Augen auf und betrachtete Michiko, die *oba-san* von Yamaguchi.

Wenn ich bedenke, wie freundlich sie zu mir war und wie ich mich im ersten Moment verhielt, verspüre ich noch heute einen stechenden Schmerz. Beim Anblick ihres nasenlosen Gesichts und der von der Krankheit zerfressenen Züge stieß ich einen so lauten Schrei aus, daß das ganze Dorf vor der Hütte zusammenlief. Dann stand plötzlich Matsu neben Michiko und sprach auf sie ein. Sie nickte, verbeugte sich und machte den Weg frei. Ich beruhigte mich erst wieder, als Michiko den Raum verlassen hatte und Matsu und ich allein waren.

›Warum hast du mich hierher gebracht? Warum hast du mich nicht einfach im Wald sterben lassen?‹ schrie ich.

Matsu schwieg und sah mich lange an. ›Dann geh doch‹, sagte er schließlich.

Jetzt war ich diejenige, die schwieg. Ich hatte keine Ahnung, wohin ich mich wenden, was ich tun sollte. Rasch zog ich mir meinen schmutzigen Kimono über, der neben mir auf dem Boden lag, und erhob mich vorsichtig vom Futon. Daß Matsu da war, spielte keine Rolle mehr für mich. Er machte keine Anstalten, mich aufzuhalten. Statt dessen hörte ich ihn über den Lehmboden schlurfen, als er sich abwandte und die Hütte verließ. Nach einem kurzen Augenblick kam Michiko herein, das Gesicht jetzt mit einem schwarzen Schleier verhüllt. Sie verbeugte sich. ›Bitte entschuldigen Sie, daß ich Sie erschreckt habe‹, sagte sie.

Weil ich mich so schämte, brachte ich es nicht über mich, sie anzusehen. Beim Klang ihrer freundlichen Stimme fühlte ich mich voller *haji.* Plötzlich hielt sie mir ihre verstümmelte Hand unters Kinn, so daß ich gezwungen war, in ihr verhülltes Gesicht zu blicken. Durch den dunklen Schleier sah ich, daß sich ihre Lippen zu einem Lächeln verzogen.

›Es tut mir leid‹, flüsterte ich.

›Das braucht es nicht‹, entgegnete sie. ›Ich würde mich auch erschrecken, wenn dieses Gesicht das erste wäre, was ich am Morgen erblicke. Ich vergesse immer wieder, welche Wirkung es auf die Neuen bei uns im Dorf hat. Besonders auf ein junges Mädchen, das so *kirei* ist wie Sie, Sachi-*san*.‹

›Ich kann hier nicht bleiben‹, sagte ich.

Michiko antwortete nicht gleich. Sie goß Wasser in einen Topf und stellte ihn zum Kochen auf einen erhitzten Stein. ›Unsereins hat nicht viele Möglichkeiten‹, sagte sie schließlich.

›Lieber bringe ich mich um!‹ drohte ich. Ich machte einen Schritt auf die Tür zu, nur um dort stehenzubleiben und auf ein Wort von Michiko zu warten. Doch sie wandte sich ab und schwieg beharrlich. Ich sah zu, wie sie in ein grobgezimmertes Regal griff, ein Glas mit grünem Tee herausnahm und ein paar Blätter in eine Tonkanne streute. Dann goß sie langsam das kochende Wasser hinein. Wir verharrten in dumpfem Schweigen. Doch seltsamerweise beruhigte mich dieses schlichte Ritual, bei dem ich meiner Mutter schon unzählige Male zugesehen hatte. Es war das einzige, was an diesem Ort einen Sinn ergab, und ich hielt mich daran fest wie eine Ertrinkende. Eigentlich hätte ich schon die Hälfte des Weges den Berg hinab zurückgelegt haben können, doch ich brachte es nicht über mich, diesen süßen, warmen Duft, diesen letzten dünnen Faden, der mich noch mit meiner Kindheit verband, loszulassen.

Von diesem Tag an blieb ich in Yamaguchi. Matsu begann ein Leben zwischen zwei Welten, ging zum Arbeiten und Schlafen nach Tarumi und kaufte dort die dringend benötigten Vorräte und Baustoffe für Yamaguchi. Bis heute weiß ich nicht, wie er in all den Monaten, die er sich um mich kümmerte, seiner Familie sein ständiges Fernbleiben erklärt hat. Zum Glück war Matsu schon als kleiner Junge immer seiner eigenen Wege gegangen.

Sie dürfen nicht vergessen, Stephen-*san*, daß ich kaum

siebzehn Jahre alt und noch nie von meiner Familie getrennt gewesen war. So leicht, wie es sich heute anhört, war es damals nicht. Über Monate hinweg schrie und weinte ich, sprach nur noch mit Matsu, traute niemandem außer ihm und nach und nach auch Michiko. Ich weiß nicht, was mich mehr ängstigte, die Tatsache, daß ich unter Fratzen lebte, oder der Gedanke, daß ich selbst bald zu einer werden würde. Wie Sie sehen, war ich damals sehr eigensüchtig und glaubte, die Welt drehte sich nur um mich. Tomoko und ich waren immer wie Prinzessinnen behandelt worden, und ich hatte es nie gelernt, die eigenen Wünsche zurückzustellen. Zwar erschreckte es mich, als ich erkannte, daß es Tomokos Bruder war, der ein neues Leben für mich aufbaute, doch ich war ganz und gar von ihm abhängig.

Selbst jetzt, nach all den Jahren, kann ich nicht verstehen, wie Matsu und Michiko es mit mir aushielten. Als ich begriff, was aus meinem Leben geworden war, wußte ich mir nicht anders zu helfen, als meinen Zorn an anderen auszulassen. Doch sie ertrugen die Stunden, die ich mit Weinen verbrachte, ließen es zu, daß ich mich weigerte aufzustehen und nicht mal mehr badete. Für sie war ich wohl das Ungeheuer und nicht all die anderen, die so tapfer am Aufbau von Yamaguchi arbeiteten. Doch nie hörte ich einen Vorwurf.

Unzählige Nächte lag ich schlaflos auf meinem dünnen Futon in Michikos Hütte. Wenn ich Michiko schwer neben mir atmen hörte, brannten heiße Tränen in meinen Augen, und ich hatte das Gefühl zu ersticken. Verzweifelt weinte ich meinem vergangenen Leben nach, weinte um all das, was ich zurückgelassen hatte. Und dann die unzähligen Male, die ich mich fragte, was Kenzo jetzt wohl tat! Ob meine Mutter mein Hochzeitskleid mit all den

Schätzen aus meiner Kindheit in ihrer schwarzen Lacktruhe verstaut hatte? Manchmal hatte ich das Gefühl, ich würde den Verstand verlieren, wenn ich auf diese einfachen Fragen keine Antwort bekam. Natürlich war es nachts, wenn die Dunkelheit jeden Hoffnungsschimmer im Keim erstickte, immer am schwersten. Manchmal hämmerte ich mir mit der Faust auf die Stirn, bis mein Gesicht voller blauer Flecken war, und meine Fingernägel rissen blutige Wunden in die Handflächen.

Erst ganz allmählich begann meine Heilung. Immer wieder wurde ich von unerklärbaren Schmerzen überwältigt, die mich durchfuhren wie Messerstiche. Ich war überzeugt, Blut an mir herabströmen zu sehen, wenn ich nach unten blickte, wie von dem Messer, das ich an jenem Morgen in Händen gehalten hatte. Doch das war alles nur Einbildung. Im Laufe der Monate lernte ich, solche Gedanken für mich zu behalten. Als Matsu dann meinte, ich hätte mich soweit erholt, daß ich mich nicht mehr selbst verletzte, ließ er mich immer länger mit Michiko allein. Eines Morgens kam er dann überhaupt nicht mehr. Wir dachten uns nichts dabei, weil er öfter mal einen Tag ausließ, aber als er die darauffolgenden Tage auch nicht kam, machte ich mir Sorgen und wanderte ziellos in der kleinen Hütte umher, die ich mit Michiko teilte. War ihm etwas zugestoßen? Er bedeutete für mich die einzige Verbindung zu meinem früheren Leben. Der Gedanke, den einzigen Menschen zu verlieren, der aus Tarumi stammte und wußte, daß ich noch lebte, war schrecklich. Michiko versuchte, mich zu beruhigen. ›Matsu-*san* kommt bald wieder. Kein Grund zur Sorge.‹ Aber meine Furcht wuchs immer mehr. Zum ersten Mal seit meiner Ankunft in Yamaguchi verließ ich die Hütte aus eigenem Antrieb und ging ins Dorf, um ängstlich nach Matsu Ausschau zu halten. Zwar konnte ich keine

Spur von ihm entdecken, doch drei alte Leprakranke humpelten hinter mir her und versuchten, mich in ein Gespräch zu verwickeln. ›Wo wollen Sie hin, Sachi-*san*? Können wir Ihnen helfen?‹ sagten sie. Ich weiß, sie meinten es gut, doch ich war jung, und ihre Verstümmelungen und ihr eigenartiger Geruch machten mir immer noch Angst. Als einer von ihnen den Arm ausstreckte, um meine Hand zu nehmen, begann ich zu schreien. Erst Michiko, die herbeilief, konnte mich wieder beruhigen. Ich weiß noch, daß sie in der Eile vergessen hatte, sich den Schleier umzuhängen. Doch als ich ihre dunklen Augen sah und die tröstenden Worte hörte, die sie mir zuflüsterte, war mir etwas wohler, und ich fühlte mich in ihren Armen endlich wieder geborgen.

Die gute Michiko-*san*. Nach all den Jahren sehe ich sie noch immer vor mir, und manchmal träume ich, daß sie mit leisen Worten durch die Tür hereinkommt. Allmählich wurden mir ihre Züge, die mich einst so geängstigt hatten, immer vertrauter. Die klaffende Höhle, wo einmal ihre Nase gewesen war, die verkrusteten Wunden anstelle der Augenbrauen – die Lepra hatte ihr den größten Teil des Gesichts fortgefressen. Sie mußte schon im letzten Stadium der Krankheit gewesen sein, als ich nach Yamaguchi kam. Den Geruch verfaulenden Fleisches übertönte sie, indem sie sich den ganzen Körper mit zerdrückten Eukalyptusblättern einrieb, und in die restlichen Haare, die ihr noch verblieben waren, spülte sie Glanz mit einer Algenessenz. In unseren wenigen gemeinsamen Jahren verriet sie mir viele solcher Geheimnisse. Als ich sie kennenlernte, war sie schon alt und runzelig, und ich versuchte möglichst nicht daran zu denken, wie sie vor ihrer Krankheit ausgesehen hatte.

Ich richtete mich nach und nach in meinem neuen Leben ein. Und noch mehr als die Ratschläge, die Michiko mir erteilte, gefielen mir ihre Geschichten. Mich dürstete danach, als würde mein Leben dadurch reicher werden. Es war also Michiko, die sich in jenen frühen Tagen um mein körperliches Wohl kümmerte und meiner Seele mit ihren Geschichten Nahrung gab.

Als Matsu nach drei Tagen immer noch nicht gekommen war, hatte ich Angst, ich würde ihn nie wiedersehen. Ich lag nur noch zusammengerollt im Bett, verweigerte die Nahrung und trank lediglich den bitteren grünen Tee, den Michiko mir brachte. Einmal, als ich gerade wieder zu weinen begonnen hatte, merkte ich, daß Michiko neben meinem Futon saß. Ihre sanfte Stimme klang durch den Raum. ›Als ich jung war, Sachi-*san*, erzählte mir meine Mutter Geschichten, wenn es mir nicht gutging. Und eine davon, die mir besonders teuer ist, möchte ich dir jetzt erzählen.‹

Ich sagte nichts, nickte aber beim flackernden Licht der Kerze und wartete.

›Es gab einmal ein Mädchen namens Sumiko‹, begann Michiko, ›das in der Nähe der Stadt Toa in der Präfektur Mie auf der Halbinsel Shima geboren war. Von frühester Kindheit an träumte sie davon, einmal, wie auch schon ihre Mutter, eine *ama-san* zu werden, eine Perlentaucherin. Für Sumiko waren diese von Kopf bis Fuß in Weiß gekleideten Frauen die schönsten der Welt. Schon als kleines Mädchen sah sie zu, wie ihre Mutter immer wieder in die See hinuntertauchte und die rauhen, vom Meer geformten Austern und Abalonemuscheln heraufholte, bis ihr großer Holzkorb gefüllt war. Ihr Vater stand am Strand, wie die Männer aus dem Dorf seit Hunderten von Jahren vor ihm. Nur Frauen tauchten nach den schimmernden

Perlen. Man glaubte, Frauen seien besser in der Lage, die Kälte zu ertragen. Einige der *ama-sans* blieben so lange unter Wasser, daß Sumiko schon fürchtete, die Lungen würden ihnen platzen und ihre Körper würden leblos wie Seetang an die Oberfläche geschwemmt werden. Doch der Vater versicherte Sumiko immer wieder, ihre Mutter könne länger die Luft anhalten als jede andere. Für Sumiko glichen die *ama-sans* einem Schwarm weißer Delphine, die anmutig durchs Wasser zogen. Und jeden Abend nahm Sumiko die rauhen Muscheln aus dem Korb, brach ihre geschlossenen Schalen auf und suchte in ihrem Fleisch nach den glänzenden Perlen.‹

Obwohl ich mir an jenem Abend über Matsus Verschwinden Sorgen machte, hatte mich Michiko mit ihrer Geschichte gefesselt. Während ich dort lag und lauschte, sah ich die Perlentaucherinnen vor mir, wie sie in ihren schimmernd weißen Gewändern durch das klare Meer schwammen. Michiko beschwor mit ihrer Stimme in dem kleinen Raum Bilder voller Zauber herauf.

›Mit vierzehn wurde Sumiko mit einem Jungen aus dem Dorf vermählt. Er hieß Akio, und sie kannte ihn schon seit ihren frühesten Kindertagen. Ihr Glück und das ihrer Familien war vollkommen, besonders als Sumiko eine *ama-san* wurde. Zwar war das Wasser an diesem Tag furchtbar kalt, doch kaum tauchte Sumiko in die Tiefen und griff nach ihrer ersten Muschel, da hatte sie das Gefühl, ein Teil des Meeres zu sein. Wieder und wieder stieß sie hinab und füllte nicht nur einen Korb, sondern drei. Akio mußte ihr erst androhen, sie mit Gewalt aus dem Wasser zu ziehen, bevor sie endlich aufhörte. Sie glaubte, glücklicher als sie könne kein Mensch auf Erden sein – bis zu dem Tag, an dem sie erfuhr, daß sie ihr erstes Kind erwartete. Als sie es Akio erzählte, lachten sie beide vor Freude.

Doch leider geschieht im Leben nicht immer alles nach Plan. Als Sumikos Leib durch das Kind, das sie trug, runder und runder wurde, machte Akio sich Sorgen und bat sie, mit dem Tauchen aufzuhören. ›Wenn unser Kind groß und stark ist, kannst du wieder nach Perlen tauchen‹, sagte er. Sumiko, die wußte, wie vernünftig sein Vorschlag war, willigte widerstrebend ein.

Doch das Leben einer *ama-san* lag ihr im Blut. Als Sumiko eine Woche nicht mehr ins Meer getaucht war, wurde sie krank. Sie war so schwach, daß sie das Bett kaum noch verlassen konnte. Man rief den Dorfarzt herbei, doch er konnte nicht herausfinden, was ihr fehlte. Sumiko schien vollkommen gesund, und ihrem Kind ging es gut. Dennoch wurde Sumiko mit jedem Tag, den sie nicht tauchte, schwächer. Akio war es schwer ums Herz. Wenn er nicht rasch etwas unternahm, würde er nicht nur Sumiko, sondern auch das Kind verlieren.

Eines Nachts fand er Sumiko kalt und ohnmächtig daliegen. Akio konnte kaum noch ihren Herzschlag hören. In seiner Verzweiflung trug er die schwache Frau ans Meer. Als er in die kühle Brandung trat, wußte er, es war der letzte Rettungsversuch, der ihm noch blieb. Er ließ Sumiko ins kalte Wasser gleiten und hielt sie mit seinen Armen fest. Wie durch ein Wunder zog plötzlich eine große Wärme durch ihren Körper, die bis auf das Wasser um sie herum ausstrahlte. Langsam öffnete Sumiko die Augen und kam wieder zu Kräften. Voller Glück rief Akio sie beim Namen, doch Sumiko starrte ihn nur blicklos an. Dann wandte sie sich ab und tauchte ins Meer ein. Akio versuchte, sie aufzuhalten, aber Sumiko war schon fort. Stundenlang hielt er nach ihr Ausschau, hoffte, sie würde wiederkommen, doch das stille dunkle Wasser gab sie nicht preis.

Akio trauerte unendlich. Nach drei Monaten hörte er eines Abends, als er zu Bett gehen wollte, plötzlich einen fremdartigen Gesang. Als er nach draußen eilte, sah er zu seiner Freude Sumiko vor dem Haus stehen. Sie trug das Weiß der *ama-sans* und war wieder rank und schlank. ›Wo bist du gewesen?‹ fragte Akio. Doch noch ehe er sie umarmen konnte, hielt sie ihm ein in weiß gehülltes Bündel entgegen: ihr Kind! Überglücklich nahm Akio seine kleine Tochter in die Arme. Aber Sumiko wandte sich wieder zum Meer. Er rief ihr nach, sie solle bleiben, doch erst an der Dünung blieb sie stehen. ›Ich muß ins Meer zurück‹, rief sie. ›Das Leben, das ich kannte, gibt es für mich nicht mehr. Sorge dafür, daß es unserem Kind gutgeht.‹ Das war das letzte Mal, daß man Sumiko sah.

Obwohl Akio keine Ahnung hatte, wohin Sumiko gegangen war, glaubte er, daß es seiner Frau durch einen wundersamen Zauber möglich gewesen war, ihm ihre Tochter zu bringen. Die kleine Kuniko wuchs in seiner Obhut zu einer prächtigen jungen Frau heran, die ihrer Mutter so sehr glich, daß es ihm manchmal wie ein Stich durchs Herz fuhr, wenn er sie ansah. Als sie den Wunsch äußerte, wie ihre Mutter Perlentaucherin zu werden, erhob Akio keine Einwände. Er wußte, Sumiko würde in den Tiefen immer bei ihr sein, um ihre Tochter zu beschützen.‹

Als Michiko mit ihrer Geschichte geendet hatte, kam es mir vor, als erwachte ich aus einem Traum. In jener Nacht mußte ich immer wieder über Sumiko nachdenken, die Perlentaucherin, die ihrer Tochter das Leben geschenkt hatte, obwohl sie wußte, daß sie sie nicht würde aufwachsen sehen. Welchen Handel hatte Sumiko mit dem Meer abgeschlossen, daß es ihr möglich war, ihrem Mann die Tochter zu geben? All das wirbelte mir durch den Kopf, bis ich in einen tiefen Schlaf sank.

Am nächsten Tag kam Matsu endlich wieder, doch er erschien mir blasser und dünner als zuvor. Ich erfuhr, daß er zu krank gewesen war, um den weiten Weg den Berg hinauf zu bewältigen. Plötzlich wurde mir klar, wie töricht ich mich verhalten hatte. Nie hatte ich einen Gedanken daran verschwendet, welche Mühe und Kraft der Weg von und nach Tarumi kostete. Aber Matsu hatte auch immer den Eindruck erweckt, als könne ihm nichts etwas anhaben.

›Geht es dir besser?‹ Ich verbeugte mich.

Matsu nickte. ›Sogar viel besser.‹

›Ich hatte schon befürchtet, dir sei etwas zugestoßen‹, erklärte ich scheu.

Matsu lächelte. ›Bist du mit Michiko gut ausgekommen?‹

›Sie mußte mir durch eine schwere Zeit helfen‹, gestand ich ein.

›Was ist geschehen?‹ fragte Matsu besorgt.

›Das ist jetzt nicht mehr wichtig‹, erwiderte ich, während ich aufstand und Wasser zum Kochen aufsetzte.

Als ich merkte, daß Matsu mich aufmerksam musterte, fühlte ich mich unbehaglich. Aber dann sagte er leise: ›Du hast dich verändert. Worüber hat Michiko mit dir gesprochen?‹ fragte er. ›Hat sie dir erzählt, daß sie einmal Perlentaucherin war?‹

Ich stutzte. ›Weißt du, ob sie eine Tochter hat?‹ fragte ich dann.

Matsu schwieg und runzelte nachdenklich die Stirn. ›Ja‹, sagte er endlich. ›Sie hatte früher eine Tochter.‹

Verstehen Sie, Stephen-*san*, an jenem Tag lernte ich, daß andere mehr verloren hatten als ich. Ein jeder in Yamaguchi, ob Mann oder Frau, mußte ein neues Leben anfangen, als er hierher kam. Seit diesem Tag konnte ich keinem von ihnen gegenübertreten, ohne mich zu fragen: Was hat er, was hat sie verloren? Was mußten sie aufgeben? Welchen Handel haben sie mit dem Schicksal abgeschlossen? Wenn ich bis dahin nicht wußte, was Demut ist, so lernte ich es jetzt. Hier, in Yamaguchi, verstand ich, daß es auch dort Schönheit gibt, wo man sie am wenigsten erwartet.

Mit der Zeit lernte ich von Matsu und Michiko, nicht nur mit den anderen auszukommen, sondern auch mit mir selbst. Immer seltener dachte ich daran, meinem Leben ein Ende zu setzen. Wie einem Kind, das Laufen lernt, brachte Matsu mir bei, einen Schritt nach dem anderen zu tun: Zuerst meine Ankunft in Yamaguchi, dann baute er mir ein Haus, und schließlich legte er für mich den Garten an, um den ich mich kümmern mußte.

Yamaguchi wurde in jenen Jahren immer größer, und unser Leben hier bekam eine ganz eigene, seltsame Gestalt. Wir legten Gemüsegärten an, mit üppigen Pflanzen und Reihen so ordentlich und gerade wie der Flug eines Kranichs. Der schreckliche Geruch des verfaulenden Fleischs wurde erträglicher durch Eukalyptusblätter und saubere Binden. Wir bauten neue Unterkünfte, um weitere Aussätzige aufzunehmen, die nach Yamaguchi kamen. Und die Dorfbewohner waren so warmherzig, daß ich bald einsah, wie ungerecht es von mir war, sie je Ungeheuer genannt zu haben. Sie brachten mir Reis und alles, was sie erübrigen konnten, damit ich mich wohl fühlte. Ich arbeitete dafür im Gemüsegarten, sammelte Feuerholz und trug Wasser vom Fluß herauf.

Doch mein viertes Jahr in Yamaguchi brachte neuen Schmerz. Michiko wurde immer schwächer. Schon die kleinste Anstrengung ermüdete sie, so daß ich auch das Kochen und Saubermachen übernahm. Wir hatten die Rollen getauscht, jetzt war ich diejenige, die sich um Michiko kümmerte. Ich erinnere mich noch an diese Tage, als wäre es gestern gewesen. Ihr Körper war damals nur noch eine Masse aus fauligem Fleisch. Selbst wenn sie still dalag, hatte sie unerträgliche Schmerzen, weil ihre Nerven von der Krankheit in Mitleidenschaft gezogen waren. Vor ihrem Ende erblindete sie und konnte nicht mehr aufstehen. Mir blieb lediglich, zu den Göttern zu beten, sie möchten sie bald zu sich holen und von ihrem Leiden erlösen. Doch nicht ein einziges Mal verfluchte Michiko ihr Schicksal.

Michiko starb nach einer entsetzlichen Nacht voller Schmerzen. Ich wurde davon geweckt, daß sie unter großer Atemnot den Namen ›Kuniko‹ ausstieß. Doch als ich an ihre Schlafstelle trat, war sie schon tot. Erleichtert, daß sie endlich Frieden gefunden hatte, streichelte ich ihr entstelltes, beinahe konturloses Gesicht. Die stille Würde, mit der sie ihr Schicksal trug und die sie bis in den Tod hinein bewahrte, werde ich nie vergessen.

In der Morgenstille wusch ich ihren geschundenen Körper ein letztes Mal. Ich wollte mit Michiko allein sein, bevor ich den anderen von ihrem Tod berichtete. Der Gedanke, nie wieder eine ihrer Geschichten zu hören, riß mich innerlich entzwei. Ich brauchte ihre Stimme, die das Schweigen füllte, und ich hoffte von ganzem Herzen, daß Michiko ihre Tochter Kuniko in dem kurzen Augenblick vor ihrem Tode wirklich vor sich gesehen hatte. Die Vorstellung tröstete mich. Außerdem wußte ich, daß sie jetzt wieder glücklich war, daß sie ins kühle Meer tauchte und Hände voll von Perlen hervorholte.

Nach Michiko-*sans* Tod begann für mich ein neuer Abschnitt in Yamaguchi. Matsu baute mir dieses Haus, damit ich einen Platz für mich allein hatte, fern von den anderen, jedoch nahe genug am Dorf für den Fall, daß ich Hilfe brauchte. Wenn Matsu in Yamaguchi blieb, stand er in aller Morgenfrühe auf und machte sich an die Arbeit. Ich half ihm, soweit ich konnte. Von so einfachen Dingen wie einen Nagel ins Holz zu schlagen oder eine *shoji*-Wand in den Rahmen zu schieben war ich abends so müde, daß ich überhaupt nicht mehr dazu kam, mich selbst zu bedauern. Und ich glaube, für Matsu war es ein Möglichkeit, mit mir in Kontakt zu bleiben. Er hat sich schon immer am wohlsten gefühlt, wenn er mit den Händen arbeiten konnte. Ich habe ihn nie so ungezwungen erlebt, wie wenn er mir Schritt für Schritt die Arbeiten am Haus erklärte. ›Sachi‹, sagte er zu mir, ›die Fenster müssen an dieser Stelle sein, damit sie für den Abend die Sonnenwärme speichern. Später, wenn es zuviel wird, können wir einen Seidenbaum pflanzen.‹ Es verstand sich von selbst, daß Matsu als nächstes einen Garten anlegen würde.

›Bitte, Matsu-*san*‹, erklärte ich ihm, nachdem das Haus fertiggestellt war, ›ich möchte keine Blumen in meinem Garten.‹ Er gab sich damit zufrieden. Ich wollte, daß mein Leben einfach blieb und ich nicht durch schöne Dinge an das erinnert wurde, was ich verloren hatte. Matsu brauchte ich nichts zu erklären, er schien es in meinen Augen zu lesen. ›Keine Sorge, Sachi‹, sagte er, ›Blumen wird es nicht geben.‹

Am Morgen, nachdem er das Haus fertiggestellt hatte, brach er früh auf und sagte nur, er würde irgendwann am Nachmittag wiederkommen. Obwohl ich mir alle Mühe gab, mich allmählich an meinen neuen Heimatort Yamaguchi zu gewöhnen, zog ich mich meistens allein zurück.

Ich brachte es nicht über mich, mit den anderen zusammenzusein. Selbst an meine eigene Familie dachte ich kaum noch; es war, als gehörte sie zu einem früheren Leben.

Sie haben ja selbst gesehen, welche Art von Garten Matsu für mich angelegt hat. Am Nachmittag kehrte er mit zwei Säcken grauer, handtellergroßer flacher Steine zurück. In den nächsten Wochen bereitete er den Boden vor und stellte einen Plan auf, wie der Garten aussehen sollte. Ich habe Matsu nie so aufgeregt gesehen wie an dem Tag, als wir sorgsam die Steine ausbreiteten, einen neben den anderen, so daß ein Wellenmuster entstand. ›Das wird ein Garten, der nach deiner Vorstellung gestaltet ist‹, sagte er. Er drängte mich, wann immer mir danach sei, die Steine neu zu ordnen.

Stephen-*san*, ich verbrachte Stunden damit, die Steine in neue Muster zu legen, als ob eine seltsame magnetische Kraft in ihnen mir Ruhe geben würde. Tag für Tag brachte Matsu auf einem ausgeliehenen Maultier und einem Karren Säcke voller Kiesel und Steine unterschiedlichster Größe herauf. Ich erwartete sie sehnsüchtig, als wollte ich die einzelnen Teile eines verworrenen Puzzlespiels zusammenfügen. Ich hatte das Gefühl, mich in einer Trance zu befinden, aus der ich erst erwachen durfte, wenn der Garten fertig war. Mit Matsus geduldiger Hilfe erschuf ich etwas aus den einfachsten Dingen, und als wir das Werk vollendet hatten, kam es mir so vor, als hätte ich zum ersten Mal in meinem Leben etwas geleistet. Was ich mir als abweisend und unnahbar vorgestellt hatte, erwies sich als Werk voll stiller Schönheit. Ich weiß noch, wie wir dastanden und den steinernen Garten betrachteten. ›Hast du gewußt, daß er so schlicht und schön werden würde?‹ fragte ich Matsu.

›Ich wußte, seine Schönheit würde sich zeigen, wenn wir nur hart genug arbeiteten‹, erwiderte er.

›Daß er so werden würde, hätte ich nicht geglaubt.‹

Matsu lächelte. ›Schönheit zeigt sich überall.‹

Ich wandte mich zu ihm um. Zum ersten Mal betrachtete ich seine groben, breiten Züge. Er glich Tomoko so wenig, daß ich mich wieder einmal fragte, ob sie auch wirklich Geschwister gewesen waren. ›Dabei dachte ich, ich hätte gar nicht mehr den Wunsch nach etwas Schönem. Schönheit hatte ich mein ganzes Leben lang, und sieh selbst, was sie aus mir gemacht hat.‹

Aber Matsu schüttelte den Kopf. ›Sachi-*san*, du kennst nur die normale Schönheit, die sich an der Oberfläche zeigt. Vielleicht möchtest du jetzt eher etwas Tiefergehendes sehen.‹

Insgeheim wußte ich, daß er recht hatte, und wollte etwas erwidern, doch mir fehlten die Worte. Bis die Krankheit mich befiel, war mein Leben leicht und voller Anmut gewesen, während Matsu immer hart arbeiten mußte, um zu erreichen, was er sich wünschte. Aber eben deshalb hatte er auch schon immer klarer gewußt, was Schönheit ist. Als sich die Krankheit dann später über meine linke Gesichtshälfte ausbreitete, konnte ich mein Schicksal leichter ertragen, indem ich mir sagte, daß Schönheit tief aus dem Inneren kommt. Doch ich fürchte, manchmal fiel ich in mein altes, verwöhntes Selbst zurück. Doch können Sie sich vorstellen, Stephen-*san*, wie es ist, wenn sich das eigene Gesicht allmählich in eine gräßliche Fratze verwandelt? Haben Sie sich schon mal nachts mit Alpträumen herumgequält, aus lauter Angst, Sie würden sich am nächsten Morgen nicht mehr wiedererkennen? Ich will Sie nicht belügen; es war nicht einfach. Es gab Zeiten, da meinte ich zu spüren, wie sich meine Haut zusammenzog, über

Muskeln und Knochen spannte, so daß ich das Gefühl hatte zu ersticken. Matsu tröstete mich nach besten Kräften, indem er mir Arbeit am Haus oder im Garten zuwies, doch soviel Trost ich darin auch fand, so blieben es doch kalte und tote Dinge. Ich sehnte mich nach meinem früheren Leben. Aber Matsu blieb bei der Überzeugung, daß ich meinen Seelenfrieden nur in mir selbst finden konnte.

Da Matsu ständig Vorräte kaufte, keimte in Kenzo etwa zu dieser Zeit der Verdacht, daß etwas vorging. Er begann, mir Essen und Nachrichten zu schicken. Doch Dosen mit eingelegtem Gemüse oder ein Hühnchen halfen nicht darüber hinweg, daß Kenzo mir nicht gegenübertreten konnte.

Ich war Anfang zwanzig, als wir den Garten fertigstellten. Ich weiß noch, daß sich der Sommer dem Ende zuneigte und Matsu für mehrere Tage nach Tarumi zurückkehren mußte, um seinem Vater zu helfen. Aber er fehlte mir so sehr, daß ich nachts nicht schlafen konnte. Er war mir so vertraut geworden. Ich lief im Zimmer auf und ab wie ein Tier in seinem Käfig. Mit jedem Tag wuchsen meine Wut und mein Zorn über diese Krankheit, die mein Leben auffraß. Wie sollte ich meine Einsamkeit hier in Yamaguchi aushalten, ein Leben als Aussätzige ertragen? Dann kehrten die düsteren Selbstmordgedanken zurück.

Aber da geschah etwas Seltsames. Ein heftiger Wind rüttelte an den Wänden des Hauses, und wie unter Zwang ging ich in den Garten. Ich öffnete die *shoji*-Rahmen und ließ mich vom Wind, der mich gerufen hatte, umarmen und von den stillen grauen Steinen trösten. Ich erinnere mich noch heute an das Gefühl der runden, knirschenden Kiesel unter meinen bloßen Füßen. Es kam mir vor wie ein Traum, daß wir monatelang gearbeitet hatten und daß sich der vollendete Garten nun vor mir ausbreitete. In diesem Augenblick erwachte er zum Leben. Auf einmal hörte ich das Wasser fließen und sah, wie sich der Strom der Steine sanft kräuselte. Doch vor allem genoß ich die Vorstellung, daß seine Schönheit etwas war, das mir keine Krankheit, kein Mensch nehmen konnte. Lange blieb ich dort stehen. Schließlich fühlte ich mich, als sei ich nicht mehr ich selbst, sondern Teil des Gartens.«

Sachi war verstummt. Sie wandte den Kopf von mir ab, dem Garten zu, und lauschte. Als ich kurze Zeit später leise Schritte hörte, wußte ich, was sie schon vor mir bemerkt hatte. Jemand trat durch das Tor in den Garten.

22. APRIL 1938

Matsus Gesicht, als er mich letzte Woche in Sachis Haus fand, werde ich wohl nie vergessen. Er war nicht überrascht, sondern äußerst zufrieden, als hätte er mich im Geiste längst bei Sachi am Tisch sitzen sehen und fände nun seine Vorahnung bestätigt. Ich weiß noch, daß mich sein Erscheinen anfangs ärgerte. Ich wollte mehr von Sachis Geschichte hören, doch als Matsu das Haus betrat, wußte ich, daß ihre beruhigende Stimme nun verstummen würde.

Matsu wollte mir sagen, daß wir nach Tarumi zurückkehren mußten. Er müsse dort dringend ein paar Dinge besorgen, die nötig waren, um die zwei verbrannten Hütten wieder aufzubauen, und wollte sie so schnell wie möglich nach Yamaguchi schaffen. Dann wechselte er ein paar rasche kurze Sätze mit Sachi, die ich nicht verstand. Aber sie schien über seine Worte erfreut, denn sie verbeugte sich mehrmals vor ihm.

Wir brachen so rasch auf, daß ich mich betrogen fühlte. Ich war nicht mehr dazu gekommen, Sachi angemessen zu danken, ihr zu sagen, wie geehrt ich mich fühlte, daß sie soviel Vertrauen in unsere Freundschaft legte. Statt dessen hatte ich ihr nur für den Reis und das Gemüse gedankt und mich mit einem schlichten *»Sayonara«* verabschiedet, als sie in der Tür stand und uns nachsah.

Ohne viele Worte gingen wir den Berg hinab. Ich hatte den Eindruck, daß Matsu im Geiste eine Liste aufstellte, was er alles für Yamaguchi kaufen mußte und brauchte – Nägel, Bretter, Decken, das Lebensnotwendigste. Meine Gedanken hingegen eilten zurück zu Sachis unbeschwerter Kindheit, die mit dem Leid, das ihr als junger Frau widerfuhr, ein jähes Ende gefunden hatte. Der Schrecken, den sie hatte ertragen müssen, war unvorstellbar: Für die eigenen Eltern gestorben, ein Leben unter Leprakranken, in der sicheren Gewißheit, daß ihr das gleiche Schicksal wie ihnen bevorstand. Die eigene Zukunft auf das Gesicht der Vorbeigehenden gezeichnet zu sehen, mußte schlimmer sein als ein Blick in den Spiegel. Plötzlich fiel mir ein, was Mah-mih zu Pie gesagt hatte, als sie traurig war, weil sie bei einem Malwettbewerb nicht gewonnen hatte. »Es ist besser so. Wenn du in deiner Jugend zuviel Glück hast«, hatte Mah-mih gesagt, »bleibt später im Alter nichts mehr für dich übrig.«

In diesem Augenblick hustete Matsu und räusperte sich. Als ich aufsah, stand er ein Stück vor mir auf dem Weg und wartete auf mich. In meine Tagträumereien vertieft, war ich zurückgeblieben. Außerdem schmerzten mir die Muskeln, was sich immer deutlicher bemerkbar machte, je steiler der Weg den Berg hinabführte. Im Näherkommen betrachtete ich Matsus stämmigen Körper und seine starken, kräftigen Arme und Beine und fragte mich, wie es wohl gewesen wäre, wenn ich ihn als jungen Mann kennengelernt hätte. Äußerlich hatte er sich im Laufe der Zeit kaum verändert. Schon als kleiner Junge war mir aufgefallen, wie kräftig er war, wenn er im Garten meines Großvaters arbeitete. Doch er schien immer von einem Geheimnis umgeben, wenn er so unerwartet kam und ging, als würde er ständig rasch wieder an einen anderen Ort eilen. Jetzt fragte ich mich, ob er damals schon zu Sachi ging. Doch als ich dann vor ihm stand, sah ich, daß seine Züge mit den Jahren weicher geworden waren, sein Körper schwerer und sein Haar ganz und gar grau.

»Tut mir leid«, sagte ich, »ich bin heute nicht so schnell.«

»Kein Grund zur Eile«, meinte Matsu, während er in die Sonne blinzelte. »Ich wollte Sie nur fragen, wie es Ihnen geht.«

»Gut«, antwortete ich, obwohl ich eine Enge in der Brust verspürte. Aber das würde sich legen, sobald sich eine Möglichkeit zum Ausruhen ergab. Überflüssig, daß Matsu sich auch darüber noch Sorgen machen mußte.

»Sobald wir zu Hause sind, können Sie sich hinlegen«, sagte Matsu, als hätte er meine Gedanken gelesen. Vielleicht ist das so, wenn zwei Menschen lange genug gemeinsam in einem Haus leben, vielleicht liest man dann die Gedanken des anderen.

Ohne ein weiteres Wort paßte Matsu seine Schritte den meinen an, als wir unseren Weg fortsetzten. »Heute morgen sind Sie früh aufgestanden«, stellte er unvermittelt fest.

»Ich konnte nicht mehr schlafen.«

»Sachi anscheinend auch nicht.«

»Nein«, erwiderte ich. Daß er auf seine unverfängliche Art herauszufinden versuchte, worüber wir gesprochen hatten, amüsierte mich. »Ich wollte nur ihren Garten sehen. Aber ich wußte nicht, daß sie schon auf war.«

»In Ihrer Jugend war sie nicht gerade eine Frühaufsteherin«, sagte Matsu. Als wäre es ihm plötzlich peinlich, daß er das wußte, fuhr er fort: »Als junge Mädchen haben Tomoko und sie bis mittags geschlafen, wenn man sie ließ.«

»Stand Tomoko Ihnen sehr nahe?« fragte ich. Obwohl aus Sachis Geschichte deutlich geworden war, wie verschieden die beiden gewesen sein mußten, hätte ich gern gewußt, wie Matsu empfand.

Zuerst schien er überrascht. Dann räusperte er sich noch einmal. »Tomoko und ich waren so gegensätzlich wie Feuer und Wasser. Ich glaube, ich verstand sie erst besser in der Zeit, bevor sie sich das Leben nahm.«

»Was meinen Sie damit?«

»Daß sie in jenen schweren Tagen für mich lebendiger wurde«, sagte er und ging wieder schneller. »Davor war sie ein junges dummes Ding, dem nichts wichtig war außer ihr selbst. Doch bevor sie sich das Leben nahm, sah sie ein, wie töricht das gewesen war, wenn auch zu spät. Nie werde ich den Abend vergessen, als sie zu mir kam und um meine Hilfe bat. Seit sie den weißen Ausschlag auf ihrem Gesicht entdeckt hatte, hatte sie sich nur noch in ihrem Zimmer versteckt.

›*Ani*‹, flüsterte Tomoko und weckte mich damit aus tiefstem Schlaf. Ich meinte noch zu träumen. Doch als ich ihre kalte Hand auf meiner Wange spürte, fuhr ich hoch. Zuerst dachte ich, meine Mutter kniete vor meinem Bett, doch dann spürte ich ihre zarte weiche Hand, sah die dunklen, schlanken Umrisse und wußte, daß Tomoko gekommen war.

›Ist alles in Ordnung?‹ fragte ich, weil ich dachte, unseren Eltern sei etwas zugestoßen.

›Ich brauche deine Hilfe‹, entgegnete sie.

Ich beugte mich vor und wollte die Öllampe anzünden,

doch Tomoko hielt mich zurück. ›Kein Licht‹, flüsterte sie.

›Was ist?‹ fragte ich.

›Du mußt mir helfen.‹

›Was ist denn?‹ wiederholte ich meine Frage. Es ärgerte mich, daß sie mich geweckt hatte. Ich dachte, das sei wieder einer ihrer dummen Einfälle.

Tomoko zögerte. Sie schwieg sogar ungewöhnlich lange. Schon als kleines Kind war sie laut und übermütig gewesen, ganz anders als wir alle. Während ich wartete, hörte ich, wie sie ihr Gewicht von einem Bein aufs andere verlagerte.

Schließlich beugte sie sich über mein Ohr. ›Kannst du mir Vaters Fischermesser besorgen?‹ Als Kind hatte man ihr verboten, das Messer in die Hand zu nehmen.

›Wozu?‹

Jetzt zögerte sie nicht mit der Antwort. ›Ich kann auf diese Weise nicht mehr weiterleben.‹

›Auf welche Weise?‹ fragte ich.

Ich wartete, daß Tomoko mir antwortete. Im Mondlicht, das durch die *shoji*-Wände fiel, konnte ich sie deutlich sehen. So blaß und ernst glich sie in nichts dem Mädchen, das ich kannte. Starr sah sie mich an.

›Mit dieser Krankheit.‹

In jenen Tagen hegten wir noch die Hoffnung, daß es keine Lepra war. Niemand sonst im Ort hatte die gleichen Anzeichen an sich gefunden. Doch Tomoko war außer sich, als sich der Ausschlag auf ihr Gesicht ausbreitete, und begann sich zu verstecken. Ich weiß noch, wie ich versuchte, ihr Mut zu machen. ›Es wird wieder besser‹, sagte ich ihr.

›Nein!‹ Sie schüttelte den Kopf. ›Das wird es nicht.‹

›Du weißt, daß du Vaters Messer nicht anrühren darfst‹,

flüsterte ich in das Dunkel hinein. Ich war noch nicht ganz wach, und das ernste junge Mädchen vor mir war nicht die Tomoko, die ich kannte.

›Dann wirst du es also nicht holen?‹ Ihre Augen flackerten.

›Nein‹, entgegnete ich.

Tomoko stand auf und verließ mein Zimmer, wobei sie die eine Seite ihres Gesichts mit der Hand bedeckte. Danach versuchte ich immer wieder, mit ihr zu sprechen. Ich wollte ihr von Yamaguchi erzählen, doch sie schloß sich in ihrem Zimmer ein. ›So kann ich nicht mehr leben‹, wiederholte sie ein ums andere Mal. Es war wie ein Gebet. Als wüßte sie bereits, was sie tun würde. Als ich drei Tage später nach meiner sechzehnjährigen Schwester sehen wollte, hatte sie das Fischermesser meines Vaters gefunden und ihrem Leben ein Ende gesetzt.«

Als wir wieder im Haus meines Großvaters eintrafen, kam es mir vor, als seien wir nicht nur einen Tag, sondern Wochen fortgewesen. In Matsus Garten hatten sich über Nacht die Kirschknospen geöffnet. Selbst die zartesten Zweige trugen einen rosa Blütenflaum. Der süß duftende Garten kam mir fremd vor, und ich merkte, daß ich ihn aufs neue würde erkunden müssen. Doch eigentlich wollte ich lieber in Yamaguchi sein, in Sachis warmem Haus sitzen und ihrer Geschichte lauschen.

Matsu hatte seit dem Gespräch über Tomoko nichts mehr gesagt. Jetzt bestand er darauf, daß ich mich hinlegte und ausruhte, wenn ich ihn nach Yamaguchi begleiten und beim Wiederaufbau helfen wollte. Dann zog er sich in seinen Garten zurück.

Wir haben mehrmals den Weg nach Yamaguchi zurückgelegt, um das Material hinaufzubringen. Matsu hofft, morgen mit dem Bau beginnen zu können. Heute ist er in aller Frühe in den Ort gegangen, um die letzten nötigen Teile zu kaufen, während ich zu Hause blieb und mich schonte. Zwar legte ich mich hin, doch schon bald war ich wieder auf und ging rastlos durchs Haus. Die jungfräulich weiße Leinwand im Studierzimmer meines Großvaters starrte mir blicklos entgegen. Getrocknete Farbkleckse auf dem Holztablett erinnerten mich an meinen letzten Versuch zu malen. Die Küche weiter hinten im Flur wirkte geschrubbt und kahl. Ohne Scheu schlenderte ich in Matsus kleines Hinterzimmer. Es war leer und bar aller Annehmlichkeiten, bis auf den Stapel Zeitschriften, die ihm seine Schwester aus Tokio schickte, und das Radio neben seinem Bett. Ich schaltete das Gerät ein, und mit dem Ätherrauschen kehrte die reale Welt in mein Leben zurück. Eine hohe, schrille Stimme verkündete stolz, daß Hsuchowfu, die lebenswichtige Eisenbahnverbindung zwischen Nanking und Peking, von den Japanern eingenommen worden war. Plötzlich wallte das Blut in mir auf. Es war den Japanern gelungen, große Teile Nord- und Südchinas zu lähmen. Nichts konnte sie nun noch daran hindern, Kanton einzunehmen, und es war klar, daß sie auf ihrem Weg dorthin keinen Stein auf dem anderen lassen würden. Als ich begriff, daß als nächstes Hongkong an die Reihe kommen würde, schnürte es mir die Luft ab.

Rasch kehrte ich ins Studierzimmer meines Großvaters zurück, setzte mich hin und schrieb zwei Briefe, solange ich noch die Kraft dazu besaß – einen an meine Mutter und einen an Pie. Jedesmal, wenn ich daran dachte, Matsu und Sachi zu verlassen, verspürte ich einen dumpfen Schmerz. Ich berichtete Mah-mih, daß ich mich wieder kräftiger fühlte. Angesichts der Brutalität, mit der die Japaner durch China zogen, sei es wohl vernünftiger, wenn ich so schnell wie möglich nach Hongkong zurückkehrte. Pie schrieb ich im wesentlichen das gleiche, nur erzählte ich ihr wieder von Yamaguchi und ließ sie wissen, wie stolz ich auf sie und ihre Arbeit beim Roten Kreuz war.

Als Matsu aus dem Ort zurückkehrte, klebte ich gerade die Umschläge zu. Ich ging zu ihm, um ihm mitzuteilen, daß ich nach Hongkong zurückkehren würde. Doch noch ehe ich etwas sagen konnte, schlüpfte Matsu im *genkan* aus seinen Schuhen und gab mir einen blauen Umschlag. Er stammte von meiner Mutter.

Lieber Stephen,

Deinen letzten Brief habe ich erhalten. Mach Dir keine Sorgen, es geht mir schon besser. Allmählich werde ich wieder gesund. Ching hat mir ständig Suppe aus chinesischen Süßkartoffeln, Bambussprossen und den Früchten des Heiratsstrauches serviert. »Das stärkt das Blut«, sagte sie. Jetzt ist mir wieder wohler. Eine Zeitlang kam es mir vor, als würde ein kalter Wind durch mich hindurchblasen.

Erinnerst Du Dich noch an Onkel Sing? Er ist der Freund Deines Ba-ba aus seiner Zeit in Kanton. Wir haben uns zufällig im Central District getroffen, und seitdem kam er öfter zu unseren Mah-Jongg-Spielen. Onkel Sing hat als junger Mann auch oft gekränkelt. Er versichert mir, daß sich das wieder legt. Bei der Vorstellung wird mir leichter ums Herz.

Was Dich betrifft, bleibst Du wohl besser noch eine Zeitlang in Tarumi, damit Du zu Kräften kommst.

Wenigstens den Sommer über. In Hongkong kann man schon jetzt kaum noch atmen. Du brauchst frische Luft, damit Du wieder ganz gesund wirst. Zumindest bist Du dann in der Nähe Deines Ba-ba, und er wird Dich wissen lassen, wenn es für uns heikel wird. Selbst wenn die japanischen Teufel Kanton einnehmen (was vielleicht doch nicht geschieht), vergiß nicht, daß wir uns in Hongkong unter britischer Oberhoheit befinden.

Ich halte es für besser, wenn Penelope und ich im Sommer nicht wie geplant nach Tarumi kommen. Nicht, solange Dein Vater und ich noch damit beschäftigt sind, eine Regelung zu finden. Ich hoffe, Du kannst das verstehen. Vielleicht fahren wir nach Macau und besuchen Anne und Henry. Oder – ach, ich habe jetzt nicht die Kraft, solche Dinge zu entscheiden.

Ching läßt Dir ausrichten, Du sollst Dich immer gut ausruhen. Ich schreibe Dir bald wieder.

In Liebe
Mah-mih

Ich zerknitterte den Brief meiner Mutter in den Händen. Plötzlich verspürte ich wieder die alte Unruhe von einst. Gewiß, nach fast einem Jahr in Tarumi hatte ich mich an das japanische Leben, an die stillen Gärten, an Yamaguchi gewöhnt. Doch im Gegensatz zu meinem Vater fühlte ich mich auch zu den Düften und Klängen aus meiner Jugend, meinem früheren Leben hingezogen. Ich nahm die Briefe, die ich gerade geschrieben hatte, und legte sie in die unterste Schublade des Schreibtischs. Das Herz wurde mir schwer, als ich begriff, daß ich meine Mutter und Pie in nächster Zeit nicht wiedersehen würde. Und so sehr ich mich auch anstrengte, an einen Onkel Sing konnte ich mich nicht erinnern.

Ein unerwartetes, schrilles Kratzen im Garten riß mich aus meinen Gedanken. Ich sprang auf und lief hinaus, um nachzusehen. Hinten im Garten stand Matsu und schärfte etwas an einem sich drehenden runden Schleifstein.

»Was tun Sie da?« fragte ich.

Matsu wartete, bis der Stein langsamer wurde und zur Ruhe kam. Dann hielt er das Messer hoch, so daß ich den Elfenbeingriff und die spitz zulaufende Schneide sah. »Das Fischermesser meines Vaters«, sagte er.

30. MAI 1938

Seit Wochen habe ich nicht mehr geschrieben. Matsu und ich verbrachten einen Großteil unserer Zeit mit dem Wiederaufbau der zwei Häuser, die der Brand in Yamaguchi vernichtet hatte. Das reale Leben schien mir weit und fern. Sachi sah ich kaum in diesen Tagen, denn sie und die anderen Frauen waren damit beschäftigt, für das Fest zu Ehren der neuen Häuser *mochi* zu zerstoßen. Das war die Art der Bewohner, uns zu danken, doch eigentlich war es schon Dank genug zu sehen, wie das Dorf in einem wahren Ansturm von Energie zu neuem Leben erwachte. Während die Frauen das Fest vorbereiteten, erteilten uns Hiro-*san* und die anderen Männer, die Finger und Hände verloren hatten, fröhlich Ratschläge und brachten uns regelmäßig Wasser und etwas zu essen.

Als ich Matsu zusah, wurde mir klar, was Sachi gemeint hatte. Er fühlte sich wirklich am wohlsten, wenn er etwas mit seiner Hände Arbeit erschaffen konnte. Mit der gleichen Hingabe, die er in seinem Garten an den Tag legte, trieb er Nägel in Bretter und Balken. Mit Geschick und voller Selbstvertrauen setzte er seinen Plan in die Tat um, baute Wände und Zimmer, bis die beiden Häuser fertig vor uns standen.

Das Fest war einer der schönsten Abende meines Lebens. Um das Zentrum des Dorfes rankte sich ein Kranz gelber Laternen, ein Lichtkreis, wie er vollkommener nicht sein konnte. Matsu und ich saßen als Ehrengäste in der Mitte, tranken *sake* und aßen Sushi oder *mochi* in Sojasoße oder Zucker. Ich glaube, ich habe Sachi nie glücklicher gesehen. Sie schwatzte und lachte, und Hiro-*san* sang Lieder und erzählte Schnurren. Unser Lachen muß über Meilen hinweg zu hören gewesen sein, vielleicht sogar in Tarumi – Stimmen der Geister, die der Wind dort hintrug.

Gegen Ende des Festes schlief ich berauscht vom *sake* ein. Ich träumte von Yamaguchi. Nur lag es nicht in Japan, sondern im geschäftigen Hongkong. Inmitten der hupenden Autos und der dahinhastenden Menschenmassen stand Pie, teilte warme Kleider aus und umwickelte die verstümmelten Glieder von Sachi und Hiro-*san* mit frischen weißen Bandagen.

SOMMER

6. JUNI 1938

Seit die Tage wärmer und heller sind, stehe ich früh auf und gehe nach draußen. Heute habe ich Matsu nach Tarumi begleitet. Zuletzt war ich bei Kenzos Bestattung vor zwei Monaten im Ort gewesen, doch es kommt mir länger vor. Obwohl der schwarze Trauerstoff abgenommen wurde, ist das Teehaus immer noch geschlossen, und die Tür ist weiterhin mit Brettern vernagelt. Als ob die schlechten Geister seines Selbstmords noch dort hausten. Auf dem Weg zum Postamt warf Matsu einen Blick hinüber, als müßte Kenzo gleich heraustreten und ihn begrüßen. Doch als nur unsere eigenen dumpfen Schritte auf der staubigen Straße zu hören waren, wandte er sich rasch wieder ab und blickte geradeaus.

Ich war mitgegangen, um zwei Briefe an Mah-mih und Pie aufzugeben. Vor ein paar Tagen hatte mein Vater mir telegrafiert, daß er nächstes Wochenende zu Besuch käme. Ich wollte meiner Mutter noch einmal schreiben, bevor ich ihn sah. Eigentlich teilte ich den beiden aber nur mit, daß es mir gutginge. Nach dem Brief von meiner Mutter sprach ich nicht mehr davon, nach Hongkong zurückzukehren. Ich fühlte mich zwar wohler, seit feststand, daß ich in Tarumi bleiben würde, doch ich wußte, es war nur noch eine Frage der Zeit.

Als wir das Postamt verließen, sah ich Keiko auf der anderen Straßenseite in unsere Richtung laufen. Anders als bei unserer letzten Begegnung in Tarumi schreckte sie diesmal jedoch nicht zurück. Vielmehr kam sie direkt auf uns zu und verbeugte sich tief, um uns freundlich zu begrüßen.

»*Ohayogozaimasu*, es ist mir eine Ehre, Sie heute morgen hier zu sehen«, sagte sie.

Ich bemerkte, daß Matsu ein Lächeln unterdrückte, während er sich verbeugte. Dann suchte er rasch nach einer Ausrede, um uns allein zu lassen.

Keiko hatte mir gefehlt. Bei all der vielen Arbeit in Yamaguchi war kaum Zeit für etwas anderes geblieben. Doch als sie jetzt mit ihren dunklen Augen und dem köstlichen Jasminduft so nah vor mir stand, durchströmte mich wieder das gleiche Verlangen wie bei unserer letzten Begegnung.

»Wie ist es Ihnen ergangen?« fragte ich.

»Sehr gut«, antwortete sie mit der gewohnten Schüchternheit.

»Ich hatte sehr viel zu tun. Deshalb blieb mir kaum Zeit, in den Ort zu kommen.«

Zuerst sagte sie nichts, doch dann sprudelte es plötzlich aus ihr heraus: »Ich dachte, Sie wären vielleicht nach Hongkong zurückgekehrt.«

»Nein. Wie kommen Sie darauf?«

Keiko sah auf meine Füße hinunter. »Einmal ist es mir gelungen, an Ihrem Haus vorbeizugehen, aber es war niemand da.«

»Ich habe Matsu woanders bei der Arbeit geholfen«, erwiderte ich schnell.

»Ich verstehe.« Keiko stand einen Augenblick schweigend da, dann sah sie mich an und fragte: »Können wir uns morgen nachmittag gegen drei Uhr am Tama-Schrein treffen?«

»Natürlich.«

Sie zeigte den Anflug eines Lächelns. Dann blickte sie sich um, ob uns auch niemand beobachtete, streckte den Arm aus und strich sanft über meine Hand, bevor sie sich verbeugte und zum Gehen wandte.

Beim Heimgehen respektierte Matsu mein Schweigen. In Gedanken war ich noch bei Keiko. Als wir dann zum Haus kamen und durch das Tor in den Garten traten, waren wir beide überrascht, als wir Sachi dort antrafen. Sie trug einen dunklen Kimono und Schleier und wartete auf uns.

»Was ist passiert?« fragte Matsu, noch bevor wir uns verbeugt hatten.

»Hiro-*san*«, erwiderte Sachi. »Er ist letzte Nacht im Schlaf gestorben.«

Matsu wollte nicht zulassen, daß ich mit ihnen nach Yamaguchi ging. Ich wußte, daß er zu Recht meinte, der Weg den Berg hinauf wäre zu anstrengend für mich, nachdem wir gerade erst aus Tarumi zurückgekehrt waren. Ich wollte nicht mit ihm streiten. Und wie immer erwies sich Sachi als freundlich und klug. »Bleiben Sie hier, Stephen-*san*. Behalten Sie Hiro-*san* so in Erinnerung, wie Sie ihn beim letzten Mal gesehen haben, am Abend bei der Feier, als er so glücklich und ausgelassen war.«

Nachdem sie gegangen waren, saß ich lange im Garten. Ich versuchte zu begreifen, was Sterben bedeutete, in ewigen Schlaf zu versinken und nie mehr aufzuwachen. Seit meiner Ankunft in Tarumi hatte ich mehr vom Tod mitbekommen als in meiner ganzen Zeit in Hongkong. Alles in meinem Leben veränderte sich. In meine bequeme Vergangenheit führte kein Weg zurück. Mich erwarteten ein grausamer Krieg, vielleicht sogar der Tod von Menschen, die ich kannte und liebte, und womöglich auch das Ende der Ehe meiner Eltern. Bisher waren mir derartige Schrecknisse noch erspart geblieben. Und während ich so zwischen den weißen Steinbrechblüten saß, spürte ich in meinem Körper ein merkwürdiges Stechen, eine dumpfe Ahnung, daß mein Leben von nun an eine andere Richtung nehmen wurde.

7. JUNI 1938

Matsu kehrte gestern abend nicht aus Yamaguchi zurück. Ich blieb lange auf, und dann konnte ich nicht schlafen. Obwohl ich bis zum Nachmittag wartete, bis es Zeit wurde, mich mit Keiko am Tama-Schrein zu treffen, sah ich ihn nicht. Ich hinterließ Matsu auf dem Tisch eine Nachricht. Als ich mich schließlich nach Tarumi aufmachte, war es spät geworden, und ich war bereits erschöpft.

Bei meiner Ankunft am Schrein ging Keiko vor dem ersten *torii*-Tor auf und ab. Sie trug einen pflaumenfarbenen Baumwollkimono und hatte einen großen beigen Sonnenschirm aufgespannt. Als sie mich sah, blieb sie abrupt stehen. Mir war heiß, und ich schwitzte von dem Aufstieg, das Hemd klebte mir am Rücken, und mein Gesicht brannte vor Hitze. In diesem Augenblick wünschte ich, wir hätten einen näheren Treffpunkt gewählt.

»Konnichiwa.« Keiko verbeugte sich.

Erst als ich so nah vor ihr stand, daß ich sie hätte berühren können, begrüßte ich sie mit einer Verbeugung. *»Konnichiwa,* Keiko-*san*. Ich hoffe, Sie haben nicht lange gewartet.«

»Überhaupt nicht, Stephen-*san.*«

Eine Weile standen wir beide verlegen da. Dann wandte Keiko sich ab. »Beinahe hätte ich es vergessen«, sagte sie, während sie in den Schatten einer Baumgruppe trat. Sie holte ein *furoshiki* dahinter hervor und kehrte zu mir zurück. »Ich dachte, Sie hätten nach dem langen Weg vielleicht Durst.«

»Das stimmt«, sagte ich lächelnd.

Wir ließen den Schrein hinter uns und gingen zu einem mit großen, dicken Kiefern bewachsenen Abhang. Der Geruch des Kiefernharzes, der sich mit Keikos Jasminduft vermischte, war so stark, daß ich schon meinte, ihn schmecken zu können. Auf einer kleinen Lichtung blieb sie stehen und setzte sich. Dann öffnete sie vorsichtig das *furoshiki* und breitete den Inhalt aus. Ich fühlte mich wie in einem kühlen, kleinen Raum mit einer Wand aus Bäumen. Nachdem ich mich neben Keiko gesetzt hatte, trank ich mit einem Zug den süßen kalten Tee aus, den sie mir gereicht hatte. Dann bot sie mir Bohnenküchlein und Reisplätzchen an, die ich hungrig verspeiste. Sie selbst rührte nichts an. Müde ließ ich mich auf das Bett aus Kiefernnadeln zurücksinken und alle Anspannung von mir abfallen. Ich schloß die Augen.

Plötzlich wird der Duft nach Jasmin stärker. Als ich die Augen öffne, sehe ich Keiko über mir. Sie betrachtet mich, ihr Gesicht so nah über meinem, daß wir jeder den Atem des anderen einsaugen. Ich möchte etwas sagen, doch statt dessen hebe ich den Kopf und küsse sie. Sie weicht nicht zurück, läßt ihren Körper auf meinen sinken. Eine angenehme Wärme durchströmt mich. Ich lege meine Hände um ihre Hüften, presse sie an mich und küsse sie noch heftiger. Auch jetzt weicht sie nicht zurück, oder nur so wenig, um ihr Haar zu lösen, daß es auf ihre weichen, blassen Schultern fällt. Noch nie habe ich eine so weiche Haut gespürt. Ich binde ihre Schärpe los, mein Mund sucht ihre

Brüste, ihre Hände wandern an meinem Körper hinab, dorthin, wo etwas steif und wie verloren nach einem weichen Platz sucht, um sich zu verstecken.

Ein bloßes Rascheln des Windes in den Bäumen weckte mich auf. Verwirrt versuchte ich, meinen Traum abzuschütteln. Als ich die Augen öffnete, saß Keiko mir gegenüber und lächelte mich an. Ich hatte keine Ahnung, wie lange ich geschlafen hatte. Unter verlegenem Schweigen setzte ich mich auf und lehnte mich gegen den Baum.

»Fühlen Sie sich wieder besser, Stephen-*san*?« fragte Keiko.

»Es tut mir leid, aber letzte Nacht habe ich nicht besonders gut geschlafen.«

Sie beugte sich vor und reichte mir einen Becher Tee/ »Sie müssen sehr erschöpft sein.«

Ich nickte. »Wie lange habe ich geschlafen?«

»Nicht mal eine Stunde«, erwiderte sie und schlang die Arme um ihren Körper. Im Schatten der Bäume war es merklich kälter geworden.

»Tut mir schrecklich leid«, sagte ich noch einmal.

»Mir tut bloß leid, daß ich Sie gestört habe.«

»Ich wollte, Sie hätten es schon früher getan.«

»Nein«, meinte sie, »man sollte nie jemanden aus seinen Träumen reißen.«

»Woher wissen Sie, daß ich geträumt habe?«

»Niemand kann an solch einem Platz liegen und nicht träumen«, antwortete sie.

Dann kniete sie sich hin und wechselte höflich das Thema, während sie das *furoshiki* wieder zusammenpackte. Sie möge die Ruhe von Tarumi, erzählte sie mir, und fürchte die Horden der Sommergäste, die das Dorf ab Ende des nächsten Monats heimsuchen würden. »Wenn sie hier sind, möchte ich am liebsten fortgehen.« Ihr größter Wunsch sei, an einer Universität Architektur zu studieren. Schon als kleines Mädchen hätten Entwürfe sie fasziniert. Als ich Keikos sanfter, melodischer Stimme lauschte, sehnte ich mich danach, ihre Sicherheit zu besitzen und ihre schlanken Finger in meinen Händen zu halten. Langsam stiegen wir wieder nach Tarumi hinunter.

Als ich zu Hause ankam, war es später Nachmittag. Matsu war endlich aus Yamaguchi zurückgekehrt und sah blaß und müde aus. Er saß auf den Stufen des *genkan* und hob kaum den Kopf, als ich durch das Tor trat.

»Heute morgen haben wir Hiro-*san* bestattet«, sagte er, als ich auf ihn zuging.

»Es tut mir leid.«

»Sein Herz hat nicht mehr mitgemacht. Er ist ganz friedlich gestorben, im Schlaf«, berichtete Matsu, während er sich mit der Hand über das kurzgeschnittene Haar fuhr. »Er hat es verdient, in einer besseren Welt zu sein.«

»Bestimmt ist er das auch«, erwiderte ich hilflos.

»Hiro war einer der ersten in Yamaguchi. Er stammte ursprünglich aus dem Norden, von einer Insel irgendwo vor Hokkaido. Jetzt werde ich nie erfahren, wie er den langen Weg hierher geschafft hat. Er hat immer gesagt, eines Tages würde er es mir erzählen.«

Ich stand schweigend da und sah auf Matsus ergrautes Haupt, versuchte mir vorzustellen, wie sehr es ihn schmerzen mußte, daß er innerhalb so kurzer Zeit zwei Menschen verloren hatte. Während ich ihn so betrachtete, entdeckte ich plötzlich kleine Risse in seinem Panzer, den Kummer in den Rundungen seines Rückens und seiner Schultern. So lange war er in beiden Welten der Starke gewesen, der unerwartete Held. Als ob er meine Gedanken erraten hätte, schien sein Blick mich zu fragen, warum ihm der Tod einen weiteren Menschen genommen hatte. Irgend etwas in seinen Augen sagte mir, daß er sprechen wollte, deshalb wartete ich geduldig. Aber er seufzte nur schwer und strich sich noch einmal mit der Hand über den Kopf. Am Ende sagte er nichts mehr und stand langsam auf. Sein Blick war nur unendlich stumpf und müde. Er ging ins Haus und begann mit der Vorbereitung des Abendessens.

15. JUNI 1938

Mein Vater ist gekommen und schon wieder fort. Jedesmal sehe ich ihn mit anderen Augen. Diesmal schien er gealtert, im übrigen aber so untadelig und stattlich wie immer. Ich vermied es, von dem Brief meiner Mutter zu sprechen, und von sich aus sagte er nichts. Vielmehr tat er so, als wäre alles wie immer, und vielleicht war es für ihn auch so. Wenn überhaupt, würde sich schließlich an seinem Leben in Kobe nicht viel ändern.

Anfangs übertrug sich die Ausgeglichenheit meines Vaters auf mich, und wir verbrachten die beiden Tage seines Besuchs nahezu schweigend. Weder er noch ich wollten diese Ruhe stören, und so mieden wir jedes Thema, das auch nur im geringsten strittig hätte sein können. Deshalb wurde meine Mutter kaum erwähnt. Meist sprachen wir über die Milde des Winters und den wunderbar warmen Frühling, der hinter uns lag. Mein Vater meinte, daß wir deshalb einen regenreichen Sommer bekommen könnten. Und als wir schließlich alle gefahrlosen Themen erschöpft hatten, sprachen wir über wichtigere Dinge wie den Krieg und ob er auf meinen Aufenthalt in Tarumi Einfluß nehmen würde.

»Hat sich das Leben in Kobe durch den Krieg verändert?« fragte ich ihn.

An seinem zweiten Besuchstag waren wir nach dem Mittagessen zum Strand gegangen. Mein Vater trug eine weiße Hose und ein blaßblaues Hemd. Zum ersten Mal zog er seine Slipper aus und ging barfuß durch den Sand.

»Die Atmosphäre ist gespannt«, antwortete er. »Sie rükken nämlich jeden Tag weiter auf Kanton vor. Es gibt nur noch wenige Hindernisse, die sie nicht auf einfache Weise beseitigen könnten.«

Mir fiel auf, daß mein Vater von den Japanern immer nur als »sie« sprach, als ob er sie damit von sich fernhalten könnte. Doch als er neben mir herging und ich ihn beobachtete, erkannte ich, daß er inzwischen in vielerlei Hinsicht mehr Japaner als Chinese war. Er hatte sich ohne Mühe den Zwängen und der schlichten Art dieses Landes angepaßt, während er die Menschenmengen und den Lärm von Hongkong immer gehaßt hatte.

»Ich habe nachgedacht, Ba-ba. Vielleicht sollte ich bald nach Hongkong zurückkehren.«

Mein Vater sah mich an, während er die Augen mit der Hand beschirmte. »Vielleicht solltest du den Sommer über noch hierbleiben und erst im Herbst zurückkehren«, meinte er. »Ich sehe keine Probleme auf uns zukommen.«

»Was ist mit Mah-mih und Pie?« fragte ich. Es war eines der wenigen Male während seines Besuchs, daß ich sie erwähnte.

»Wir haben schon darüber gesprochen und sind uns einig, daß du noch eine Weile bleiben solltest«, erwiderte er sanft. »Vorerst besteht keine Gefahr, daß die Kämpfe Hongkong erreichen.«

Ich ging weiter. Offenbar hatten er und Mah-mih trotz

ihrer Schwierigkeiten Zeit gefunden, über meinen Aufenthalt in Tarumi zu sprechen. Doch ihre einhellige Entscheidung erstaunte mich, auch wenn Mah-mihs Brief sehr gefaßt geklungen hatte. Offenbar verlief alles mit mehr Würde und Vernunft, als ich bisher angenommen hatte. Ihre Bestimmtheit und Endgültigkeit aber brachte mich aus dem Gleichgewicht. Ich spürte eine Schwere in der Brust, die nichts mit meiner Krankheit zu tun hatte. Es war Trauer. Selbst, wenn es das Ende meines Aufenthalts hier in Tarumi bedeutete, so hatte ich doch gehofft, mein Vater hätte seine Meinung geändert und sei in Wahrheit gekommen, um mich zu holen und bald gemeinsam mit mir nach Hongkong zurückzukehren.

»Wenn du es für das beste hältst«, brachte ich schließlich heraus.

Ich merkte, daß mein Vater sich entspannte. »Stephen, vielleicht möchtest du gern zum *O-bon*-Fest nach Kobe kommen. Es wäre eine nette Abwechslung für dich.«

Ich zuckte mit den Schultern. »Ich glaube, Matsu sprach von einer Feier hier im Ort«, log ich. Da ich nicht wollte, daß mein Vater merkte, wie mir zumute war, senkte ich den Kopf und knöpfte mein Hemd auf. »Ich denke, ich schwimme eine Runde. Möchtest du nicht mitkommen?«

Mein Vater lächelte. »Nein, lauf nur, ich werde dir von hier aus zusehen.«

29. JUNI 1938

Mein Vater hatte recht. Seit seinem Besuch vor zwei Wochen hat sich das Wetter dramatisch verändert. Wir haben das, was Matsu »*Baiu*«, »die Pflaumenregen«, nennt. Sie dauern angeblich genau sechs Wochen. Zwischen einzelnen Platzregen wechseln sich Sonnentage ab mit Tagen voll von nicht endenwollendem nebligem Nieselregen, in denen alles klamm und modrig wird. In Hongkong war ich an Sommer gewöhnt, in denen von der Feuchtigkeit Tränen an den Wänden hinunterrannen. Aber nach dem ewig blauen Himmel, den wir hatten, sind die Pflaumenregen fast eine Erfrischung.

Als ich heute morgen in den Garten kam, hingen Nebelschwaden über dem Boden. Ich glaube, etwas Schöneres habe ich noch nie gesehen. Ich merkte erst, daß Matsu schon bei der Arbeit war, als er sich plötzlich erhob und aus dem Nebel auf mich zutrat. »Was ist los?« fragte er, »Sie sehen aus, als hätten Sie gerade einen Geist erblickt.«

Ich habe versucht, diese geisterhafte Schönheit zu malen, aber wie immer erweist es sich als schwierig, allzu große Schönheit in ihrer Wirklichkeit zu erfassen. Als wäre es zu vollkommen und von einer Ebenmäßigkeit, die manchmal steif, fast langweilig wirkt. Nach mehreren Anläufen gab ich es schließlich auf.

5. JULI 1938

Ich verbringe viel Zeit unten am Strand, der wegen der Regenfälle meist leer ist. Ich schwimme im warmen Nebel, und wenn es anfängt zu regnen, tauche ich manchmal unter und sehe zu, wie die Tropfen über die Wasseroberfläche tanzen wie Finger über ein Stück weicher Haut.

Einmal habe ich Keiko im Dorf gesehen, als ich mit Matsu dort war. Mika begleitete sie, und so warf sie mir nur einen raschen Blick zu und grüßte mit einer flüchtigen Verbeugung. Auch Mika verbeugte sich, zog ihre

Schwester aber rasch weiter. Doch Keikos Blick war anders als sonst, wenn wir uns zufällig trafen. In dem dichten Nebel klebte ihr das feuchte Haar an der Stirn, und mir schien, als besitze sie tief im Innern ein Wissen über mich. Sie hatte mich im Schlaf beobachtet und vielleicht gemerkt, daß ich davon träumte, mit ihr zusammen zu sein. Seither gab es etwas, was uns verband. Obwohl sie sich umdrehte und in die andere Richtung ging, spürte ich, wie wir beide zueinander hingezogen wurden und uns von den anderen entfernten.

9. JULI 1938

Heute morgen hat Matsu mir die Geschichte von einem kleinen Dorf in den Bergen erzählt, wo die Pflaumenregen niemals aufhören. Das ganze Jahr über liegt ein schwerer Nebel über dem Ort, der sich niemals lichtet, so daß die Bewohner nie den blauen Himmel sehen oder klare, trockene Luft atmen können. Als ich Matsu fragte, warum sie in einem Dorf blieben, in dem niemals die Sonne scheint, hob er den Kopf und lächelte: »Weil sie es als Ehre betrachten, daß die Pflaumenregen ihr Dorf als Heimstatt auserwählt haben. Sie glauben, daß Unglück über sie kommt, wenn der Nebel aufsteigt. Denn dann finden auch die bösen Geister den Weg ins Dorf.«

Als ich hinausging, war der Garten immer noch von dichtem Nebel verhangen. Plötzlich hörte ich merkwürdige Geräusche, deren Herkunft ich nicht ausmachen konnte, sah Schatten ohne Gesichter, Geister, die ihren Weg suchten. Nach all den Wochen habe ich allmählich das Gefühl, ich würde von den Regenfällen erstickt, und die

Vorstellung, der Nebel würde nie mehr fortziehen und ich könnte nie mehr die Sonne auf meiner Haut spüren, bedrückt mich.

16. JULI 1938

Ganz plötzlich haben die Pflaumenregen aufgehört. Als ich aufwachte, hatte der Himmel eine milde, blaßblaue Farbe. Aber das bedeutet auch, daß in Tarumi offiziell die Sommersaison begonnen hat. Gleich in der Frühe hörte ich Stimmen und Getrappel von Kindern und Eltern, die auf dem Weg zum Strand waren. Was zuvor mein Heiligtum war, ist jetzt ein Ort, den ich bewußt meide. Seite an Seite liegen die Familien unter bunten Sonnenschirmen im Sand und versuchen, sich gegenseitig nicht in die Quere zu kommen. Es ist beinahe komisch. Hin und wieder entdecke ich ein Mädchen, das mich an Pie erinnert. Irgend etwas zwingt mich, aus der Ferne zuzuschauen, wie es am Strand herumtollt. Bis mich plötzlich der Gedanke überfällt, daß Pie seit dem letzten Jahr bestimmt einen Kopf größer geworden ist und sich vielleicht mehr verändert hat, als ich mir vorstellen kann. Ob ich sie überhaupt noch wiedererkenne, wenn ich nach Hause komme? Rasch wende ich mich von dem Mädchen am Strand ab und suche Zuflucht in Matsus Garten, wo die süß duftenden Sommerblüten der Steinbrechpflanzen und Myrten meine Ängste besänftigen.

Als Matsu heute nachmittag zurückkam, war ich im Garten. Während er an mir vorbeiging, murmelte er etwas von den vielen Leuten, die unterwegs waren. »Die Hälfte von ihnen weiß nicht einmal, wohin sie eigentlich wollen«, meinte er. Dann blieb er kurz stehen, um mir einen blauen Umschlag zu geben, der an mich adressiert war. Es war Pies Schrift.

Lieber großer Bruder,
nur ein kurzer Brief, damit Du erfährst, wie schrecklich ich es finde, daß wir Dich nicht in Tarumi besuchen. Gestern abend hat Mah-mih mir die Neuigkeit mitgeteilt, und ich muß zugeben, daß ich es nicht besonders gut aufgenommen habe. Ich habe mich wild aufgeführt, und jetzt schäme ich mich fast, wenn ich daran denke. Schließlich zerrte mich Ching in mein Zimmer. Sie meinte, Mah-mih könne so etwas jetzt nicht gebrauchen. »Und was ist mit mir?« habe ich sie gefragt: »Du hast mehr als du weißt«, antwortete sie. Da hätte ich ihr am liebsten von meiner Arbeit beim Roten Kreuz erzählt, aber dann dachte ich mir, daß Mah-mih es besser allein herausfände, und hielt den Mund. Ich schäme mich wirklich, weil ich mich wie ein Kind benommen habe, aber erst fielen unsere Weihnachtsferien aus und jetzt auch noch unser Sommerurlaub. Und dabei wollte ich Dich so gerne sehen. Das ist doch nicht zu viel verlangt. Schließlich bist Du jetzt fast ein Jahr fort.
Manchmal frage ich mich, ob Du Dich verändert hast. Ich wette, Du bist immer noch so hübsch. Die Mädchen von der Universität in Lingnan vermissen Dich sicher schrecklich. Einige wenige haben den Mut aufgebracht, vorbeizukommen und nach Dir zu fragen, besonders Sheila Wu, die zweimal hier war. Ich bin zwar nicht gerade begeistert von ihr, aber immerhin hat sie Mumm. Ich sehe leider noch gleich aus, so unscheinbar wie eh und je mit diesem kurzen Haar das Mah-mih für praktischer hält als langes. Zumindest

fällt es mir nicht ins Gesicht, wenn ich Binden aufrolle, und deshalb will ich mich nicht beklagen.
Ich hoffe, bei Dir ist alles in Ordnung. Dieses Yamaguchi, von dem Du geschrieben hast, hätte ich gern kennengelernt. Vielleicht hätte ich mich sogar nützlich machen können. Seit ich weiß, daß ich Dich diesen Sommer nicht sehen werde, kommt er mir nur noch lang und zu heiß vor. Sogar Anne und Henry weigern sich, nach Hause zu kommen. Sie möchten lieber in Macau bleiben, und Mah-mih hat angedeutet, daß wir vielleicht zu ihnen fahren.
Ich muß jetzt gehen. Ching wartet auf mich, ich soll sie zum Markt begleiten. Aber ich werde bald wieder schreiben. Ich vermisse Dich.

In Liebe, Penelope (Pie)

25. JULI 1938

Heute nachmittag haben die Feriengäste solch einen Lärm gemacht, daß ich das Malen aufgab und zum Wald ging. Unter den schattenspendenden Kiefern war es merklich kühler. Während ich zwischen den Bäumen hindurchwanderte, dachte ich daran, wie sich Sachi verschreckt und einsam unter einem Haufen Blätter und Kiefernnadeln versteckt hatte, bis Matsu sie fand. In meine Träume versunken, hörte ich plötzlich Blätter rascheln und sah auf. Es war Keiko, gar nicht weit von mir. Langsam, den Blick zu Boden gesenkt, ging sie auf mich zu. Mit klopfendem Herzen wartete ich, bis sie näher kam. Ich wollte sie nicht erschrecken, deshalb verhielt ich mich ruhig, bis der Geruch ihres Jasminparfums mich umfing.

»Keiko-*san*«, sagte ich und tat einen Schritt vor.

»Stephen-*san*, was machen Sie hier?« fragte sie überrascht.

»Ich wollte den Massen entfliehen.«

»Ich auch«, sagte sie mit einem Lächeln.

Eine Stunde lang spazierten wir durch den Wald und unterhielten uns leise, bis wir in ein wohltuendes Schweigen fielen. Die Luft war warm und von einem süßen Duft erfüllt. Als ich Keikos Hand nahm, wehrte sie sich nicht. Erst als wir die Hauptstraße erreichten, ließ sie widerstrebend meine Hand los und huschte still davon.

8. AUGUST 1938

Die letzten Tage waren heiß und drückend. Keiko habe ich nicht mehr gesehen. Ich versuchte, mich mit Malen zu beschäftigen oder lange Spaziergänge zu machen, um den Massen aus dem Weg zu gehen. Aber heute nach dem Abendessen kam Matsu in mein Zimmer. Er hielt zwei Netze mit kurzen Schlaufen in der Hand. »Kommen Sie«, sagte er, »und ziehen Sie sich etwas an, was ruhig naß werden darf.«

Als ich mich umgezogen hatte und in den Garten kam, erwartete mich Matsu mit einer Öllampe, zwei Fackeln, einem Holzeimer und den Netzen. Ich nahm die Fackeln und folgte ihm auf die Straße. Im grauen Dunst der Dämmerung kurz vor Einbruch der Nacht kamen mir unsere Schatten unwirklich vor. Wir kamen auf die Straße nach Yamaguchi und gingen schweigend nebeneinander her. Nur der Lärm der Grillen drang durch die warme Nacht. »Wohin wollen wir?« fragte ich schließlich.

»Nicht weit«, erwiderte Matsu. Dann bog er von der Straße auf einen schmalen Pfad, der in den Wald führte.

Er blieb einen Augenblick stehen und zündete die Laterne an, die uns auf dem dunklen Weg leuchten sollte. Je tiefer wir in den Wald vordrangen, desto kühler wurde es. Immer stärker roch es nach feuchter Erde und Eukalyptus. Nach einer Weile erreichten wir eine von Bäumen und Felsen umgebene Bucht.

»Da wären wir«, sagte Matsu. Er hob die Lampe, damit ich besser sehen konnte.

Das Licht ließ das dunkelgrüne Wasser erglühen. Erschrocken trat ich zurück. Irgend etwas war aus dem Wasser gesprungen und wieder hineingefallen. »Was ist das?« fragte ich.

»Unser Abendessen für morgen«, sagte Matsu lachend und stellte die Laterne ab. Er zog seine Slipper aus, rollte die Hosenbeine hoch und zündete eine Fackel an. Dann gab er sie mir und entzündete die andere. Mit der Fackel und einem Netz in der Hand trat er in die Brandung. Als der Schein der Flamme auf das Wasser fiel, sah ich um ihn herum zahllose silbrigweiße Blitze aufspringen. Matsu schwang sein Netz durch die Luft und fing mit einem Schlag eine ganze Reihe von Garnelen ein, so groß wie meine Faust.

Ich nahm das andere Netz und stieg gleichfalls ins Wasser. Ohne auf den Sog des kühlen Schlamms an meinen Füßen zu achten, schwang ich langsam die Fackel. Bald spürte ich, wie die Garnelen meine Beine streiften, hochsprangen und neben mir ins Wasser platschten. Rasch hob ich mein Netz und ließ sie eine nach der anderen hineinspringen. Als ich mich nach Matsu umdrehte, leerte er gerade seinen Fang in den mit Wasser gefüllten Holzeimer. Ich hörte das dumpfe Schaben der Garnelen, die oben schwammen und immer noch sprangen und sich wanden, bevor sie ihren letzten Atemzug taten.

Am Ende hatte ich meinen Vater doch nicht angelogen. Matsu hatte zum *O-bon*-Fest etwas vor und fragte mich, ob ich ihn begleiten wolle. Ich sagte zu, obwohl ich zu diesem Zeitpunkt noch nicht wußte, daß Fumiko, Matsus ältere Schwester, aus Tokio kommen würde. Ihr bevorstehender Besuch hob unsere Stimmung beträchtlich, und als der Tag des Festes näher rückte, bekam Matsu geradezu etwas Jungenhaftes. Es war nicht nur ein Tag, an dem man die Toten ehrte, es war auch der Tag der Heimkehr, die Feier des *»furusato«*, der Geburtsstätte und geistigen Heimat eines Menschen. Jedes Jahr zum *O-bon*-Fest kehrten die Leute, die in Tarumi geboren und aufgewachsen waren, dorthin zurück. Nach einem Gang zum buddhistischen Tempel und einem Besuch der Gräber der Vorfahren würde man essen und tanzen, um die heimgekehrten Geister zu unterhalten.

An dem Tag, als Fumiko ankommen sollte, ging ich mit Matsu zum Bahnhof von Tarumi. Ich war schon sehr gespannt, nicht nur, weil ich gern jemanden aus seiner Familie kennenlernen wollte, sondern auch, weil es mich immer noch erstaunte, daß Matsu überhaupt eine Familie hatte. Die meiste Zeit schien er mir so selbstgenügsam und allein, und ich vergaß oft, daß er auch Sohn und Bruder war.

Am Bahnhof herrschte bereits dichtes Gedränge. Die Sommergäste sahen ganz anders aus als die Fahrgäste, die den Rest des Jahres über eintrafen. Einige westlich gekleidete Frauen betrachteten das gemächliche, träge Tempo in Tarumi mit gelangweilter Überheblichkeit. Nach fast einem Jahr hatte ich mich an das Leben hier gewöhnt, und manchmal fragte ich mich, ob ich mich jemals wieder der Hektik Hongkongs würde anpassen können.

Wir standen neben einer Gruppe von Einheimischen, die Verwandte zum Urlaub in der Heimat erwarteten. Mit der Zeit drängten immer mehr Leute auf die Holzplattform, bis man sich kaum noch rühren konnte und das Stimmengewirr alles andere übertönte. Wieder wurde mir schmerzlich bewußt, daß die Zahl der Frauen und Kinder die der Männer bei weitem übertraf. Die wenigen Männer, die rauchend auf dem Bahnsteig hin und her schlenderten, waren weit über das wehrtüchtige Alter hinaus. Und das beunruhigte mich, als ob ich eigentlich woanders sein sollte, jedoch irgendwie den Zug verpaßt hätte.

Matsu sah auf die Uhr. Er wurde immer nervöser und wischte sich mit einem Taschentuch über die Stirn. Zwar trug er einen abgenutzten, dunkelblauen Kimono, war aber sauber rasiert und hatte den Kimono frisch gebügelt. Plötzlich hörte man ein dumpfes Rattern, und nicht weit entfernt sahen wir langsam eine Rauchwolke näher kommen. Mit kreischenden Bremsen rollte der Zug in den Bahnhof. Wie auf Kommando drängte die Menge nach vorn, obwohl gar kein Platz mehr war.

Als der Zug zum Stehen kam, sagte Matsu, ich solle auf ihn warten, und schob sich langsam zu einer Wagentür vor. Es dauerte eine halbe Ewigkeit, bis der erste Fahrgast ausstieg. Ich blieb stehen und versuchte, Matsu über das Meer von Köpfen hinweg im Blick zu behalten. Doch er war bereits in der Menge verschwunden.

Überall hörte man Begrüßungsworte.

»*Tadaima,* wieder daheim«, sagte jemand.

»*Okaeri naisai*«, hieß ihn ein anderer zu Hause willkommen.

Während ich die Heimkehrer betrachtete, fragte ich mich, wie es mir wohl erginge, wenn ich hier auf meine Familie warten würde. Wahrscheinlich würde ich wie gewöhnlich eine Anspannung in der Magengegend verspüren und ungeduldig werden, weil die Zeit zu langsam verstrich. Wenn die Dinge wie geplant verlaufen wären, hätte ich jetzt meine ganze Familie begrüßen können, doch wegen der Affäre meines Vaters und dem Vorrücken der japanischen Armee in China war alles zerplatzt wie eine Seifenblase. Während ich die fremden Gestalten aussteigen sah, die sich nach vertrauten Gesichtern umsahen, überfiel mich Heimweh. Plötzlich tippte mir jemand auf die Schulter, und als ich mich umdrehte, stand Matsu mit seiner Schwester Fumiko vor mir.

»Er träumt schon wieder«, sagte Matsu lachend.

Fumiko verbeugte sich lächelnd. Als sich ihr grauer Haarschopf vor mir senkte, umfing mich ein zarter Duft von Narzissen. Ich verbeugte mich ebenfalls. Fumiko war kleiner als erwartet, ihr Körper rundlich vom Alter. Trotzdem wirkte sie kräftig und energiegeladen wie Matsu. Doch vor allem erregte ihr Gesicht meine Aufmerksamkeit. Ich hätte auf der Stelle Lust gehabt, es zu malen. Sie war nicht schön, jedenfalls nicht so, wie ich mir Tomoko vorstellte, und sie hatte auch nichts von der Rauheit Matsus. Ihre Anziehungskraft beruhte nicht auf einem vollkommenen Äußeren, sondern auf den tiefen Falten, den Altersflecken und den Augen, die offenbar schon viel vom Leben gesehen hatten. Fumikos Gesicht war durch die Zeit schön geworden.

»Ich schätze mich glücklich, daß ich Sie kennenlernen darf.« Ich verbeugte mich nochmals.

»Sie sehen genauso aus, wie Matsu Sie beschrieben hat«, meinte sie mit einem Blick zu ihrem Bruder.

»Und wie hat er mich beschrieben?« fragte ich laut, um den Lärm der Menge zu übertönen.

»Daß Sie genauso aussehen wie Ihr *oji-san*«, erwiderte sie. Das letzte Wort hätte ich beinahe nicht mehr gehört.

Als wir am Strandhaus ankamen, bestand Fumiko darauf, das Mittagessen zu kochen. Ich konnte mich nur wundern, wie ungezwungen sie in unser Leben trat und sich darin niederließ – wie eine Sommerblume im Garten. Während wir um den Holztisch in der Küche saßen, gab ihr Matsu von seinem Platz aus Anweisungen. Aber wie üblich fühlte er sich unbehaglich, wenn er nichts zu tun hatte.

»Sicher haben Sie inzwischen schon gemerkt, Stephen-*san*, daß Matsu nicht stillsitzen kann. Schon als kleiner Junge mußte er immer etwas unternehmen.«

»Bist du sicher, daß du nicht eher Tomoko meinst?« fragte Matsu. Er stand auf und half ihr, einen Topf Wasser auf den Herd zu stellen.

»Ihr wart beide so«, erwiderte Fumiko.

Es war das erste Mal, daß Matsu von Tomoko sprach, als wäre sie noch am Leben. Plötzlich schien ihr Geist bei uns zu sein und den Raum zu erfüllen, und unter der Schelte seiner älteren Schwester wirkte Matsu wie ein kleiner Junge.

»Das Leben mit euch beiden war nicht gerade leicht«, neckte er sie.

Fumiko warf breite *uaon*-Nudeln in den Topf und rührte sie um, damit sie beim Kochen nicht zusammenklebten. »Vielleicht«, meinte sie, »aber du hast uns ja sowieso nie groß beachtet!«

Matsu setzte sich wieder und schälte einen Pfirsich, nur um etwas mit den Händen zu tun. »Weil ich euch beide damals nicht verstanden habe«, sagte er.

Fumiko unterbrach ihre Arbeit und drehte sich um. »Ich

glaube, ich auch nicht. Sonst hätte ich mich wohl vernünftiger benommen.«

Einen Augenblick dachte ich, ich sollte lieber aufstehen und sie allein lassen. Dies war ein Gespräch zwischen den beiden. Aber plötzlich räusperte sich Matsu, legte die Hände auf den Tisch und stemmte sich hoch. Dann murmelte er etwas von seinem Garten, ließ den geschälten Pfirsich auf dem Tisch liegen und war auch schon verschwunden.

»So ist er«, sagte Fumiko leise, indem sie ihrem Bruder nachsah. Dann drehte sie sich um und rührte wieder in ihrem Topf. »Es ist ihm immer schwergefallen, über Tomoko zu sprechen, selbst nach all den Jahren.«

»Waren Sie noch hier, als Tomoko ...«

»Sich umbrachte?« Fumiko wandte sich mir zu.

Ich oickte.

»Ich war fünf Jahre älter als Tomoko und bereits verheiratet. Ein halbes Jahr zuvor war ich mit meinem Mann nach Tokio gezogen. Ich hatte immer geglaubt, sie würde eines Tages nachkommen. Tomoko war eine Träumerin, die nie mit beiden Beinen auf dem Boden stand.« Fumiko schüttelte den Kopf. »Es war deshalb so tragisch, weil sie sehr hübsch war und so voller Leben. Ich kann mich noch erinnern, wie ich das Telegramm erhielt, in dem mir ihr Tod mitgeteilt wurde. Ich dachte, es müsse ein Irrtum sein, und bat meinen Mann, zurückzutelegrafieren, aber er erhielt nur die Bestätigung, daß Tomoko sich tatsächlich umgebracht hatte. Manchmal sehe ich sie als erwachsene Frau vor mir, die immer noch schön ist und ein glückliches Leben führt. Und noch nach all den Jahren kehre ich jedes Jahr hierher zurück, um ihrem Geist meine Ehre zu erweisen. Ich hoffe, daß sie in der anderen Welt den Frieden gefunden hat, der ihr hier versagt blieb.«

»Wie erging es Matsu?« fragte ich.

Fumiko schüttete das Wasser ab und ließ die Nudeln abtropfen. Dann legte sie das dampfende Bündel vorsichtig in einen Topf mit kochender Brühe. »Er war immer still und arbeitete viel. Wissen Sie, daß er Tomoko gefunden hat?« fragte sie, ohne meine Antwort abzuwarten. »Meine Mutter hat erzählt«, fuhr sie fort, »daß Tomoko in ihren letzten Tagen Matsu ganz besonders nahe war. Das war fast wie Hohn, denn bis dahin wollte sie nicht viel mit ihm zu tun haben. Ich frage mich manchmal, ob ich Tomoko irgendwie über ihre Verzweiflung hätte hinweghelfen können.«

Fumikos Stimme wurde leiser. Dann sagte sie nichts mehr. Die Brühe mit den Nudeln sprudelte und spritzte. Der aufsteigende Dampf breitete sich wirbelnd und kreisend in der Küche aus.

»Nach dem Tod unserer Eltern«, fuhr Fumiko fort, »bat ich Matsu, zu uns nach Tokio zu ziehen, aber er lehnte rundweg ab. »Ich wüßte nicht, was ich dort tun sollte«, sagte er. Einmal kam er zu Besuch, aber mit dem Herzen war er immer in Tarumi. Er hat nie verraten, was es war, doch irgend etwas oder irgend jemand hielt ihn hier fest, etwas, das so tiefe Wurzeln in ihm geschlagen hatte wie die Kiefern auf den Bergen ringsherum.«

Ich lächelte in mich hinein. Wie war es Matsu nur gelungen, Sachis Existenz über so viele Jahre geheimzuhalten? Sicher, Fumiko war schon früh nach Tokio gezogen, aber jetzt war sie die einzige, die von seiner Familie übrigblieb. Hatte er nie den Wunsch gehabt, Sachis Namen hinauszuschreien und Fumiko zu erklären, daß er wegen ihr in Tarumi bleiben wollte? Warum hatte er Sachi nicht Wirklichkeit werden lassen und ihr einen festen Platz in seinem Leben gegeben, indem er sich zu ihr bekannte? All das ging mir durch den Kopf, während ich zusah, wie Fumiko die Nudeln auf drei Schalen verteilte, ein wenig Fischkuchen darauflegte und die Schalen dann nacheinander auf den Tisch stellte.

17. AUGUST 1938

Ich wurde durch leise Stimmen geweckt. Erst nach einer Weile merkte ich, daß es kein Traum war, sondern die murmelnden Stimmen von Matsu und Fumiko, die sich in der Küche flüsternd unterhielten. Es war sehr früh und noch dunkel, und ich rührte mich nicht. Ein warmer, süßer Essensgeruch wehte in mein Zimmer und riß mich aus meinem Halbschlaf. Als ich mich angekleidet hatte und zu ihnen in die Küche ging, stellte ich fest, daß sie offenbar schon seit Stunden auf waren und Essen zubereiteten, das sie zum Grab von Tomoko und ihren Eltern bringen wollten. Auf dem Tisch standen Schüsseln mit eingelegtem Gemüse, gebratenem Tofu, Reisbällchen, die mit roten Bohnen gefüllt waren, und gesalzenem Fisch.

»Ich wollte Sie gerade wecken«, sagte Matsu, als er mich in der Tür stehen sah. »Wir müssen bald aufbrechen.«

»Ich bin fertig«, erwiderte ich, rieb mir aber noch den Schlaf aus den Augen.

»Hier, Stephen-*san*, trinken Sie das.« Fumiko reichte mir eine Tasse dampfenden Tee.

Während ich den beiden zuschaute, wie sie Seite an Seite arbeiteten, schlürfte ich langsam meinen Tee. Zwischen ihnen herrschte eine Wärme, wie ich sie auch im Zusammensein mit meinem Bruder und meinen Schwestern empfand, jene ruhige Vertrautheit, die vom gemeinsamen Aufwachsen herrührt. Mir war wohl ums Herz, als ich hier im Morgenlicht diesen ganz anderen Matsu sah. Manchmal flüsterten sie etwas, dann schwiegen sie wieder, während sie mit rhythmischen Bewegungen das Essen in Scheiben schnitten und einpackten.

Als wir das Haus verließen, tauchte die aufgehende Sonne alles in ein rotoranges Licht. Meine Gedanken wanderten zu Sachi. Was tat sie wohl zum *O-bon*-Fest? Auf der Straße waren schon zahlreiche andere Bewohner unterwegs, die *furoshikis* mit Essen für die Gräber ihrer Familienangehörigen bei sich trugen. Wir schlossen uns der langen Prozession an, die im Dorf noch dichter wurde und sich bis zur Straße erstreckte, die zum Tempel führte. Unter den Vorbereitungen für die Feierlichkeiten wirkte der Ort freundlich. Entlang der unbefestigten Straße standen im Abstand von etwa einem Meter an die zwei Meter hohe Holzpfähle mit kleinen Haken für Laternen an der Spitze. Ich blickte mich um und stellte erleichtert fest, daß Keiko und ihre Familie nirgendwo zu sehen waren. Schließlich hatte mir ihr Vater bei unserem letzten Tempelbesuch deutlich zu verstehen gegeben, was er von mir hielt, und ich wollte nicht, daß Keiko und ich noch einmal so in Verlegenheit gebracht wurden.

Auf dem Friedhof standen an vielen Gräbern bereits Schalen mit Essen und Tongefäße mit Tee oder *sake.* Auch in Hongkong pilgerten wir alljährlich zu den Gräbern, um zum Fest der Geister unsere Ahnen zu ehren: zuerst mit Ba-ba, später dann mit Mah-mih. Doch anstatt einfacher Grabsteine mit schlichten Inschriften wie hier in Tarumi fand man in Hongkong meist große, überladene Grabmonumente, die mit Fotografien der Verstorbenen versehen waren. Ich war immer gern an den Gräberreihen entlanggeschlendert. Die Gesichter, die mir entgegenblickten, bewegten mich. Ob es nun Bilder von Jugend und Glanz oder von Alter und Weisheit waren. Jedes Jahr blieben sie mir so gut im Gedächtnis, als ob ich die Verstorbenen in der kurzen Zeit ein wenig kennengelernt hätte.

So war ich enttäuscht, als wir zu den Gräbern von Matsus und Fumikos Familie kamen. Sie waren nur an den grauen Steinplatten zu erkennen, in die Namen und Daten eingraviert waren. Kein Hinweis auf die Menschen, die hier lagen. Mir fiel ein, daß ich nie ein Bild von Tomoko gesehen hatte. Ich wußte nur, daß sie als Mädchen sehr schön gewesen war. Ob Matsu wohl irgendwo ein Foto von ihr aufbewahrt hatte?

Matsu und Fumiko packten die *furoshikis* aus und stellten eine Schale nach der anderen auf die drei Gräber vor ihnen. Dann kam eine weitere Überraschung: Matsu trat vor und begann, leise einen Vers zu singen. Seine Stimme war erstaunlich sanft und melodiös. Als er fertig war, machten er und Fumiko eine tiefe Verbeugung vor den Gräbern. Ich stand ein wenig im Hintergrund und verbeugte mich ebenfalls. Dann entschuldigte sich Matsu plötzlich und ging mit dem übriggebliebenen *furoshiki* quer über den Friedhof.

»Wo will er hin?« fragte ich Fumiko, die mit einem alten Lappen und einer Kanne Wasser eifrig den Schmutz vom Grabstein entfernte.

Ohne aufzublicken, erwiderte sie: »Er besucht Kenzo-*san.*«

Ich fragte mich, was Matsu ihr über Kenzos Tod erzählt hatte. Wußte sie, daß er sich erhängt hatte? Hatte sie vielleicht eine Ahnung, warum? Als sie wieder aufsah, bog Matsu gerade um den Tempel.

Wieder in Tarumi, umfing uns eine fröhliche Menschenmenge. An den Pfählen hingen jetzt Papierlaternen, die den Geistern den Weg in den Ort und wieder zurück in ihr Reich weisen sollten. Die Laternen hatten alle erdenklichen Formen, einige erinnerten an Tiere oder Häuser, und selbst die einfacheren waren rot, schwarz oder weiß bemalt. Wie Schmuckstücke hingen sie über der Straße. Als mich der Duft von gebratenem Fisch, *mochi* in Sojasauce und Zucker und roten Bohnenplätzchen umfing, knurrte mir der Magen. Überall erklang Musik. Es war Zeit, die Geister zu unterhalten, zu tanzen und sich an ihrer Rückkehr zu erfreuen. Überall standen die Leute auf der Straße und aßen und tranken, Menschen, die Hunderte von Kilometern gereist waren, um diesen Tag hier zu verbringen. Es waren so viele fremde Gesichter, daß ich das Gefühl hatte, nicht mehr in Tarumi zu sein. Frauen und Kinder schlenderten in Grüppchen über die Straße, dazwischen alte Männer, die sich an Namen und Gesichter aus früheren Zeiten zu erinnern suchten. All diese Menschen hatten eins gemeinsam: die Toten, zu denen sie jedes Jahr zurückkehrten, um ihnen ihre Achtung zu erweisen.

Mein Blick fiel auf Kenzos dunkles und leeres Teehaus. Nur allzu gut konnte ich mir vorstellen, wie seine schmächtige Gestalt letztes Jahr beim *O-bon*-Fest hin und her gelaufen war, um den durstigen Gästen Tabletts mit Getränken zu bringen. Vielleicht hatte er Matsu auf die Schulter geklopft und ihn auf ein Bier eingeladen. Und dieses Jahr war er schon nicht mehr unter uns, und Matsu hatte die Pflicht, ihm mit Essen und Getränken seine Ehre zu erweisen. Und was mochte bei diesem *O-bon*-Fest in Sachi vorgehen? Ob sie in Yamaguchi überhaupt die Toten feierten?

Niemand vermochte zu sagen, was die Zukunft uns bringen würde. Im ganzen Land ehrten die Japaner die

Toten, während sie immer mehr Chinesen hinmetzelten, bis kaum noch einer am Leben war, um ihrer zu gedenken. Inmitten all der lachenden Gesichter sah ich Matsu und Fumiko an, die langsam neben mir hergingen, und wünschte mir, einer von ihnen könnte mir sagen, was uns bevorstand.

HERBST

5. SEPTEMBER 1938

Im Garten zeigen sich bereits erste Hinweise auf den Herbst. Die Gerüche sind jetzt süßer und schwerer. Bald werden sich die Farben verändern, und man wird alle Schattierungen von Karmesinrot, Safrangelb, Orange und Scharlachrot sehen. Der Herbst hat im Gegensatz zu anderen Jahreszeiten etwas Ernstes, vielleicht wegen des Lichts, das allmählich schwächer wird. Alles erscheint anders, weniger alltäglich, und man muß genauer hinsehen, um nicht vom Wege abzukommen.

Ein Großteil der zahlreichen Sommergäste ist in der letzten Augustwoche wieder abgereist, so daß Tarumi zu seiner alten Ruhe zurückgefunden hat. Als ich heute morgen hinausging, überfiel mich ein Gefühl der Melancholie, wie früher, als ich noch jünger war und wußte, daß ich bald wieder in die Schule gehen mußte. Zwar war mein zweiter Herbst in Tarumi nicht ganz das gleiche, doch ich hatte das Gefühl, ich müsse zu einem früheren Leben zurückkehren.

Natürlich lösten sich all diese Gedanken in nichts auf, sobald Matsu mich nach hinten in den Garten rief, um mir etwas zu zeigen.

»Sehen Sie mal«, sagte er und zeigte auf eine kugelförmige Pflanze, die er »Kerrie« nannte.

Ich betrachtete die orangegelben fünfblättrigen Blüten, die kleinen Chrysanthemen glichen. »Wunderschön«, sagte ich, bemüht, seine Begeisterung zu teilen.

Matsu hockte sich nieder und berührte die kleinen Blätter. »Sie sind mehr als das«, meinte er. »Normalerweise blühen sie nur in einer bestimmten Woche im Frühjahr. Wenn sie so spät im Jahr noch Blüten tragen, ist das ein Glückszeichen.«

»Glauben Sie, daß wir Glück haben werden?« fragte ich.

Matsu sah zu mir hoch und blickte dann wieder auf die Blüten. »Solange kein Unglück über uns kommt«, antwortete er.

13. SEPTEMBER 1938

Heute morgen ging ich zum Strand hinunter. Zum ersten Mal seit Wochen waren keine Menschenmassen mehr dort. Es ist, als ob er wieder mir gehörte, als ob ich all diese Wochen nur darauf gewartet hätte, endlich wieder einen leeren Streifen Sandes für mich zu haben. So wie ich auf Keiko wartete. Kurz nach dem *O-bon*-Fest erfuhr ich, daß sie mit ihrer Familie nach Osaka zu den Eltern ihrer Mutter gefahren war. Das heißt, Matsu erwähnte es beiläufig, als er eines Nachmittags vom Postamt zurückkehrte. Zuerst überreichte er mir eine Postkarte von Pie aus Macau, wo sie schließlich mit Mah-mih hingefahren war, um Anne und Henry zu besuchen. Dann sagte er: »Dieses hübsche Mädchen, das Sie kennengelernt haben, ist mit seiner Familie nach Osaka gefahren. Yoshida-*san* sagt, sie bliebe nur ein paar Wochen.« Ich nickte, bedankte mich für die Post und wandte mich zum Gehen. Doch ich spürte, wie sein Blick mir folgte.

Überall am Strand findet man immer noch Hinterlassenschaften der Sommergäste. Sorglos weggeworfene Verpackungen, eine Schaufel aus Kunststoff, die halb im Sand steckt, kleine Sandhügel, die einst Schlösser waren, und Burggräben. Beim Anblick all dieser Dinge fühlte ich mich einsam – nicht weil die Menschen abgereist waren, sondern wegen all dem, was ich habe zurücklassen müssen. Das Schlimmste an der Krankheit war die Müdigkeit, die Schwäche, die mich von den anderen trennte und mir die Rolle des Beobachters aufzwang. In der Schule durfte ich nur zuschauen, wenn die anderen schwimmen gingen, Basketball oder Kricket spielten. Und während meiner Rekonvaleszenz zu Hause war ich immer durch einen Raum vom Gelächter der anderen getrennt gewesen. Doch jetzt, nach einem Jahr in Tarumi, fühlte ich mich stärker als in den zwei Jahren zuvor. Und so fragte ich mich natürlich, wie lange es noch dauern würde, bis ich auch Tarumi hinter mir lassen und wieder an jenem anderen Leben teilnehmen mußte.

In letzter Zeit wurden nur hin und wieder Nachrichten über den Krieg in China gebracht, was bedeutete, daß die Japaner keine großen Siege zu verzeichnen hatten. Doch ich ließ mich durch das Schweigen nicht länger täuschen. Manchmal hatte ich das Gefühl, als ob wir alle nur Aufschub bekommen hätten und warteten.

Als ich so über den Strand ging, sah ich plötzlich über der Düne etwas aufblitzen. Zuerst dachte ich, es wäre nur die Sonne, die mich zum Narren hielt, aber allmählich erkannte ich, daß da jemand durch die flirrende Luft zum Strand lief. Ich blieb stehen und wartete, doch die schlanke Gestalt verschwand wieder hinter der Düne. Dann wurde das leise Knirschen des Sandes lauter, und schließlich tauchte Keiko hinter der Düne auf.

»Keiko-*san*!« Ich winkte ihr zu.

Als sie mich sah, winkte sie zurück. Sie versuchte, schneller zu gehen, aber wegen ihrer Holzsandalen kam sie nicht recht voran. Sie blieb kurz stehen, zog die Schuhe aus und nahm sie in die Hand, um ungehindert auf mich zulaufen zu können.

»Ich hatte gehofft, Sie hier zu treffen.« Sie verbeugte sich. Um den Hals trug sie ein Silberkettchen mit einem Anhänger, das ich zuvor nie bemerkt hatte. Das also waren die kleinen Lichtblitze vorhin in der Sonne.

»Ich auch.« Ich verbeugte mich ebenfalls. »Ich habe gehört, daß Sie mit Ihrer Familie verreist waren.«

»Ja, wir sind nach Osaka zu meinen Großeltern gefahren.« Sie blickte auf ihre Füße und dann auf das Meer.

»Ist alles in Ordnung?«

Nach kurzem Zögern erwiderte sie schnell: »Ich kann Sie nicht mehr treffen, Stephen-*san*.«

»Was heißt das?« fragte ich. Mir war, als hätte sie mir einen Schlag ins Gesicht versetzt.

»Es tut mir leid, aber es geht nicht anders«, sagte sie und sah mir in die Augen. »Ich muß jetzt fort.«

Dann drehte sie sich rasch um und ging in die gleiche Richtung zurück, aus der sie gekommen war. Aber damit wollte ich mich nicht zufriedengeben und folgte ihr rasch nach. Sie war schon im Begriff, die Düne hinaufzuklettern, da packte ich sie am Arm. Mit einem Ruck fuhr sie herum, so daß die Holzsandalen, die sie noch in der Hand trug, gegen meine Brust schlugen.

»Was ist los mit Ihnen?« fragte ich und drückte ihren Arm fester, als ich beabsichtigt hatte. »Hat Ihr Vater Sie dazu gebracht, Ihre Meinung über uns zu ändern?«

»Es wird nie ein ›uns‹ geben« antwortete sie.

Dann riß sie sich von mir los, und einen Moment lang glaubte ich schon, sie würde mich noch einmal mit ihren

Sandalen treffen. Aber sie trat nur ein paar Schritte zurück und nestelte an ihrem Silberkettchen.

»Das müssen Sie mir erklären«, sagte ich.

»Begreifen Sie denn nicht, daß aus unserer Freundschaft nie mehr etwas werden kann?« Sie sah sich um, ob uns vielleicht jemand beobachtete. »Mein Bruder ist in Hsuchowfu gefallen. Wir haben es erfahren, als wir aus Osaka zurückkamen.«

Ich war entsetzt. Hsuchowfu! Das bedeutete, daß ihr Bruder schon im Mai umgekommen war. Nicht vorzustellen, was es für eine Familie bedeutete, den einzigen Sohn zu verlieren. Ich zog Keiko an mich und umarmte sie. Sie versuchte so verzweifelt, die Tränen zurückzuhalten, daß ihr Schluchzen den ganzen Körper durchlief. So standen wir eine Weile da, bis sie ein wenig von mir abrückte, so daß ich ihr nasses Gesicht sehen konnte. Ich hatte gedacht, sie würde um ihren toten Bruder weinen, doch sie hob die Hand, um mir über die Wange zu streichen, so daß ich für einen kurzen Augenblick ihre Wärme spürte. Eigentlich hätte ich sie gern geküßt, doch ich hatte Angst, sie würde sich gleich wieder losreißen und fortlaufen. Als ich sie dann losließ, sah sie mir schweigend in die Augen, drehte sich langsam um und ging die Düne hinauf. Diesmal folgte ich ihr nicht. Aber ich wartete. Vielleicht ein leichtes Kopfnicken, das Sonnenlicht auf ihrer Halskette, eine leise Andeutung, ich solle ihr folgen. Aber Keiko drehte sich nicht mehr um. Ich sah ihr nach, wie sie den höchsten Punkt erreichte und dann allmählich hinter der Düne verschwand.

Ich konnte nicht schlafen. Also stand ich auf, um all dies niederzuschreiben. Vielleicht ist es so möglich, mich von Keiko und dem Geist ihres Bruders zu befreien. Wieviele

Chinesen mochte er getötet haben, bevor er fiel? Für eine Familie, die ihren einzigen Sohn verloren hatte, ist diese Frage sicher nicht von Bedeutung. Doch was ist mit all den chinesischen Zivilisten, die im Lauf des Jahres getötet wurden? Trauern Keiko und ihre Familie auch um die Söhne und Töchter, Mütter und Väter in China? In diesem verrückten Krieg sterben nicht nur die Soldaten, die darin kämpfen. Er verschlingt alles, was ihm im Wege steht, so daß niemand seinen Klauen entkommt. Nicht einmal ein so anständiger und freundlicher Mensch wie Keiko geht ohne Narben daraus hervor.

16. SEPTEMBER 1938

Letzte Nacht habe ich von Keiko geträumt. Sie lief am Strand auf mich zu, doch so schnell sie auch rannte, sie kam mir nicht näher. Ich weiß nicht mehr, was ich im Traum tat, ob ich nur dastand oder ihr entgegenlief. Sicher ist nur, daß ich naßgeschwitzt aufwachte und sogar mein Futon und mein Kissen feucht waren, also bin ich wohl gelaufen.

Matsu hat gemerkt, daß sich zwischen Keiko und mir etwas geändert hat, aber er stellte keine Fragen, und von mir aus habe ich nichts erzählt. Ich weiß nicht, was ich ihm sagen soll, denn unsere Freundschaft hatte ja kaum angefangen, als sie schon wieder zu Ende war. Ich habe versucht, nicht zu sehr in Trübsinn zu verfallen, aber es ist, wie wenn es nicht genug zu essen gibt, immer bleibt dieses Verlangen nach mehr. Ein- oder zweimal glaubte ich, sie am Strand zu sehen, aber es war nur meine »Phantasie, die mir einen Streich spielte«, wie Mah-mih sagen würde.

Es ist seltsam, was man von einem Menschen in Erinnerung behält, der plötzlich nicht mehr da ist. Sicher gibt es keine zwei Menschen, die dasselbe empfinden, aber meist kreisen diese Erinnerungen um den Geruch, den Gesichtsausdruck, den Klang der Stimme, eine ungewöhnliche Geste. Ich jedenfalls sehe immer noch Keikos Farben: das schwarze Haar im Gegensatz zu ihrer cremig blassen Haut, ihren dunkelblauen Kimono mit den weißen Kreisen, das leuchtende Orange der Dattelpflaumen, die aus ihrem braunen Korb fallen. Jedesmal, wenn ich an diese Farben denke und daran, daß sie von Tag zu Tag blasser werden, wächst der Schmerz in meinem Herzen.

23. SEPTEMBER 1938

Die ganze letzte Woche regnete es. Heute, pünktlich zum Herbstbeginn, hörte der Regen mit einem Mal auf, und der Tag wurde wunderschön. Kein Wölkchen zeigte sich am blaßblauen Morgenhimmel, und in der frischen Luft hing der feuchte salzige Geruch von Erde und Meer. Ein Tag wie geschaffen, um mit Sachi *Shuhun No-Hi,* die herbstliche Tag- und Nachtgleiche, zu feiern.

Wir brachen am Morgen nach Yamaguchi auf. Ich war so lange nicht mehr dort gewesen, daß ich das Wiedersehen mit Sachi voller Spannung erwartete. Wegen des Schlamms war der Weg den Berg hinauf nicht gerade angenehm. Ich rutschte mehrmals aus, und bei unserer Ankunft waren wir beide von Kopf bis Fuß bespritzt, Schuhe und Hosensäume mit einer Schlammschicht überzogen. Als wir auf ihre Eingangstür zustapften und Sachi uns sah, hielt sie sich die Hand vor den Mund und lachte.

Wir gingen ums Haus zum Garten, wo die Steine noch schwarz schimmerten und vom Regen dampften. Bevor wir die Treppe zur Hintertür hinaufstiegen, zogen wir die Schuhe aus und krempelten die Hosen hoch. Sachi wartete mit zwei *yukata*-Gewändern auf uns.

»Möchtet ihr vielleicht ein Bad nehmen?« fragte sie und musterte uns von oben bis unten.

Matsu sah mich an, schüttelte den Kopf und deutete zur einen Seite des Hauses. »Wir ziehen nur unsere Kleider aus und waschen sie.«

Sachi verbeugte sich, gab ihm die beiden Umhänge und ging rasch ins Haus zurück. Matsu führte mich zu einem Wasserfaß an der Seite des Hauses, neben dem eine große Holzwanne stand.

»Nehmen Sie das«, sagte er. Ich sah sofort, daß das Gewand zu groß für mich war. Matsu zog seine Kleider aus, spülte sie aus und schlüpfte in das andere Gewand, das ihm sehr gut paßte. Ich tat es ihm nach, doch diesmal schämte ich mich nicht meiner Nacktheit. Im Lauf des Jahres hatte ich zugenommen, und durch das viele Schwimmen war ich kräftiger als je zuvor. Trotzdem hätten zwei von meiner Statur in das Gewand gepaßt, das mir zugedacht war.

Als wir in Sachis Haus traten, wartete schon heißer Tee auf uns. Der Tisch war gedeckt, in der Mitte standen säuberlich angeordnet die Lackschalen mit Deckel.

»Domo arigato«, sagte ich, als Sachi mir die Schale mit Tee reichte. Das Gewand hing lose um meinen Körper und hätte sich bei meiner Verbeugung beinahe geöffnet.

Sachi lächelte.

»Wie habt ihr den vielen Regen überstanden?« hörte ich Matsu fragen. Er stand an der hinteren *shoji*-Tür und blickte auf den Garten. Etwas in seinem Verhalten hatte sich verändert, aber ich konnte nicht genau ausmachen, was.

»Es war nicht so schlimm«, antwortete Sachi.

Matsu ging im Haus herum und sah zur Decke hinauf, um nach undichten Stellen Ausschau zu halten. Als er keine fand, lächelte er in sich hinein, ging zum Tisch hinüber und setzte sich mit jener Gelassenheit, die ein Zeichen von Wissen und Selbstsicherheit ist. In diesem Augenblick sah ich ihn als das, was er eigentlich war: der Herr dieses Hauses. Zum ersten Mal wurde mir bewußt, daß er nie einen eigenen Platz gehabt hatte. Matsu hatte sein ganzes Leben als Erwachsener im Strandhaus meines Großvaters verbracht und sich darum gekümmert. Davor hatte er bei seinen Eltern gewohnt. Dieses Haus aber, das er liebevoll mit seiner Hände Arbeit für Sachi gebaut hatte, war so gut wie sein eigenes. Und plötzlich hatten all die Jahre als Diener keine Bedeutung mehr. Zufrieden saß er in seinem dunklen Gewand am Tisch und bedeutete uns, wir sollten uns zu ihm setzen.

Ich lehnte mich zurück, während Sachi Matsu eingelegten Aal, gebratenen Tofu und Reis vorsetzte. Dann stellte sie sich schweigend neben ihn und beobachtete, wie er den ersten Bissen aß, kaute und zustimmend nickte. Ihre Lippen formten sich zu einem leisen Lächeln.

Als ich noch jünger war, hatte ich das unzählige Male gesehen, wenn mein Vater zu Hause war. Ein allabendliches Ritual. Obwohl mein Vater eine Maske der Gleichgültigkeit aufsetzte, während Ching neben ihm stand und darauf wartete, daß er das Essen probierte und seine Billigung zum Ausdruck brachte, wirkte sie ängstlich wie ein kleines Kind. Jeden Abend plante sie unsere Mahlzeit, und wenn meinem Vater etwas nicht schmeckte, murmelte sie vor sich hin. Mir war es immer unangenehm, bedient zu werden, selbst von Ching, die seit ich denken kann für unsere Familie gearbeitet hat. Trotzdem war nicht zu übersehen, daß Ching nach so vielen Jahren eine gewisse Macht über unsere Familie besaß. Was das Essen und uns Kinder betraf, vertraute mein Vater ihr voll und ganz. Meine Mutter verriet Ching Geheimnisse und hörte sich dann an, was sie dazu zu sagen hatte, als wäre Ching ihre kluge ältere Schwester. Nie wagte sie, Ching auszuschimpfen, wenn sie sich über sie ärgerte, aus Angst, sie könne für eine andere Familie arbeiten. Ohne Ching, das war klar, wäre meine Mutter verloren.

Wenn meine Mutter und mein Vater, wie so oft, aus geschäftlichen Gründen oder zum Vergnügen verreisten, blieb Ching zurück. Sie zog uns auf, als wären wir ihre eigenen Kinder, braute uns bittere Tees, wenn wir krank waren, und schalt uns, wenn wir unartig waren. Meistens gingen wir mit unseren aufgeschürften Knien und gebrochenen Herzen lieber zu Ching als zu unserer Mutter. Sie war immer für uns da. Ich weiß noch, wie ich sie einmal fragte, ob sie auch Kinder habe. »Ich habe euch«, sagte sie, »und sonst niemanden.«

Danach fühlte ich mich besser, als ob auch wir einem Zweck dienten, denn ohne uns wäre sie vielleicht einfach hilflos davongetrieben und hätte sich nirgendwo festhalten können.

Matsu hob seine Schale und bat Sachi um noch etwas Reis. Kaum hatte er seinen Satz zu Eode gesprochen, stand sie auch schon auf. Währenddessen goß er ihr Tee nach – ein vollkommenes Zusammenspiel. Und ich wußte, keiner von beiden würde jemals allein davontreiben.

»Möchten Sie auch noch ein wenig Reis, Stephen-*san*?« fragte Sachi.

»Ja, bitte.« Ich hielt ihr die Schale hin, damit sie sich nicht so weit vorbeugen mußte.

Heute morgen bin ich mit einem Gefühl der Angst aufgewacht. Während Matsu im Garten die Bäume beschnitt und Blätter zusammenkehrte, ging ich in sein Zimmer und schaltete das Radio ein. Es gab nichts Neues, nur die ewig gleiche Stimme, die vom Kaiserlichen Herrscher und dem mutigen Kampf Japans gegen den ausländischen Imperialismus und Kommunismus sprach. Ich schaltete das Radio wieder aus und ging nach draußen.

Nicht nur in Matsus Garten, sondern in ganz Tarumi blühten die Chrysanthemen in verschwenderischer Fülle. Matsu kniete neben einer Schwarzkiefer und schnitt ihre Äste zurück. Als er mich kommen hörte, ließ er sich auf die Fersen zurücksinken und meinte: »Ich könnte ein wenig Hilfe gebrauchen.«

»Sagen Sie mir, was ich tun soll«, erwiderte ich, dankbar, mich nützlich machen zu können.

»Halten Sie das hier«, sagte er und bedeutete mir, einen Ast zu stützen, damit er ihn abschneiden konnte.

»So?« fragte ich. Aber Matsu hatte sein Werk schon vollendet.

»Manchmal ist es zu zweit einfacher«, erklärte er. Dann stand er auf und nahm einen Eimer mit Erde. »Gehen Sie nicht mehr schwimmen?« fragte er, wobei er sich zu mir umdrehte.

»Mir ist nicht danach«, antwortete ich. Vielleicht war dies der geeignete Augenblick, darüber zu sprechen, was aus Keiko und mir geworden war. »Ich treffe Keiko-*san* nicht mehr«, platzte ich heraus. Mich ärgerte, daß ich nicht leichthin darüber reden konnte.

Matsu sah mich an. Dann deutete er aber nur auf einen

anderen Ast. »Würden Sie den bitte hinunterdrücken?« fragte er.

Ich tat, worum Matsu mich gebeten hatte, während er mit langsamen Bewegungen den Ast sorgfältig abtrennte.

»Ist es nicht interessant, Stephen-*san*« meinte er, »daß man manchmal etwas wegschneiden muß, damit es dann um so stärker wieder nachwächst?«

Ich nickte.

»Zunächst sieht er vielleicht kahl und armselig aus, aber im nächsten Frühjahr wird er wieder in alter Pracht erblühen.«

»Keiko ist kein Baum«, sagte ich, verärgert über den Vergleich. »Ihr Bruder ist in Hsuchowfu gefallen.«

Matsu schüttelte den Kopf. »Wie dumm das alles ist«, murmelte er vor sich hin. Und nach einer Weile sagte er: »Menschen und Pflanzen sind gar nicht so verschieden. Wir sind alle Teil ein und derselben Natur und können voneinander lernen.«

»Auch wenn ein Mensch einen anderen vernichtet?«

Matsu erhob sich langsam vom Boden, trat einen Schritt zurück und betrachtete prüfend die Schwarzkiefer. »Ich sage nicht, daß wir Menschen nicht noch eine Menge zu lernen haben. Manchmal lieben oder hassen wir, ohne nachzudenken. Wir erwarten zuviel voneinander, und oft täuschen wir uns. Nehmen Sie einmal diese Pflanzen.« Er deutete auf die Myrten. »Sie haben nur eine kurze Lebensspanne, aber man weiß, was man von ihnen erwarten kann. Die Blätter färben sich gelborange, in einer Woche fallen sie also ab. Wir Menschen aber leben länger, und das bringt viele Komplikationen mit sich. Am Ende, Stephen-*san*, kann man nur zurückblicken und hoffen, daß das, was geschehen ist, ein wenig Sinn gehabt hat. Ob Sie Keiko-*san* nun wiedersehen oder nicht, Sie haben sie kennengelernt. Wenn sie eine Bedeutung hat, wird sie bei Ihnen bleiben.« Er hob den Eimer mit Erde auf.

Ich bot an, ihm zu helfen, aber er zuckte die Achseln. »Es wird andere geben«, sagte er, während er davonging, »viele andere. Kein Grund also, das Schwimmen aufzugeben.«

30. SEPTEMBER 1938

Anfang nächsten Monats hat Pie Geburtstag, deshalb verbrachte ich den halben Nachmittag im Städtchen und suchte nach einem Geschenk, das ich ihr schikken konnte. Die Post scheint immer länger zu brauchen. Schon eine ganze Zeit habe ich keine Sendungen mehr aus Hongkong oder Kobe bekommen – keine Briefe, keine Zeitung von meinem Vater.

Im Ort war es ruhig. Anfangs war ich fortgeblieben, weil ich Keiko nicht über den Weg laufen wollte. Aber als ob plötzlich eine neue Seite aufgeschlagen worden wäre, hoffte ich nun, sie wiederzusehen. Selbst wenn ich nur einen kurzen Blick auf sie erhaschen würde, zumindest wußte ich dann, daß es sie noch gab. Aber es waren nur wenig Menschen unterwegs. Als ob der ganze Ort schliefe.

Es gab nur einen Gemischtwarenladen neben dem Postamt, wo ich Aussichten hatte, ein Geschenk für Pie zu finden. Sie hatte zwar alles, was sie brauchte, aber ich wollte ihr ein Andenken schicken, etwas zur Erinnerung an dieses Jahr der Trennung. In dem Geschäft war es dunkel und kühl. Eine alte Frau verbeugte sich und gab mir mit einer Geste zu verstehen, ich solle mich ruhig umsehen. Langsam schlenderte ich zwischen den vollgestopften Regalen entlang, aber es gab nur die unentbehrlichen Dinge des Alltags: Konserven, Tee, Ingwer, Angelschnüre, Messer. Ich war enttäuscht, daß ich nichts für Pie finden konnte, und nahm statt dessen ein paar kleine Dosen eingelegtes Gemüse, Reisplätzchen und getrockneten Seetang aus dem Regal und kaufte sie der dankbaren alten Dame ab.

Als ich hinaustrat, trieb mir das gleißende Sonnenlicht Tränen in die Augen. Vor dem Geschäft saßen zwei alte Männer, die so in ihr Gespräch vertieft waren, daß sie mich nicht wahrnahmen. Sie sprachen vom Krieg, von japanischer Ehre und daß die Kaiserliche Armee rasch den Süden Chinas einnehmen müsse, bevor noch mehr japanisches Blut vergossen würde. Keiner von ihnen erwähnte die chinesischen Verluste, die so groß und so unwirklich waren, daß nur die Frau mit der schrillen Stimme im Radio sie zählen konnte.

5. OKTOBER 1938

Als ich heute morgen aufwachte, hatte ich Lust zu schwimmen. Es war Wochen her, seit ich Keiko zum letzten Mal am Strand gesehen hatte, und mir kam es vor, als ob sich ihr Schatten endgültig in nichts aufgelöst hätte. Draußen schlug mir Kälte entgegen. Die Sommerwärme war einem kühlen, windigen Herbst gewichen. Etwas Trauriges lag in der Luft, der Geruch von Salzwasser, welkenden Blumen und herabgefallenen Früchten. Doch ich versuchte, alle düsteren Gedanken von mir zu schieben, während ich über die Düne zum Wasser ging. Das Meer kam in einer Unzahl kleiner Wellen herein, die mit weißer Gischt ungestüm an den Strand rollten.

Ich schlüpfte aus meinen Kleidern und stieg langsam

ins Wasser. Es war schon viel kälter als wenige Wochen zuvor. Nach einigem Zögern lief ich hinein, tauchte in die kühlen Wogen, die meinem Körper einen Schlag versetzten und mich wachrüttelten. Ich schwamm, bis ich fast taub war vor Kälte, und ließ mich dann wie ein lebloses Stück Seetang auf einer Welle wieder zum Strand treiben. Voller Staunen spürte ich, wie machtlos ich war.

Als ich zum Haus zurückkam, fand ich eine Notiz von Matsu, er sei in den Ort gegangen. Da ich mich immer noch völlig taub fühlte, kam mir der Gedanke an ein heißes Bad. Der leere Holzzuber hinter dem Haus schien geradezu auf mich zu warten. Ich füllte ihn mit Wasser, wie ich es Matsu immer hatte machen sehen, und zündete die Kohlen in dem Eisenbecken darunter an. Dann wusch ich mich.

Als Matsu zurückkehrte, lag ich noch im Wasser. Dies war eine der vielen Gewohnheiten, die ich in Hongkong vermissen würde.

»Sie kriegen noch einen Hitzschlag«, sagte Matsu, als er mit verschiedenen Zeitungen und ein paar Briefen aus der Küche kam.

»Es tut gut«, antwortete ich.

»Offensichtlich sind sie alle gleichzeitig gekommen.« Matsu steckte einen der Briefe in seine Tasche. »Von Fumiko«, erklärte er. Den Rest des Stapels legte er auf einen unebenen Stein neben dem Zuber.

Rasch stieg ich aus dem heißen Wasser. Kühle Luft hüllte mich ein, so daß mir vom Kopf bis zu den Füßen eine Gänsehaut über den Körper kroch. Ich stieg aus dem Zuber, trocknete mich ab und schlüpfte in Hemd und Hose. Matsu war schon wieder am Arbeiten und kehrte Blätter zusammen, ohne mich zu beachten. Ich schnappte mir die Post und eilte ins Haus.

Anstatt in mein Zimmer zu gehen, setzte ich mich an den Küchentisch, wie ich es Matsu schon unzählige Male hatte tun sehen, den Kopf in eine seiner Zeitschriften gesteckt. Der erste Brief war von King. Ich hatte lange nichts von ihm gehört und riß eilig den Umschlag auf, der vor über zwei Monaten in Kanton aufgegeben worden war.

2. AUGUST 1938

Lieber Stephen,
bestimmt denkst du mittlerweile, ich hätte Dich vergessen. Aber dieses Glück bleibt Dir versagt! Es ist nur alles sehr schwierig geworden, und zwischen den Verdunkelungen zu schreiben und zu lernen, ist inzwischen geradezu eine Kunst. Du bist einfach zu beneiden, dort am Strand, ohne die ständige Bedrohung durch die in der Ferne explodierenden Bomben. Lach nicht, aber es ist soweit gekommen, daß ich in meinen Träumen die dumpfen Aufschläge im Hintergrund höre.
Aber allen Ernstes, es ist jetzt schrecklich ungemütlich hier. Alles, von Reis und Tee bis hin zu Seife und Toilettenpapier, ist rationiert. Endlich kann ich etwas mit all meinen alten Examenspapieren anfangen! Es spielt sowieso keine Rolle, denn die Zahl der Studenten hier in Lingnan ist auf eine Handvoll geschrumpft. Die meisten versuchen, nach Macau oder Hongkong zurückzukehren, solange dies noch möglich ist. Ich schreibe Dir, weil ich Dich wissen lassen will, Stephen, daß auch ich nächste Woche endlich nach Hongkong zurückfahre, wenn alles glattgeht. Du kannst also davon ausgehen, mich bei Deiner Rückkehr dort an-

zutreffen. Es erscheint mir etwas merkwürdig, diesen Brief nach Japan zu schicken, weil wir die Japaner jeden Morgen, und auch jeden Abend, bevor wir die Augen schließen, verfluchen. Das heißt, wenn die Bomben in der Ferne überhaupt zulassen, daß wir schlafen.

Aber wie geht es Dir? Es ist schon ewig her, daß ich Nachricht von Dir erhalten habe. Ich bin mir nicht sicher, ob Du Dich einfach zu gut amüsierst, um Dich noch an Deinen alten Freund zu erinnern, oder ob die Post nicht durchkommt. Wie auch immer, wenn ich Dich wiedersehe, sind wir gewiß reifer als früher.

Erinnerst Du Dich noch an Vivian Hong? Das hübsche Mädchen aus der Grundschule? Sie wurde letzte Woche getötet, als eine Bombe in dem Wohnhaus einschlug, in dem sie sich gerade aufhielt. Da merkt man, wie kurz das Leben sein kann. Ich vermisse Dich, mein Freund. Und ich freue mich schon auf den Tag, an dem wir uns in Hongkong wiedersehen.

Paß auf Dich auf, King.

Ich versuchte mich zu erinnern, wie Vivian Hong ausgesehen hatte. Daß es mir nicht gelang, verwirrte mich. Bilder verschiedener Mädchen tauchten vor mir auf, aber ich war mir nicht sicher, ob eine davon Vivian war. Schuldgefühle überkamen mich. Traurig gestand ich mir ein, daß sie bereits vergessen war.

Als ich Kings Brief ein zweites Mal las, stellte ich mir vor, er sei inzwischen wohlbehalten in Hongkong angekommen. Vielleicht spielte er gerade Kricket, aß in Wan Chai Nudeln oder sah sich im Central District einen Film an. Was auch immer, plötzlich sehnte ich mich danach, all diese Dinge auch zu tun. Seit über einem Jahr hatte ich meine Familie und meine Freunde nicht mehr gesehen. Ich wollte wieder wie die anderen sein, doch ich fühlte mich wie ein Fremder, wie jemand, der nirgendwo mehr hingehörte.

Ich blickte auf die Zeitungen. Die Überschriften hatten alle denselben Inhalt. Nach wie vor zog die Kaiserliche japanische Armee wie ein Feuersturm durch China und rückte jeden Tag ein Stück weiter vor. Ich schob die Zeitungen beiseite. Dann fiel mir ein, daß da noch ein Brief lag – von meinem Vater. Ebenso behutsam, wie er es wahrscheinlich getan hätte, öffnete ich ihn. Wie alle anderen auch begann er mit Fragen nach meiner Gesundheit und brachte die Hoffnung zum Ausdruck, daß meine Genesung Fortschritte machte. Den Rest überflog ich nur, da ich zu wissen glaubte, was er mir sagen wollte – es war eben nur ein weiterer Brief, den mein Vater aus Pflichtgefühl geschrieben hatte. Doch dann stach mir etwas im letzten Abschnitt ins Auge. Er mußte eine kurze Geschäftsreise nach Tokio antreten: »Ich werde mit dem Zug von Kobe nach Tokio fahren und habe dort ein paar freie Tage zur Verfügung.« Mehrmals las ich die nächste Zeile, bevor mir die Bedeutung richtig klar wurde: »Hättest Du Lust, mitzukommen?« schrieb er.

11. OKTOBER 1938

Ich habe meinem Vater geschrieben, daß ich ihn gern nach Tokio begleiten würde. Heute morgen schickte er mir ein Telegramm, er würde sich freuen.

Ich kann mich nicht daran erinnern, als Junge jemals allein mit ihm verreist zu sein. Da ist nur das vage Bild von einem großen Marktplatz mit lauten Stimmen, pikkenden Hühnern und spindeldürren Hunden, die an meinen Beinen schnüffelten. Es stank schrecklich nach brennendem Rauchwerk und Trockenfisch. Ein Mann hielt mich an der Hand und zog mich durch die Menschenmenge. Ich drückte die Hand so fest, daß meine Finger taub wurden und die Haut sich über den Knöcheln spannte. Ich fürchtete mich, die Hand loszulassen, hatte Angst, unter all den Menschen, Gerüchen und Stimmen verloren zu gehen. Selbst jetzt bin ich nicht sicher, ob es die Hand meines Vaters war oder die eines Dieners, eines Onkels. Ich weiß nur noch, daß sie groß und warm war und mich von allen drohenden Gefahren fortzog.

19. OKTOBER 1938

Gestern besuchten wir Sachi. Ich wollte sie vor meiner Abreise noch einmal sehen. Sie kam gerade von Tanaka-*sans* Haus, und bei unserem Anblick öffneten sich ihre Lippen zu einem Lächeln. Auf dem Weg zu ihrem Haus umfing uns ein schwacher Duft nach Eukalyptus. Als ich ihr von meiner bevorstehenden Reise nach Tokio erzählte, wurde sie still, doch in ihren Augen schimmerte so etwas wie Sehnsucht auf. Sie hatte sich so lange in Yamaguchi verborgen, daß sie sich die leuchtenden Farben und Düfte der Welt, von der sie abgeschnitten war, nur erträumen konnte. Ich wollte etwas sagen, aber Matsu wechselte das Thema und rückte näher an sie heran, so daß ihr weicher Kimono über seinen Arm strich.

Heute hat Matsu mich zum Zug gebracht. Mein Vater würde mich am Bahnhof in Kobe erwarten, wo wir gleich weiterreisen wollten, um drei Tage in Tokio zu bleiben.

Obwohl ich bloß eine kleine Reisetasche gepackt hatte, bestand Matsu darauf, sie für mich nach Tarumi zu tragen. Als wir auf dem Bahnsteig standen und warteten, scharrte Matsu ungeduldig mit den Füßen. Es scheint ihn nervös zu machen, wenn jemand kommt oder abreist.

Schließlich fuhr der Zug langsam ein. Matsu gab mir die Tasche und trat rasch einen Schritt zurück, wie über eine unsichtbare Grenze, die uns nun trennte. Ohne ein Wort zu sagen, steckte er mir ein Stück Papier mit Fumikos Telefonnummer und Adresse zu, für den Notfall. Ich verbeugte mich und stieg ein, doch als ich einen Platz gefunden hatte und aus dem Fenster schaute, war Matsu bereits verschwunden.

Während der Zug Richtung Kobe stampfte, wurde mir bewußt, daß ich Tarumi zum ersten Mal seit einem Jahr verließ. Das Schaukeln des Zuges lullte mich ein. Die Nacht zuvor hatte ich kaum geschlafen, weil ich mir ausmalte, wie es wohl in Tokio sein würde. Ich weiß noch, wie wir einmal mit der ganzen Familie hinfuhren, aber damals war ich noch zu klein, um etwas davon zu haben. Es erschien mir genauso überlaufen wie Hongkong, voller greller Schilder und voller Menschen. Meine Eltern gingen jeden Abend zum Tanzen, und wir Kinder blieben mit Ching im Hotel. Ching richtete sich immer auf ihre Weise darauf ein. Da sie nur chinesische Gerichte aß, nahm sie Gläser und Tontöpfe mit weißem Reis, Stangenbohnen, Lotoswurzeln und Hühnchen mit Sojasauce mit. Schon bald war unser Zimmer so sehr von Düften erfüllt, daß wir, wenn wir die Augen schlossen, nicht mehr sagen konnten, ob wir in Tokio oder zu Hause waren.

Ich legte den Kopf an die Rückenlehne. In wenigen

Stunden würde ich meinen Vater sehen. Wenn ich mir vorstellte, über was wir uns drei Tage lang unterhalten sollten, begann mein Herz zu klopfen. Doch eines hatten wir im vergangenen Jahr gelernt: schwierigen Themen auszuweichen. Und meine Mutter stand dabei immer ganz oben auf der Liste.

Als der Zug in Kobe einfuhr, hatte ich ein Nickerchen gemacht und freute mich, meinen Vater zu sehen. Ich nahm meine Tasche und folgte den anderen Fahrgästen auf den Bahnsteig. Der Bahnhof war laut und voller Menschen. Über einen scheppernden Lautsprecher wurden Abfahrts- und Ankunftszeiten verkündet. Ich sah mich nach meinem Vater um und entdeckte ihn abseits der Menge, Lederkoffer und Aktentasche neben sich. Als er mich erblickte, streckte er den Arm in die Höhe, als ob er in der Schule säße und die Antwort auf eine Frage wüßte.

»Ba-ba.« Ich stellte meine Tasche ab und verbeugte mich.

»Du siehst sehr gut aus«, sagte er erfreut. »Wir haben nur wenig Zeit bis zur Abfahrt unseres Zuges. Laß uns etwas trinken. Hast du Hunger?«

»Matsu hat mir ein paar Reisplätzchen mitgegeben«, antwortete ich, »aber gegen etwas zu trinken hätte ich nichts einzuwenden.«

Mein Vater lächelte und bückte sich, um sein Gepäck zu nehmen, doch ich kam ihm zuvor. Während er mich durch das Gedränge führte, bemerkte ich, daß mehr Soldaten auf dem Bahnhof herumstanden als noch vor einem Jahr. Als wir an ihnen vorbeigingen, musterten sie uns von oben bis unten, packten ihre Gewehre fester, sagten aber nichts.

Wir gingen zu einer kleinen Bar, wo man im Stehen Getränke, Bier und kleine Gerichte zu sich nehmen konnte, und bestellten beide Kaffee.

»Wie war die Reise?« fragte mein Vater, während er an seinem Becher nippte.

Ich löffelte Zucker in meinen Kaffee, bevor ich antwortete. »Angenehm. Ich kann es kaum glauben, daß ich seit einem ganzen Jahr zum ersten Mal aus Tarumi rauskomme.«

»Dafür geht es dir viel besser als bei deiner Abreise vor einem Jahr. Wie ich sehe, hast du zugenommen.«

»Willst du sehen?« fragte ich und zog meine Jacke aus, so daß er meinen Arm betasten konnte. Ich war stolz, wie kräftig ich geworden war.

Mein Vater drückte meinen Arm und lachte. »Du wirst Henry noch einholen.« Er meinte meinen jüngeren Bruder, der sehr breite Schultern hatte.

»Es geht mir gut, Ba-ba. Obwohl ich mich manchmal gefragt habe, ob ich mich jemals wieder erholen würde.«

Mein Vater ließ die Hand auf meinem Arm ruhen und drückte mich noch einmal. »Trink aus«, sagte er, »wir müssen zum Zug.«

20. OKTOBER 1938

Tokio erscheint mir riesig groß. Nach unserer Ankunft im Hotel ging ich gestern vor dem Abendessen noch ein wenig spazieren. Mein Vater hatte etwas Geschäftliches zu erledigen, so daß ich mich ein wenig umsehen konnte. Wir wohnen in der Nähe der Ginza, einer von Weiden gesäumten, imposanten und farbenprächtigen Straße, wie ich sie noch nie gesehen habe. Hongkong bietet nichts im Vergleich zu den vielen Läden und Restaurants an dieser Prachtstraße, in die Alleen mit zahllosen anderen Geschäften münden. Vor den Türen der Geschäfte hängen lange Stoffbahnen mit Schriftzeichen, die die Angebote anpreisen: von Sushi und Klößchen bis hin zu Andenken und aufziehbarem Blechspielzeug. Die Leute, die sich mit Ellbogenstößen ihren Weg bahnen, tragen sowohl Kimonos als auch westliche Kleidung. Verglichen mit den Bewohnern Tarumis, die sich bei allem Zeit lassen, erscheinen sie mir jedoch hart und verbissen. Obwohl die Geräusche hier nicht so grell sind wie in Hongkong, klingen sie genauso hektisch. Große Lastwagen rattern über die mittlere Fahrspur, während daneben Handkarren und westliche Autos unter Hupen im Schneckentempo dahinkriechen. Die Betreiber von Suppenküchen stehen hinter ihren Verkaufswagen und begleiten mit ihren schrillen Flöten das Klappern der Holzsandalen auf dem Pflaster. Und überall Militärwagen und Gruppen japanischer Soldaten, die jung und aufgeregt, mit den locker von den schmalen Schultern herabhängenden Gewehren aber bedrohlich wirken.

Ich ging immer weiter. Prächtig und erhaben ragte vor mir der kaiserliche Palast auf. Schon seit Jahrhunderten steht er majestätisch im Zentrum Tokios und beherbergt den großen Kaiser und seine Familie. Ich umrundete seine Außenmauern, die zum Großteil aus Holz und Ziegeln bestehen. Überall sah ich Japaner, die gekommen waren, um ihrem Kaiser ihre religiöse Verehrung zu erweisen. Gruppen von Jungen und Mädchen staunten über die schiere Größe des Palastes – weniger der Höhe, die eher bescheiden ist, als der Ausdehnung von mehreren Hektar wegen. Geschützt durch Gräben und Mauern, beherbergt er nicht nur die kaiserliche Familie, sondern auch Hunderte von Dienern und Arbeitern. Es war ein merkwürdiges Gefühl, der Person so nahe zu sein, für die eine ganze Nation in den Krieg zog und zu sterben bereit war.

Ich ging an einer Gruppe junger Frauen in Kimonos vorbei, die neben einem Brunnen auf einer Bank saßen. Sie sprachen leise und nähten mit dunklen Fäden kleine, leuchtend bunte Stoffetzen zusammen. Als ich später im Hotel meinen Vater fragte, erklärte er mir, das seien *senninbari*, gestickte Amulette, die ausgeschnitten und dann für die im Ausland kämpfenden Soldaten zusammengenäht würden.

Wir aßen in einem Restaurant in der Nähe des Hotels zu Abend, wo es, so mein Vater, den besten eingelegten Aal von ganz Japan gab. Dazu bestellten wir dampfenden Reis. Der kleine Raum war voller Menschen, und alle redeten laut. Schon nach kurzer Zeit merkte ich, daß sich die meisten Gespräche um den Krieg in China drehten. Selbst mein Vater vermied es, dort chinesisch zu sprechen, und unterhielt sich leise mit mir auf japanisch. Gegen Ende unseres Mahls sagte er zu mir, ich solle vielleicht besser vor Weihnachten nach Hongkong zurückkehren.

»Sieht es schlecht aus?« fragte ich leise auf chinesisch.

»Es geht dir wieder gut, und deine Mutter wird sich freuen, dich bei sich zu haben«, antwortete er auf japanisch.

»Ist es denn sicher in Hongkong?« Ich wußte, daß er wegen seiner geschäftlichen Verbindungen das eine oder andere mitbekam, so daß er die Situation besser einschätzen konnte als sonst jemand.

»Bis jetzt noch«, erwiderte er, diesmal auf chinesisch.

Gestern ist Kanton gefallen. Die Nachricht kam über Rundfunk und wurde über einen Lautsprecher im ganzen Hotel verkündet. Einen Augenblick lang schienen alle wie erstarrt und lauschten. Nach Monaten ununterbrochener Bombardierung waren die Japaner einfach unvermutet in der Bias-Bucht gelandet. Wahrscheinlich waren die Bewohner Kantons da schon durch die ständigen Bombenabwürfe wie betäubt gewesen, so daß sie ihre Niederlage tatenlos hinnahmen, als die Nachricht kam.

Mein Vater und ich saßen gerade beim Mittagessen. Ich hatte das Gefühl, als hätte mir jemand ohne Vorwarnung einen Hieb in die Magengrube versetzt. Die Japaner im Restaurant applaudierten, als sie von der Einnahme des letzten großen chinesischen Hafens erfuhren, während ich nach Luft rang und es mir die Sprache verschlug. Mein Vater sah traurig von seinem Teller auf. Dann schüttelte er langsam den Kopf und sagte nur: »Besser, wir gehen.«

Mit diesen wenigen Worten veränderte sich alles. Ich wußte, daß es Zeit war, Tokio zu verlassen. Ich fühlte mich hier nicht mehr willkommen. Auf dem Weg zum Bahnhof spürte ich, daß ich beobachtet wurde. Selbst die Männer und Frauen, die auf der Straße mit gesenktem Kopf an mir vorbeigingen, mußten bemerken, daß ich nicht dazugehörte.

Die letzte Nacht habe ich in der Wohnung meines Vaters in Kobe verbracht. Wir trafen mit dem Abendzug ein, und ich konnte erst heute nachmittag einen Zug nach Tarumi bekommen. Es tat mir gut, wenigstens ein paar Stunden bei meinem Vater zu sein und ihn im dämmrigen Licht in seinem Ledersessel sitzen zu sehen. Er war sich unsicher, was jetzt zu tun wäre, und wirkte gealtert und müde, als er ein Glas Brandy in der Hand schwenkte. Dann starrte er lange in die Dunkelheit hinaus, als hätte er vergessen, daß ich ihm gegenübersaß. Nachdem er dann den Entschluß gefaßt hatte, mich allein nach Hongkong zurückkehren zu lassen, sah er mich an. Er wollte noch eine Zeitlang in Kobe bleiben, um ein paar geschäftliche Dinge zu erledigen und abzuwarten, was die Japaner als nächstes taten.

Matsu erwartete mich auf dem Bahnhof. Wie immer, wenn er so allein dastand, wirkte er unruhig, doch sobald er mich aussteigen sah, entspannten sich seine Züge.

»Ihr Vater hat mich benachrichtigt, daß Sie ankommen, deshalb dachte ich, ich hole Sie ab«, sagte er und nahm meine Tasche. »Wie war es in Tokio?«

»Es ist groß und überfüllt«, antwortete ich. »Es ist wirklich schön, Sie zu stehen und wieder in Tarumi zu sein.« Mir wurde bewußt, daß ich ihn vermißt hatte.

»Es war sehr still hier ohne Sie«, meinte er, von mir abgewandt.

»Bestimmt haben Sie gehört, was in Kanton geschehen ist«, sagte ich, während ich ihm nachlief. Er brummte.

»Ich muß bald nach Hongkong zurück.«

Ob mein Vater ihm mitgeteilt hatte, daß ich in etwa einer Woche abreisen mußte? Mein Vater sah nämlich keinen Grund, noch länger zu warten, falls er die Passage für mich buchen konnte.

Matsu sah mich nur an und sagte: »Das habe ich mir gedacht.«

24. OKTOBER 1938

Irgendwie reicht nie die Zeit, um all die Dinge zu tun, die man sich vorgenommen hat. Ich hatte nicht erwartet, daß es so schwierig sein würde, Tarumi Lebewohl zu sagen. Allein der Gedanke daran treibt mir Tränen in die Augen. Heute abend, als Matsu das Essen herrichtete, hörten wir im Radio, daß die Japaner Hankow eingenommen haben. Ich konnte immer noch nicht glauben, was in China passierte und wie schnell es alles geschah. Matsu schaltete rasch das Radio aus.

»Hätten Sie nicht Lust, morgen nach Yamaguchi zu gehen?« fragte er.

Ich konnte kaum antworten. »Ja, gern.«

»Ich glaube, es wäre besser, wenn Sie Sachi allein besuchen«, meinte er.

25. OKTOBER 1938

Heute nachmittag traf ich Sachi bei der Arbeit in ihrem Garten an. Als ich durch das Seitentor trat, blickte sie auf, schien jedoch kein bißchen überrascht. Ich hatte in Kobe ein Geschenk für sie gekauft, eine tief siennabraune *yakishima*-Vase, die ich in altes Zeitungspapier eingewikkelt hatte.

Die Nacht zuvor hatte ich von Sachi geträumt. Sie war bandagiert, krank und ganz allein. Und obwohl sie um Hilfe schrie, kam niemand. Ich wollte wissen, wo Matsu war. Aber da war nur diese Angst um sie, und ich hatte keine Stimme.

»Stephen-*san*.« Sachi richtete sich auf und verbeugte sich. Sie fragte nicht nach Matsu.

»Ich wollte Ihnen dieses Geschenk bringen.« Ich verbeugte mich. »Matsu meinte, ich solle Sie heute nachmittag lieber allein besuchen«, fügte ich noch schnell hinzu.

Sachi lächelte. »Ich fühle mich sehr geehrt.« Sie verbeugte sich noch einmal, als ich ihr die Vase gab. »Was führt Sie den langen Weg hier herauf, noch dazu mit einem so ernsten Gesicht?«

»Ich bin gekommen, um Ihnen *sayonara* zu sagen, Sachi-*san*. In ein paar Tagen kehre ich nach Hongkong zurück.«

Ich sah auf die Steine. Die Vase noch unter dem Arm, begann Sachi zu harken. Dann hielt sie inne, schwieg aber. Sie sah so schutzbedürftig aus, daß ich sie am liebsten in die Arme genommen hätte.

»Wenn die Götter uns wohlgesonnen sind, Stephen-*san*, sehen wir uns vielleicht einmal wieder«, sagte sie. Sachi legte den Rechen zur Seite und machte eine tiefe Verbeugung. Als sie sich wieder aufrichtete, leuchtete ihre entstellte Gesichtshälfte im Sonnenlicht auf.

Ich schluckte schwer und strich über den Ärmel ihres Kimonos. »Bestimmt werden wir das«, brachte ich heraus.

Dann bückte sich Sachi, hob den Rechen auf und gab ihn mir. Ich zog ihn durch die Steine, setzte noch einmal an und zog ihn erneut zu mir hin. Das Knirschen der Kiesel war seltsam beruhigend.

»Da ist etwas, was mir Sorgen macht«, sagte ich und trat einen Schritt zurück, so daß ich am Ufer ihres Steinmeers stand.

»Was ist es?«

»Wer wird sich um Sie kümmern, wenn Matsu etwas passiert?«

»Warum machen Sie sich darüber Gedanken?«

»Ich habe geträumt, daß Sie allein wären.«

»Das bin ich auch«, sagte sie, ohne zu zögern.

»Aber Matsu war nicht da, und Sie waren krank ...«

»Matsu wird eines Tages nicht mehr da sein, oder vielleicht sterbe ich vor ihm. So oder so wird einer von uns beiden allein sein. Nichts hat Bestand, Stephen-*san*.«

»Aber was werden Sie tun, wenn Matsu zuerst stirbt?«

»Mein Leben so gut ich kann zu Ende führen.« Sie deutete auf den Garten. »Sehen Sie nur, mit all dem habe ich genug zu tun«, sagte sie mit einem Lächeln.

Ich nickte und fuhr dann noch einmal mit dem Rechen durch die Steine.

»Sie brauchen sich keine Sorgen um mich zu machen, Stephen-*san*. Ich hatte ein schönes Leben.« Dann streckte sie die Hand aus, um den Rechen festzuhalten. »Sie haben uns das einzige gegeben, was uns gefehlt hat.«

»Ich verstehe nicht.«

Sachi schloß die Finger fest um den Holzrechen. »Sie waren das *musuko*, das wir vor vielen Jahren verloren haben.«

»Sie hatten ein Kind?« fragte ich erstaunt.

»Es war eine schwierige Geburt, und am Ende kam es tot zur Welt.« Sachis Worte hingen bleiern in der Luft.

»Das tut mir leid«, hörte ich mich sagen.

Es mußte unvorstellbar schrecklich für sie gewesen sein. Wie ungerecht, daß Sachi solch einen Verlust erleiden mußte, nach all dem, was sie schon durchgemacht hatte. Wie konnten die Götter ihnen nur den einzigen Menschen nehmen, der ihnen das Leben leichter gemacht hätte? Zorn stieg in mir auf. Und ich sah vor mir, wie Matsu seinen toten Sohn aufhob, wissend, daß er ihn bald in der kalten Erde begraben mußte und ihn nie heranwachsen sehen würde.

»Kommen Sie mit«, sagte Sachi. Aufgeschreckt ließ ich den Rechen fallen.

Ich folgte Sachi ins Haus, noch immer entsetzt über ihre Worte. Aber der vertraute Raum wärmte mir das Herz und ließ die Anspannung von mir abfallen. Sachi ging zu dem niedrigen Tisch und zog die Kiefernzweige aus einer dunklen Vase. Dann wickelte sie die neue Vase aus, steckte die Zweige hinein und ordnete sie liebevoll. Sie stellte sie auf den Tisch, trat zurück und lächelte. »Das gibt dem Zimmer neues Leben.«

»Es sieht sehr schön aus«, stimmte ich ihr zu.

Sachi drehte sich um und verbeugte sich erneut. »Noch einmal vielen Dank, Stephen-*san*.«

Bevor ich etwas erwidern konnte, beugte sie sich über den Tisch und sagte: »Und jetzt möchte ich Ihnen auch gern ein kleines Geschenk machen. Sie müssen es mit nach Hause nehmen.« Sie griff nach meiner Hand und legte ihre geschlossene Faust darauf. Und dann schimmerten die beiden glänzenden schwarzen Steine auf meiner Handfläche, die Tomoko und sie vor vielen Jahren wegen ihrer magischen Kräfte aufgehoben hatten.

Meine Abschiedsworte hatte ich Sachi bereits am Anfang gesagt, als ich ihren Garten betrat. Und doch, ihre Endgültigkeit schien den ganzen Nachmittag über im Raum zu schweben. Ich nippte an dem grünen Tee, den Sachi mir gebracht hatte, aß ein paar Plätzchen aus roten Bohnen und tastete alle paar Minuten nach den beiden glatten Steinen, um mich zu vergewissern, daß sie noch in meiner Tasche waren. Bei jeder sich bietenden Gelegenheit mußte ich Sachis Gesicht ansehen, auch wenn sie verlegen die Augen niederschlug. Sie war noch immer sehr schön. Erst als die Konturen ihres Gesichts im Dämmerlicht des späten Nachmittags mehr und mehr verschwammen, überfiel mich Trauer.

26. OKTOBER 1938

Ich verbrachte den ganzen Tag am Strand, schwamm im kalten Wasser und legte mich auf den letzten Streifen von der Sonne gewärmten Sandes. In wenigen Wochen würde es zu kalt zum Schwimmen sein. Ich versuchte mir mein Leben im Lärm Hongkongs vorzustellen und dachte daran, daß ich anfangs geglaubt hatte, ich würde mich nie an die Stille hier gewöhnen. Der Gedanke an meine Abreise schnürte mir die Kehle zu.

Die ganze Zeit sehnte ich mich danach, Sachi noch einmal zu sehen. Als ich gestern von ihr wegging, war mir, als wäre ein Teil von mir dort zurückgeblieben. Und jetzt mußte ich diesen Teil einklagen, um meinen Schmerz zu lindern. Ich malte mir aus, wie es wäre, in Tarumi zu bleiben und mich um Matsu und Sachi zu kümmern, mein eigenes Leben in Ruhe und fern von Lärm und Krieg zu führen. Es wäre alles so einfach.

Plötzlich meinte ich, in der Ferne ein Geräusch zu hören. Ich öffnete die Augen und hob den Kopf. Beinahe dachte ich schon, ich hätte es mir nur eingebildet, wie so oft, wenn ich allein am Strand lag. Irgend jemand sagte einmal, wenn man etwas wirklich wolle, könne man es mit der Kraft des Bewußtseins Wirklichkeit werden lassen. Und ich sehnte mich nach Gesellschaft. Also setzte ich mich auf, sah zur Düne und wartete. Vielleicht würde Keiko auftauchen und halb laufend auf mich zukommen. Aber tief in meinem Innern wußte ich, daß das nur einer dieser Tagträume war. Als ob ich auf einen Brief wartete, der niemals eintraf. Nur, daß ich mich diesmal nicht täuschte und tatsächlich jemand oben auf der Düne erschien. Dann erkannte ich, daß es Matsu war, der mit einem *furoshiki* auf mich zukam, um mir mein Mittagessen zu bringen.

27. OKTOBER 1938

Heute habe ich angefangen zu packen. Mein Vater hat eine Passage auf einem Schiff für mich gebucht, das in drei Tagen ablegt. Übermorgen werde ich den Zug nach Kobe nehmen und am Tag darauf nach Hongkong fahren. Ich kann es gar nicht glauben, daß ich über ein Jahr in Tarumi war, doch wenn ich meine Habseligkeiten betrachte, bin ich erstaunt, wieviel sich da angesammelt hat – die Malpinsel von meinem Großvater, Tonschalen, Muscheln vom Strand. Dennoch hoffte ich, schnell mit dem Packen fertigzuwerden, damit Matsu und ich meinen letzten Tag in Tarumi verbringen konnten, ohne auch noch daran denken zu müssen.

Im Haus meines Großvaters herrscht drückende Stille. Matsu brachte mir heute morgen ein paar Schachteln, stellte sich in die Tür und sah mir zu. Seit dem Telegramm meines Vaters, in dem er mein Abfahrtsdatum mitteilte, hat Matsu nicht viel gesagt. Meist wissen wir beide nicht, worüber wir sprechen sollen. Er wandert von einem Zimmer zum anderen, um irgend etwas zu tun, aber wir fühlen uns beide wie verloren. Das Haus scheint uns allmählich fremd zu werden. Matsu starrt in die Zimmer, als ob er sie bereits so vor sich sähe, wie sie vorher waren – still und leblos.

Dann kam Sachi, um den Nachmittag mit uns zu verbringen. Ein Traum war Wirklichkeit geworden. Knarrend öffnete sich das Tor, und sie trat unerwartet in den Garten. Es war ein großes Wagnis für sie, im hellen Tageslicht aufzubrechen. Und trotzdem waren wir beide nicht erstaunt, als sie ihren Schleier abnahm und Matsu lächelnd zu verstehen gab, es sei alles in Ordnung.

Wir stellten keine weiteren Fragen.

Als ich später im Bett lag, versuchte ich, mir noch einmal jeden einzelnen Augenblick unseres gemeinsamen Nachmittags vor Augen zu führen. Sachi hatte uns wieder diese merkwürdige Leichtigkeit gebracht. Matsu erzählte und lachte unbeschwert. Als wir um den Holztisch saßen und aßen, mußte ich die beiden die ganze Zeit ansehen. Ich bat Sachi, die Nacht über dazubleiben, aber sie bestand darauf, nach Yamaguchi zurückzukehren. Wie immer begleitete Matsu sie. Am Tor machte sie eine tiefe Verbeugung, ohne noch etwas zu sagen. Erst als ich wieder allein im Haus war, wurde mir klar, daß sie diesmal um Matsus willen gekommen war.

28. OKTOBER 1938

Als ich heute morgen aufwachte, hatte Matsu mir ein Frühstück hingestellt und war schon fort. Er hatte keine Nachricht hinterlassen, und ich war enttäuscht, daß er mich an meinem letzten Tag in Tarumi einfach allein ließ. Doch kurz darauf verflog dieses Gefühl wieder, denn ich hörte, wie jemand das Gartentor öffnete. Als ich den *genkan* betrat, kam Matsu gerade mit zwei in braunes Papier eingewickelten Päckchen herein.

»Ich hielt es für besser, meine Besorgungen in der Stadt gleich in der Frühe zu machen«, sagte er. Er hielt eins der beiden Päckchen hoch. »Ich habe unser Abendessen gekauft.« Das andere Paket behielt er fest unter den Arm geklemmt. Nach Sachis Besuch wirkte er nahezu glücklich.

»Ich dachte, Sie wollten mich schon einen Tag früher loshaben«, versuchte ich zu scherzen.

Matsu blieb abrupt stehen. »Das wäre mir nie in den Sinn gekommen«, sagte er.

Während Matsu das Mittagessen zubereitete, räumte ich im Studierzimmer meines Großvaters meine letzten Besitztümer zusammen. Pinsel und Farben packte ich sorgfältig in die Schachteln, die leeren weißen Leinwände sollte Matsu bis zu meinem nächsten Besuch aufbewahren. Dann fiel mein Blick auf mein einziges Gemälde vom Garten, das seit dem Tag, als ich es fertiggestellt hatte, auf der Staffelei stand. Ich beschloß, es Matsu zu schenken.

Als ich ihm nach dem Essen das Bild gab, stand er einen Augenblick verblüfft da, und dann verbeugte er sich so tief, daß ich schon glaubte, er würde das Gleichgewicht verlieren. »Ich fühle mich sehr geehrt«, sagte er rasch, wobei er höflich den Blick zu Boden senkte.

Ich erwiderte seine Verbeugung. »Es ist nicht halb so schön wie der Garten selbst, aber ich dachte, Sie würden sich auch so darüber freuen.« Dann ergriff ich die Gelegenheit, ihm noch etwas zu sagen: »Niemand hätte besser für mich sorgen können als Sie.«

Den Blick immer noch zu Boden gesenkt, antwortete er mit fester, klarer Stimme: »Manchmal denke ich, es war umgekehrt.«

Am Nachmittag gingen wir noch einmal zum Tama-Schrein. Matsu war erstaunt, als ich diesen Wunsch äußerte. Ich fürchtete mich vor dem Abschied und wollte nicht zu Hause bleiben. Ein Besuch des Schreins, so glaubte ich, würde mir den Frieden und die Ruhe geben, die ich brauchte. Dieses Mal aber mußte Matsu mir das notwendige Ritual nicht mehr zeigen. Nachdem wir die *torii*-Tore durchschritten hatten, reinigte ich mich, zog die Schuhe aus und verbeugte mich dreimal. Nicht daß ich die Absicht damit verband, am Schrein zu beten. Ich wußte, kein Gebet der Welt würde den Krieg aufhalten oder bewirken, daß meine Eltern sich wieder liebten. Ich wollte an der Wand neben dem Altar, dort wo all die anderen hoffnungsvollen Bitten angeheftet waren, eine Botschaft hinterlassen. So würde, falls ich nie mehr nach Tarumi zurückkehrte, wenigstens etwas von mir bleiben.

29. OKTOBER 1938

Gestern abend hat Matsu Lachs und Gurkenscheiben mit *Miso*-Paste gekocht. Ich sah ihm zu, wie er mit jener Geschicklichkeit hantierte, die mich immer in Erstaunen versetzt hat. Dabei nippte er ständig an einem Glas Bier und tat, als ob dies nur ein Abend unter vielen wäre. Auch ich versuchte, mich normal zu verhalten, obwohl mich ein hohles Gefühl im Magen die ganze Zeit an den bevorstehenden Abschied erinnerte.

Nach dem Essen aber räumte Matsu nicht wie sonst die Schalen weg, sondern blieb am Tisch sitzen und unterhielt sich mit mir, wie wir es am Abend zuvor mit Sachi getan hatten. Ich hoffte, so erzählte ich ihm, in Hongkong mein Studium wieder aufnehmen zu können. Er sagte, er werde vielleicht für ein paar Tage nach Tokio fahren, um Fumiko zu besuchen. Seit Jahren versuche sie schon, ihn dazu zu überreden, und nun sei vielleicht der Zeitpunkt gekommen. Ich stimmte ihm zu. Danach würde er seine Tage mit Sachi verbringen, vielleicht sogar nach Yamaguchi ziehen. Er musterte mich aufmerksam, als er das sagte, aber ich antwortete nur mit einem Lächeln. Dann war unser Gespräch erschöpft. Matsu stand auf und holte die *daruma*-Puppe, die ich ihm geschenkt hatte, vom Küchenregal. Er drehte ihr Gesicht zu mir, und ich sah, daß er ihr ein Auge aufgemalt hatte. »Wenn Sie wiederkommen, kriegt sie das zweite Auge«, sagte er. »Nun sollten Sie aber ein wenig schlafen. Sie haben morgen eine lange Reise vor sich.«

Ich war schon früh auf und ging durch das Haus nach draußen. Der Herbst hatte die Farben zwar ein wenig gedämpft, aber der Garten besaß noch immer die Ruhe und Schönheit, die ich stets vermissen würde. Nichts hatte mich in den ersten Tagen mehr getröstet, als im Garten zu sitzen. Das Leben schien darin zum Stillstand zu kommen, und ein anderes, verborgenes gewann in der Schönheit des Ortes Gestalt. Zum letzten Mal saß ich neben der Brücke und gab mich meinen Erinnerungen hin. Ich hatte den Unterschied gelernt zwischen einer Japanischen Zierkirsche und einem *Higan*-Kirschbaum, dessen Zweige herabhingen. Ich sah Sachi vor mir, als sie nach meiner Verletzung aus Yamaguchi kam, sah, wie sie und Matsu sich bückten, um einen neuen Baum zu pflanzen. Ich spürte die weißen Blüten auf meinem Kopf, die Keiko über den Zaun geworfen hatte. Ich lauschte dem Wind, der durch den Bambuszaun pfiff, und ließ diese Bilder immer wieder vor mir aufsteigen.

Als ich gerade wieder ins Haus gehen wollte, hörte ich am Eingangstor ein Geräusch. Inzwischen hatte ich mir angewöhnt, solchen geisterhaften Vorgängen nachzugehen, in der Hoffnung, sie seien wirklich. Um niemanden zu erschrecken, was oder wer es auch sein mochte, schlich ich auf Zehenspitzen zum Gatter. Als ich hinter den Bambusstäben nichts erkennen konnte, lauschte ich angespannt. Doch abgesehen vom Wind war nichts Besonderes zu hören. Ich griff nach der Klinke am Tor und zog sie mit einem Ruck auf. Die Straße war menschenleer. Doch diesmal war Keiko wirklich dagewesen – am Gatter hing eine einzige, weiße gepreßte Blüte.

Selbst wenn man hundertmal denselben Weg geht, entdeckt man immer wieder etwas Neues. Es war dunkel und bewölkt, als wir zum Bahnhof aufbrachen, und Regen hing in der Luft. Zum ersten Mal wirkte die Straße vor uns düster und bedrohlich. Die grauen Wellen schlugen mit dumpfem Donnern auf den Strand. Ich versuchte, einen letzten Blick auf Matsus Garten zu werfen, bevor er das Tor hinter uns schloß. Dann drehte er sich um und ging raschen Schritts die Straße hinunter. Obwohl er mein Gepäck trug, wurde er nicht langsamer.

Als wir am Bahnhof ankamen, fiel ein dünner Regen. Wir stellten mein Gepäck ab und warteten schweigend. Mein Hals war so trocken, daß ich ganz froh darüber war. Ich konnte kaum schlucken. Plötzlich überfiel mich der Wunsch, Matsu möge jetzt gleich fortgehen. Daß er mit mir wartete, machte alles nur noch schwerer.

»Warum gehen Sie nicht zurück, bevor es richtig zu regnen anfängt? Der Zug wird sicher gleich kommen. Es ist nicht nötig, daß wir beide hier stehen und warten«, sagte ich und schluckte hart.

Matsu sah sich unbehaglich um. »Und was ist mit all dem Gepäck?«

»Ich werde den Träger bitten, mir zu helfen«, antwortete ich. »Besser, Sie gehen jetzt« brachte ich mit schwankender Stimme heraus.

Matsu sah mich an. Er hatte verstanden. »Ich glaube, es wird Ihnen gutgehen, Stephen-*san*.« Er verbeugte sich.

Doch anstatt mich ebenfalls zu verbeugen, wartete ich, bis Matsu sich wieder aufgerichtet hatte. Dann legte ich ihm die Arme um die Schultern und drückte ihn an mich. Eine Weile stand er wie erstarrt da, doch ich wich nicht von der Stelle, bis auch er seine Arme um mich legte.

Ich ließ ihn los. »Wir werden uns schreiben. Und Sie passen auf Sachi auf, ja?« sagte ich ängstlich wie ein Kind, das sich zu vergewissern sucht.

»Wie immer«, antwortete er.

Er wäre ein guter Vater gewesen! »Ich hoffe, der Krieg ...«, fing ich an, fand aber nicht die passenden Worte.

»Das ist ein anderes Leben. Es hat nichts mit uns zu tun. Ich wünsche Ihnen eine gute Reise, Stephen-*san*«, schloß er.

Matsu machte eine tiefe Verbeugung, dann sah er mich noch einen Augenblick an und ging fort. Am Ende des Bahnsteigs blieb er stehen.

Ich war versucht, ihm nachzulaufen, aber meine Beine rührten sich nicht vom Fleck. Ich konnte mich nur vorbeugen, um ihn langsam davongehen zu sehen.

Als ich mich im Zug zurücklehnte, hätte ich am liebsten geweint. Der Regen klatschte an das Fenster und zog lange Linien über die Scheibe. Obwohl der Wagen nur zur Hälfte besetzt war, kam er mir heiß und stickig vor. Ich beobachtete, wie die Leute es sich bequem machten, als ich plötzlich unter meinen Habseligkeiten ein braunes Päckchen entdeckte. Ich wußte gleich, daß es von Matsu war, und wickelte es aus. Es waren zwei in schwarzes Leder gebundene Bücher. Kein Zettel, keine Karte. Ich fuhr mit der Hand über die dicken, weichen Ledereinbände und blätterte durch die leeren weißen Seiten. Während der Zug mich immer weiter von Tarumi fortbrachte und auf Kobe zuratterte, holte ich meinen Füllfederhalter heraus, öffnete eins der beiden Bücher und begann zu schreiben.

GLOSSAR

ama:	Perlentaucherin
ani:	älterer Bruder
bento-Tablett:	Tablett für Speisen
cheungsam:	Kleid
danasama:	Herr
Domo:	danke
Domo arigato gozaimasu:	herzlichen Dank
dozo:	bitte
furusato:	Geburtsstätte, geistige Heimat
furoshiki:	Tragetuch, Einschlagtuch
ganjitsu:	Neujahrsfest
genkan:	Hausflur, Diele, Eingangshalle, Vorraum

go-ryoshin:	Ihre (verehrten) Eltern (höfliche Bezeichnung für die Eltern anderer)
haji:	Schande, Scham, Unehre
hajime:	Anfang
hajimemashite:	Ich freue mich, Sie kennenzulernen
hana:	Blume
higan:	Frühlings- bzw. Herbstanfang, Baumart
imoto:	jüngere Schwester
isha:	Arzt
ju-ji:	10 Uhr
kado-matsu:	Kiefernschmuck zum Neujahrsfest, am Eingang des Hauses aufgestellt
kami:	Gottheit
kare sansui:	steinerne Landschaft, Garten aus Stein und Sand
kino:	Vision des Gestern
kirei:	schön

ko:	Gesetz, Pflicht
konnichiwa:	guten Tag
mame-maki:	alter Brauch, Teufelsaustreiben mit Bohnen zum Vorfrühlingsanfang (3. oder 4. Februar)
mikoshi:	die Sänfte für schintoistische Götter zum Shintofest
miso:	Paste aus vergorenen Sojabohnen, Würzmittel
mizu:	Wasser
mochi:	Reiskuchen, eine kompakte Masse aus eingekochtem und dann verstampftem Klebreis
musuko:	Kind
oba-san:	Tante (auch für nicht verwandte Frauen mittleren Alters)
O-bon-Fest:	der buddhistische Totengedenktag
ohayogozaimasu:	guten Morgen
okaeri naisai:	willkommen daheim (Grußwort der Daheimgebliebenen)

oji-san:	Onkel (auch für nicht verwandte Männer)
o-nii-san:	älterer Bruder
origami:	Kunst des Papierfaltens
o-tosan:	Vater
ryoshin:	Eltern
sake:	Reiswein
sayonara:	Lebewohl, auf Wiedersehen
senninbari:	gestickte Stoffamulette
seppuku:	Selbstmord durch das Bauchaufschlitzen (= Harakiri)
Setsubun:	Frühlingsriten
shime-nawa:	Zopf aus geflochtenem Stroh, im Shintoschrein und zu Shinto-Festen üblich
shoji:	Papier-Schiebetür
sukiyaki:	Pfannengericht mit Rindfleischfilet und diversem Gemüse in Sojasoßenbrühe, am Tisch zubereitet

sumimasen:	entschuldigung
tadaima:	wieder daheim, Grußwort des Heimkehrenden
tatami:	Strohmatte
tokonoma:	japanische Wandnische mit Rollbild und Blumengesteck
tonkatsu:	Schweineschnitzel, mundgerecht kleingeschnitten
torii-Tore:	Eingangstore am Schrein
toso:	süßer Reiswein
tsunami:	Sturm, Orkan
udon-Nudeln:	japanische Weizennudeln
yukata:	leichter Sommerkimono
yokan:	Süßigkeit aus roten Bohnen (ähnelt Marzipan-Masse)
zabuton:	Sitzkissen
zoni:	eine festliche Neujahrssuppe mit Reiskuchen und diversen Zutaten

»Längst sind Petra Delicado-Romane ein ausgezeichnetes Markenzeichen des literarischen Krimis geworden.«

KÖLNISCHE RUNDSCHAU

Alicia Giménez-Bartlett
HUNDSTAGE
Petra Delicado löst ihren zweiten Fall
BLT
352 Seiten
ISBN 3-404-92162-3

Geschieht ein Mord vor den Augen eines Zeugen, ist das ein Glücksfall. Handelt es sich bei dem Zeugen um einen Hund, hält sich die Euphorie in Grenzen. Trotzdem nimmt Inspectora Delicado den Vierbeiner in ihre Obhut. So wird aus dem skurrilen Ermittlerduo Petra Delicado und Fermín Garzón ein noch skurrileres Trio, das mit seinen Nachforschungen im dubiosen Milieu seltsamer Hundeliebhaber beginnt.

»So gut wie Ingrid Noll zu ihrer besten Zeit.«

BRIGITTE

Arto Paasilinna
DIE GIFTKÖCHIN
BLT
224 Seiten
ISBN 3-404-92054-6

»Gift: Stoff, der, wenn er in die Säftebahn eines Menschen oder Tieres gelangt, schon in kleiner Menge die Tätigkeit einzelner Organe schädigt und dadurch krankhafte Zustände oder den Tod verursacht.«

Was tun, wenn man als ältere Dame von drei jungen Männern verfolgt wird, die einem nach dem Leben trachten? Linnea Ravaska hat endlich genug davon, sich von ihrem zwielichtigen Neffen tyrannisieren zu lassen. Sie beschließt, sich zu wehren, und zwar bis zum bitteren Ende …

BLT

Der erste Fall der Moskauer Polizeireporterin Katja Petrowskaja

Tatjana Stepanowa
DER DUNKLE HAUCH
DER ANGST
Allgemeine Reihe
448 Seiten
ISBN 3-404-14769-3

In einem Wäldchen bei Moskau wird die schrecklich zugerichtete Leiche einer Frau gefunden – der Kopf ist zertrümmert, ein Teil des Gehirns fehlt. Es ist bereits der zweite Mord dieser Art. Die Spur führt zu einer Tierversuchsstation und von dort weiter ins Moskauer Museum für Vor- und Frühgeschichte. Dort entdeckt Nikita Kolossow, Chef der Mordkommission, menschliche Schädel, denen vor zigtausend Jahren die gleichen Verletzungen zugefügt wurden. Ist die Mordwaffe womöglich ein prähistorisches Werkzeug? Und warum sind stets ältere Frauen die Opfer? Die Polizeireporterin Katja Petrowskaja macht sich gemeinsam mit Kolossow auf die Suche nach dem Täter.

Bastei Lübbe Taschenbuch